울지 마, 지로 (하)

옮긴이 김욱

언론계 최일선에서 오랫동안 활동했다. 현재는 인문, 사회, 철학, 문학 등 다양한 분야의 서적을 탐독하며 사유의 폭을 넓히고 있다. 지은 책으로는《가슴이 뛰는 한 나이는 없다》《희망과 행복의 연금술사》《탈무드에서 마크 저커버그까지》《성공한 리더십, 실패한 리더십》 등이 있다. 옮긴 책으로는《지로 이야기》《그대들, 어떻게 살 것인가》《인간의 벽》《약간의 거리를 둔다》《지적 생활의 즐거움》《간소한 삶, 아름다운 나이듦》《니체의 숲으로 가다》《동양기행》《노던라이츠》《지식생산의 기술》 등이 있다.

울지 마, 지로 ㊦

1판 1쇄 발행 2016년 12월 20일

지은이 시모무라 고진 | **옮긴이** 김욱
펴낸이 조재은 | **펴낸곳** (주)양철북출판사
등록 제25100-2002-380호(2001년 11월 21일)
책임편집 이상경 이정우 | **표지디자인** 하늘·민 | **본문디자인** 육수정
마케팅 조희정 | **관리** 정영주
주소 서울시 마포구 양화로8길 17-9 | **전화** 02)335-6407 | **팩스** 02)335-6408
ISBN **하권** 978-89-6372-222-1 03830
세트 978-89-6372-223-8 03830

카페 cafe.daum.net/tindrum 블로그 blog.naver.com/tin_drum
페이스북 facebook.com/tindrum2001

※ 책값은 뒤표지에 있습니다.
※ 잘못된 책은 바꾸어 드립니다.

울지 마, 지로 (하)

시모무라 고진
김욱 옮김

양철북

차례

할아버지의 죽음

마지막으로 보는 집

하늘은 눈부시게 푸르고, 마을 곳곳에 루비로 만든 발을 드리운 것처럼 감들이 주렁주렁 매달린 아름다운 계절이 돌아왔다. 세월은 흘러 어느덧 지로가 오하마와 헤어진 지도 일 년이 훌쩍 지났다.

그 일 년 동안 지로 친구들의 면면은 완전히 달라졌다. 친구들만 달라진 게 아니라 그 숫자도 훨씬 줄어들었다. 지로는 예전과 달리 밖으로 쏘다니며 노는 것을 좋아하지 않게 되었다. 주로 조용한 성격의 친구들 두서너 명과 집에서 동화책을 읽고 그림을 그리거나, 혹은 무얼 만들며 노는 것을 더 좋아했다. 게다가 그 친구들에게마저 지로 쪽에서 먼저 다가가려고 한 적은 거의 없었다.

그날도 지로는 수업이 끝나자 무표정한 얼굴로 혼자 교문을 빠져나왔다. 그렇다고 집으로 가는 발걸음을 서두르는 것은 아니었고, 주위를 연방 살피며 해찰을 부리지도 않았다. 묵묵히 눈을 내리깔고 천천히 걸음을 옮기는 지로는 내내 할아버지의 바짝 여윈 얼굴을 생각하고 있었다.

할아버지는 여름부터 가끔 먹은 것을 토하곤 하셨는데, 그 병이 점점 심해져 한 달 전부터는 아예 병석에 눕고 말았다. 그리고 요즘은 물도 제대로 넘기지 못할 지경에 이르렀다. 집안에서 들리는 얘기로 짐작건대 할아버지가 그리 오래 사시진 못할 것 같았다. 그래서 내키지는 않았지만 수시로 별채에 들러 할아버지를 문안하곤 했다. 특히 지난 토요일 저녁, 아버지가 시내에서 돌아오자마자 할아버지 머리맡에 앉아 오래도록 머무는 것을 본 뒤로는 지로도 별채에 자주 들러서 무엇이든 도울 만한 일이 있으면 누가 시키지 않아도 돕기로 마음먹었다. 물론 별채에는 늘 할머니가 계셨기 때문에 처음에는 별채에 앉아 있는 것이 여간 불편하지 않았다. 하지만 그런 일이 계속되다 보니 차차 익숙해졌다. 다행히도 할아버지의 머리맡에서만큼은 할머니도 평소처럼 지로에게 듣기 싫은 잔소리를 늘어놓지 않았다. 또 할아버지의 얼굴을 가만히 보고 있노라면 어느새 마음 한구석에서 어떤 생각이 떠올라 할머니의 잔소리 같은 것에는 신경 쓸 겨를이 없었다.

'할아버지는 머잖아 돌아가실 거야. 죽을 땐 기분이 어떨까? 잠들 때와 비슷할까? 잠드는 것과 비슷하다면 죽는 건 그렇게 무서운 일도 아닐 거야. 하지만 어쩌면 굉장히 무서울지도 몰라. 한 번 죽으면 다시는 눈을 뜨지 못하니까. 근데 죽은 사람도 매일 밤 꿈을 꾸는 걸까? 만약 꿈을 꾼다면 어떤 꿈을 꾸는 걸까? 극락이니, 지옥이니 하는 것은 죽은 사람의 꿈일 수도 있어. 꿈이 아니라 정말 있는 것이라면 도대체 어디쯤 있을까? 죽은 사람이 극락이나 지옥에 가면 뭘 하고 지낼까? 그림자도, 모양도 없는 혼이 몸에서 빠져나가 멀리 달아난다고 하던데, 그게 사실일까? 사실이라면 나한테도 혼이라는 게 있다는 얘긴데…….'

지로가 생각하는 건 주로 그런 종류의 것이었다. 그런 생각은 아무리 해 봐도 뾰족한 답은 없고 머리만 빙글빙글 어지러워지곤 했는데, 그럼에도 불구하고 죽음에 대한 생각은 하면 할수록 점점 더 깊이 빠져드는 것이었다. 그리고 나중에는 별채에 있을 때만이 아니라 어디든 혼자 있게 되는 경우에는 죽음에 대해 생각하는 것이 거의 습관이 되다시피 했다.

지로가 집에 도착해 문간에 들어서자 별채에 붙어 있는 손님방이 사람들로 북적이고 있었다. 지로는 의아한 마음으로 급히 별채로 향했다. 별채 툇마루에는 친척들 여러 명이 앉아 있었다. 지로는 친척들에게 차례로 인사한 후 여느 때와 똑같이 아버지 곁에 앉았다. 슌스케는 할아버지 입술에 귀를 갖다 대고 무슨 말인가를 열심히 듣고 있었다.

"얼마 안 남았어. 갈 때가 된 것 같아. 이젠 작별인사나 해 둬야겠다."

중얼거리는 듯한 할아버지의 목소리가 띄엄띄엄 지로의 귀에도 들렸다. 슌스케는 고개만 끄덕거렸다. 잠시 후 할아버지가 온 힘을 모아 말했다.

"오늘 중으로 집 안을 한번 둘러봐야겠다. 저세상에서 기다리고 계시는 조상님께 선물을 가져가야지."

슌스케는 침통한 표정으로 아무 대답도 하지 않았다.

"안채부터 가 봐야겠다……. 선조 때부터 전해 온…… 안채를 마지막으로……."

"하지만 움직이시면……."

"괜찮다. 들것 좀 가져오너라."

슌스케는 난처하다는 듯이 할머니의 눈치를 살폈다. 할머니는 얼굴을 옆으로 돌린 채 눈물을 훔쳤다. 그러자 할아버지가 쉰 목소리로 재촉했다.

"왜들 꾸물거려."

슌스케는 하는 수 없이 일어섰다. 잠시 후 널따란 들것이 별채로 들여졌다. 들것이라고 해 봐야 명절에 떡을 쳐서 널어놓고 고물을 입힐 때 쓰던 기다란 작업대였다. 슌스케와 몇몇 친척 분들이 할아버지를 이불째 조심스레 들어 올려 들것 위로 옮겼다. 그리고 각자 들것 귀퉁이를 하나씩 잡고 안채 쪽으로 조심스레 걸음을 옮겼다.

지로도 교이치, 슌조와 함께 뒤를 따랐다. 별채를 나올 때까지는 몹시 소란스러웠는데, 막상 안채로 들어가자 사람들의 목소리도 잦아들고 나중에는 나이 든 친척 분들 입에서 가끔씩 새어 나오는 낮은 염불 소리와 다다미를 밟는 소리만이 음침하게 들렸다.

안채를 나온 들것이 다음으로 들른 곳은 불상을 모신 방이었다. 방 안에는 이미 등불이 환히 밝혀져 불단이 금빛으로 물들어 있었다. 할아버지는 눈이 부신 듯 불단을 바라보면서 조용히 염불을 외웠다. 그러자 할아버지의 염불 소리에 맞추듯 여러 사람들이 함께 염불을 외기 시작했다.

지로는 언젠가 그곳에서 발을 잘못 건드리는 바람에 할머니를 넘어뜨린 일이 떠올랐다. 하지만 그런 기억도 염불 소리에 묻혀 금세 지워져 버렸다.

이 층을 제외하고 집의 구석구석을 고루 들른 할아버지는 공간이 바뀔 때마다 그 모습을 눈에 담듯 바라보면서 조용히 고개를 끄덕거리곤 했다.

지로는 할아버지의 그런 모습을 가만히 지켜보았다. 그리고 지금까지 좋아하지도, 싫어하지도 않았던 할아버지가 조금씩 자기에게도 소중한, 이렇게 빨리 잃어버려선 안 되는 사람처럼 생각되었다.

할아버지의 집 순례는 삼십 분이 넘게 걸렸다. 별채로 돌아온 할아버지는 몹시 피곤했는지 곧 잠이 들고 말았다. 할아버지가 잠든 것을 확인한 사람들은 이야기를 주고받으면서 별채를 나갔다. 교이치와 슌조도 따라 나갔다. 그러나 지로는 이상하게도 할아버지의 얼굴에서 눈을 뗄 수가 없어 그 자리에 가만히 앉아 있었다.

별채에 남은 사람은 슌스케와 할머니 그리고 지로, 이렇게 세 명뿐이었다. 미닫이가 누런 저녁노을에 물들어 있었다. 눈꺼풀조차 제대로 감기지 않는 할아버지의 흐린 눈이 노을빛을 받아 더욱 뿌옇게 보였다. 할아버지의 눈꺼풀을 바라보던 지로는 어딘가 먼 곳으로 끌려들어 가는 느낌에 흠칫 몸을 떨었다.

카스텔라

"교이치랑 슌조는 어디 갔지? 지로는 영리하구나. 놀러 나가지도 않고 할아버지 곁을 지키다니."

몇 번이나 지로의 얼굴을 흘깃거리던 할머니가 말했다. 할머니가 그렇게 칭찬을 하는 경우란 언제나 어려운 심부름 따위를 시키려고 밑자락을 까는 것이란 걸 잘 아는 지로는 할머니의 칭찬이 그리 달갑지는 않았다. 하지만 이번에 듣는 칭찬은 그다지 싫지가 않았다. 아빠와 함께 할아버지를 간병하는 게 스스로 생각해도 뭔가 철이 든 행동 같아서 뿌듯한 느낌이 들었기 때문이었다. 할머니가 다시 말했다.

"아무리 그래도 밖에서 놀고 싶어 좀이 쑤실 텐데 잠깐 교이치랑 슌조하고 교대하거라. 밖에들 있을 테니 가서 불러 와. 할머니가 부른다고 빨리 별채로 가 보라고 하렴."

그때 지로의 머릿속에 번뜩 떠오르는 사실이 하나 있었다. 할머니는 언제나 교이치와 슌조에게만 간식을 준다! 멀거니 할아버지를 바라보던 지로의 시선이 절로 선반 쪽으로 옮겨졌다. 선반에는 문병 온 사람들이 가져온 과자상자가 여러 개 놓여 있었다. 지로는 다시 할머니와 슌스케의 얼굴을 번갈아 쳐다보았다.

"놀고 싶으면 놀고 와도 돼. 하지만 먼 데 가면 안 된다. 집 근처에서 조용히 놀아."

이리저리 눈치를 살피는 지로에게 슌스케가 말했다. 아빠까지 그렇게 말하자 지로는 더 이상 앉아 있을 수가 없었다. 지로는 약간 심통이 난 표정으로 자리에서 일어났다. 그러자 슌스케가 또 말했다.

"가만있어 봐. 오늘은 할머니가 칭찬해 주셨으니까 맛있는 거 줘야겠다. 지로는 뭘 좋아하지? 여기 카스텔라도 있고 양갱도 있는데."

지로는 그 상황에서 어떻게 대답해야 할지 잘 판단이 서지 않아 우물쭈물하고 있는데 할머니가 잽싸게 말을 받았다.

"아직 과자상자를 뜯어 놓은 게 없구나. 나중에 교이치와 슌조랑 똑같이 나눠 줄 테니 그때까지만 좀 참아."

지로는 할머니의 말이 채 끝나기도 전에 밖으로 나와 버렸다. 친척들이 두서너 명씩 어울려 이야기를 나누고 있는 안채와 손님방을 차례로 지나쳐 지로는 곧장 이 층으로 올라갔다. 창가 벽에 기대어 책상다리를 하고 앉았다. 벌레 먹은 감나무 이파리 하나가 차가운 다다미 위를 구르고 있었다. 지로는 감나무 이파리를 물끄러미 바라보면서 뭐라 말할 수 없는 쓸쓸한 기분에 사로잡혔다.

그 무렵 지로는 할머니가 아무리 심한 잔소리를 해도 그럭저럭 잘 참아 냈다. 예전에 할머니의 과자상자를 발에다 짓뭉갠 후 아빠에게 들은 말을 언제나 마음속에 담고 있었기 때문이었다. 또 오하마와 헤어진 후로는 예전과 달리 다른 사람에게 심한 소리를 들어도 신경 쓰지 않는 버릇이 생겼기 때문이기도 했다. 하지만 치밀어 오르는 화를 억지로 참아 낼 때마다 그동안 한 번도 느껴보지 못한 쓸쓸한 기분에 사로잡히곤 했다. 특히나 할아버지의 여윈 얼굴을 바라보면서 죽는다는 게 뭘까, 한참 생각했던 터라 평소보다 쓸쓸한 기분은 더욱 심해졌다.

주위는 금방 어둑어둑해졌다. 어둠 속 저편에서 할아버지의 얼굴이 흐릿하게 떠올랐다. 하지만 지로는 전혀 무섭지 않았다. 이어서 할머니의 얼굴도 떠올랐다. 그러자 뱃속이 뒤틀리는 것처럼 화가 치밀었다. 하지만 지로는 그런 감정을 지긋이 억눌렀다. 열두 살 나이의 아이에겐 참으로 가혹한 일이었다.

문득 지로는 그간 겪어 온 일들을 하나씩 떠올려 보았다. 오하마 엄마 집에서 지낼 때의 따스한 추억들이 먼저 떠올랐다. 하지만 이제는 흔적도 없이 사라져 버린 소사실과 일 년이 넘도록 아무런 연락이 없는 오하마 엄마를 생각하면 그 시절의 추억이란 목마른 그리움과 다름이 없었다. 그리움이 짙어질수록 지로의 마음도 슬픔에 젖어들었다. 반면 혼다가에서 겪었던 일들은 즐겁기보다는 늘 괴롭고 억울한 기억으로 물들어 있었다. 지로는 자기도 모르게 의심이 들기 시작했다.

'난 정말 이 집에서 태어난 걸까?'

그런 의문이 비록 처음은 아니었지만 그날처럼 만져질 듯이 생생했던 적은 달리 없었다.

'만일 이 집에서 태어난 게 아니라면 난 어디서 태어났을까?'

오하마 엄마의 집과 마사키가가 불쑥 떠올랐지만 그럴 리가 없다는 것쯤은 지로도 충분히 알고 있었다.

'어쩌면 버려진 아이를 주워 온 건지도 몰라.'

지로는 문득 그런 생각이 들었다. 지금까지 단 한 번도 그의 머릿속에 떠오르지 않았던 생각이었다. 지로는 왠지 무서운 생각이 들어 서둘러 그 생각을 지워 버리려 했지만 그럴수록 그 생각은 머릿속에 찰싹 달라붙어 떨어지지 않는 것이었다.

'틀림없어. 이름만 해도 그래. 이 집에서 나만 할아버지 이름도, 아버지 이름도 물려받지 못했어. 주워 온 아이라 대충 아무렇게나 지은 게 틀림없어. 버려지기 전에 내 이름은 뭐였을까?'

생각은 꼬리를 물고 이어져 지로의 눈에는 누더기에 싸인 갓난아기의 모습이 어른거렸다.

'하지만 아빠는 진심으로 날 좋아하고 있어. 왜 그럴까? 아마도 나를 주운 사람이 아빠였나 봐. 8월 15일 밤 달이 막 떠오를 때 태어났다고 하는데, 아마도 아빠가 나를 주웠던 날 밤 얘기를 하는 걸 거야.'

지로는 자전거를 타고 시내에서 돌아오던 아빠가 길가 숲 속에 버려진 자신을 발견하던 순간을 상상했다. 갓난아기의 가녀린 울음소리를 들은 슌스케가 자전거를 멈추고 주위를 두리번거린다. 아기의 울음소리는 그치지 않는다. 자전거에서 내린 슌스케가 그 소리를 따라 숲으로 들어간다. 이윽고 낡은 포대기에 싸인 아기를 발견한 슌스케, 놀란 가슴을 진정시키며 갓난아기를 안아 올린다. 그때 마침 보름달이 산등성이 위로 막 떠오르고 슌스케는 달빛에 아기의 얼굴을 비춰 본다. 슌스케의 표정은 기쁜 것 같기도 하고, 슬퍼 보이기도 한다…….

지로는 더 이상 견딜 수 없어 차가운 다다미 위에 이마를 대고 소리 없이 울었다. 지로는 가슴을 칼로 에는 듯한 아픔을 느꼈다. 지로의 울음은 좀처럼 그칠 것 같지 않았다.

주위가 완전히 어두워졌을 때 계단을 올라오는 발소리와 함께 희미한 불빛이 일렁였다. 슌스케가 촛대를 들고 올라온 것이었다. 슌스케는 지로를 보자 그 자리에 서서 한동안 지로의 모습을 지켜보기만 할 뿐, 아무 말도 하지 않았다. 한참 만에야 들고 온 꽤 큼직한 상자를 내려놓으며 슌스케가 말했다.

"지로, 그런 곳에 있으면 어떡해? 감기 들면 어쩌려구. 자, 아빠가 맛있는 거 가져왔다. 너 혼자 실컷 먹어. 다 먹고 내려와야 해."

그러고는 다시 한 번 물끄러미 지로를 바라보다가 계단을 내려갔다. 촛대는 상자 곁에 놓아둔 채였다.

지로는 움직이고 싶지 않았다. 하지만 아빠의 발소리가 저만치 사라지자 슬그머니 일어나 잠시 계단 쪽을 살펴보고는 상자를 끌어당겼다. 상자는 묵직했다. 야무지게 생긴 상자 뚜껑에는 어려운 한자가 멋스럽게 쓰인 상표가 붙어 있었다. 살며시 뚜껑을 열자 귀퉁이를 조금 잘라 냈을 뿐인 커다란 카스텔라가 통째로 들어 있었다. 작은 칼도 하나 있었다.

지로는 적잖이 당황했다. 고작 몇 번 먹어 보았을 뿐인 카스텔라가, 그것도 통째로, 자기 마음대로 먹을 수 있게 놓여 있다니, 생각지도 못한 일이었다. 그런데 어쩐 일인지 기분은 더 우울해지는 것 같았다.

지로는 오랫동안 카스텔라를 바라보았다. 그러는 사이에 차츰 식욕이 끓어올랐다. 더 이상 참지 못한 지로는 이윽고 칼을 들어 조심스레 한 조각 얇게 잘라 냈다.

카스텔라는 혀끝에 닿는 순간 사르르 녹아 버렸다. 달콤하면서도 촉촉한 카스텔라의 맛은 모든 걱정을 앗아가 버렸다. 지로는 허겁지겁 카스텔라를 잘라 입속에 넣었다.

어느새 그 큰 상자가 절반 정도 비었다. 그제야 지로는 정신을 차린 듯 입가를 닦았다. 제일 먼저 떠오른 생각은 한꺼번에 다 먹어치우면 아빠가 자기를 비웃을지도 모른다는 것이었다. 지로는 비뚤비뚤하게 잘려진 단면을 고르게 다듬고 그 부스러기를 깨끗이 먹어 치운 다음 뚜껑을 덮었다. 조금 전까지의 우울했던 기분은 어느덧 가시고 마음이 느긋해졌다.

'난 역시 아빠 아들이야. 주워 온 아이가 아냐.'

지로는 그렇게 생각하기로 했다. 얼마 후 아래층에서 사람들의 웅성거리는 소리가 들려왔다. 지로는 귀를 기울이다가 아무래도 내려가 봐야 할 것 같아 촛불을 불어 끄고 카스텔라 상자를 옆구리에 낀 채 서둘러 계단을 내려갔다.

별채로 달려가자 열 명은 족히 넘어 보이는 사람들이 할아버지를 빙 둘러싸고 있었다. 지로는 사람들 틈을 뚫고 앞으로 나갔다. 마침 의사가 왕진을 와서 주사를 놓은 직후였다. 의사는 할아버지의 맥을 짚어 본 후 슌스케에게 말했다.

"조금 안정이 되신 것 같군요. 하지만 이런 환자분을 들것에 실어 움직이다니 너무 무리했어요."

"네, 그러잖아도 조심하느라고 했습니다만……."

"아무리 조심한다고 해도 이런 환자분한테는 무리예요."

의사가 다시 한 번 당부를 하고는 별채를 나갔다. 모여 있던 친척들은 안도의 한숨을 내쉬고는 의사 뒤를 따라 나갔다. 할아버지 곁에는 가까운 가족들만 남았다. 그중에는 마사키 외할아버지도 있었다.

지로는 빈자리를 찾아 앉으려다가 그때서야 비로소 옆구리에 끼고 있던 카스텔라 상자를 깨닫고는 당황했다. 다시 들고 나가려니 그렇고, 그렇다고 무릎에 떡하니 올려놓을 수도 없어 엉거주춤 서 있는데 오타미가 그 모습을 보았다.

"지로, 너 그게 뭐니?"

그녀가 의아한 듯 물었다. 모두의 시선이 지로에게 향했다. 당연히 할머니도 지로를 보았다.

"아니, 카스텔라 상자 아니냐? 아까 분명히 옆방에 갖다 놓았는데 보이지 않기에 이상하다고 생각했더니……. 정말 어처구니가 없구나."

할아버지의 병상 곁이라 목소리는 크지 않았지만, 괘씸하다는 티가 역력했다.

"제가 지로에게 준 거예요."

슌스케가 무덤덤하게 말했다. 그리고 지로를 향해 큰 소리로 물었다.

"지로, 먹었어? 어때, 맛있지? 근데 설마 너, 그 큰 걸 다 먹진 않았겠지? 남았으면 교이치와 슌조에게도 좀 나눠 줘."

말은 그렇게 했지만, 슌스케의 얼굴은 차갑게 굳어 있었다. 지로에게 쏠렸던 시선들이 이번에는 일제히 할머니를 향했다. 할머니는 계속 지로를 쏘아보는데, 볼이 파들파들 떨리고 있었다. 어색한 분위기 속에서 마사키 할아버지만이 빙긋이 웃었다.

"지로, 이 할애비도 카스텔라를 무척 좋아하는데, 나한테도 좀 나눠 주겠니?"

지로는 그 자리에 털썩 앉으며 카스텔라 상자를 외할아버지께 내밀었다. 나지막한 웃음소리가 방 안에 번졌다. 웃지 않는 사람은 할머니와 오타미뿐이었다. 별채는 곧 다시 적막에 빠져들었다.

할머니의 손가락

할아버지는 그로부터 삼 일을 더 버틴 후에 결국 숨을 거두었다. 다행히 지로는 오이토 할멈이 깨워 준 덕분에 할아버지의 임종을 할 수 있었다. 나지막한 염불 소리가 울리는 가운데 형제 셋은 차례대로 할아버지의 입술을 물에 적신 깃털로 축여 드렸다. 할아버지의 얼굴은 살아 있다는 느낌이 전혀 들지 않을 만큼 완전히 변해 있었다.

"별세하셨습니다."

의사가 나지막이 말하면서 자리에서 일어난 것은 몇 분 후의 일이었다. 할아버지는 마지막 순간에 희미하게 입술을 한 번 달싹거리고, 그리고 무엇을 보는지 분간이 안 되는 눈빛을 천장에 고정시킨 채 조용히 호흡을 멈추었다. 지로는 천천히 숨을 거두는 할아버지가 조금도 무섭지 않았다. 오히려 할아버지의 마지막 순간을 처음부터 끝까지 모두 기억해 두려는 듯이 꼼짝도 않고 지켜보았다. 흐느끼는 소리와 염불 소리가 뒤섞여 들려왔다. 지로는 눈물이 나지 않았다.

'죽으면 그것으로 다 끝이야. 할아버지는 오늘부터 꿈을 꾸지 못할 거야. 지옥이나 극락에도 못 갈 거야. 사람이 죽으면 혼이 빠져나간다는 것도 다 거짓말이었어.'

지로는 그런 생각이 어떤 의미인지도 모른 채 되는 대로 이것저것 상상해 보았다. 할아버지의 돌아가신 얼굴을 보고 있을수록 죽는다는 게 어떤 건지 점점 더 궁금해졌다.

"삼 일 전에 돌아가실 때를 미리 알고 집 안을 샅샅이 둘러보시다니, 정말 대단한 분이셨어."

할머니가 조용히 말했다. 할머니는 천천히 염불을 외면서 할아버지의 눈꺼풀을 어루만졌다. 할머니의 말을 받아 여기저기서 맞장구를 치는 소리와 탄식 소리가 들려왔다.

"정말 그래요."

"맞습니다."

"좀 더 사셔도 됐을 텐데……, 애구 원통해라."

또 다시 흐느끼는 소리와 염불 소리가 높아졌다. 지로는 여전히 슬픈 마음은 들지 않았다.

'죽으면 다 끝인데, 뭘.'

지로는 할아버지의 눈꺼풀을 쓰다듬는 할머니의 손가락 끝에 시선을 고정시킨 채 마음속으로 또 한 번 그렇게 생각했다. 그런데 할머니의 손가락이, 돌아가신 할아버지의 눈꺼풀을 매만지는 살아 움직이는 그 손가락이 지로의 눈엔 무척 낯설게 보이는 것이었다. 지로는 자기도 모르게 할머니의 얼굴을 쳐다보았다.

'할머니는 살아 있어. 살아 있는 할머니가 죽은 할아버지를 만지고 있어.'

할머니는 여전히 나지막하게 염불을 외고 있었다. 지로는 할머니의 입술을 보면서 또 생각했다.

'할머니는 살아 있어. 살아 있는 할머니가 죽은 할아버지를 위해 염불을 외고 있어.'

지로의 시선은 돌아가신 할아버지의 얼굴과 살아 있는 할머니의 얼굴을 천천히 옮겨 다녔다. 그러는 사이에 지로의 마음속은 또 이런 생각으로 가득 찼다.

'그래, 죽으면 다 끝나는 거야. 하지만 살아 있는 사람에겐 아무것도 끝나지 않아. 할머니는 며칠 전 내가 카스텔라 먹은 일을 몇 번이고 꺼내서 나를 꾸짖을 게 틀림없어.'

아마도 지로는 카스텔라를 떠올리면서 할아버지 대신 할머니가 죽었으면 좋겠다고 생각했을지도 모른다. 그런 지로의 마음을 모두 지로의 잘못이라고 말하기엔 뭔가 석연치가 않다. 지로는 죽음의 의미를 완전히 이해하기에는 여전히 어렸고 그저 할머니가 카스텔라에 대해 잊어 주기를 바라는 마음에서 그렇게 생각했을 수도 있기 때문이다. 죽음으로써 모든 게 사라지고 살아 있음으로써 영원히 계속된다는 이분법에 빠져 있더라도 지로의 생각이 그 언저리를 더듬고 있었다는 사실은 조금 놀랄 일이었다.

두 번째 큰 상처

하루코 누나

할아버지가 돌아가신 후로 지로의 성격은 전보다 더 조용해졌다. 그러나 할아버지의 죽음이 오하마와 헤어질 때만큼은 슬프지 않았기 때문에 마음의 상처는 그다지 크지 않았다. 단지 눈앞에서 할아버지의 죽음을 지켜본 그 느낌이 워낙 강렬해서 툭하면 혼자 생각에 잠기는 버릇이 생겼다.

"이젠 지로하고 놀아 봤자 재미도 없어."

지로가 더욱 침울하게 변하자 그나마 얼마 되지 않던 친구들마저 차차 멀어졌다. 하지만 지로는 그런 친구들에 대해서도 그다지 신경 쓰지 않았다. 함께 놀 만한 친구가 없으면 없는 대로 지로는 얼마든지 혼자서 시간을 보낼 수 있었다. 책을 읽거나 그림을 그리거나, 멍하니 천장이나 벽을 바라보기만 해도 몇 시간은 훌쩍 지나가곤 했다. 때때로 지로는 혼자 강변에 나가거나 신사 뒤편의 숲속으로 가서 풀밭에 드러누워 하늘을 올려다보면서 생각에 잠기기도 했다. 또 가끔은 집 뒤편 밭의 풀을 뽑으면서 시간을 보내기도 했다. 하지만 지로 스스로는 쓸쓸하거나 외로워서 그런다고 생각한 적은 한 번도 없었다.

그런 지로에게도 유일하게 함께 놀고 싶은 친구가 한 명 있었다. 류이치라는 같은 반 친구였다. 류이치의 아버지는 아오키 선생이라고 불리는 의사였는데, 온 마을 사람들이 다 그를 존경했다. 할아버지가 병석에 누워 계실 때 몇 번이나 왕진을 온 의사도 바로 아오키 선생이었다. 아오키 선생은 오래전부터 혼다가의 주치의였고, 슌스케와 서로 마음이 잘 통하는 사이여서 가족 간에도 친척처럼 가깝게 지냈다.

지로는 본가로 돌아온 뒤로부터 류이치와 사귀게 되었지만 사실 처음부터 사이가 좋았던 것은 아니었다. 그도 그럴 것이 류이치는 마음이 여린 응석받이여서 지로처럼 활달한 성격과는 잘 어울리지 않았기 때문이었다. 둘의 사이가 가까워진 것은 지로가 오하마와의 이별을 겪은 뒤로 조용하고 내성적으로 변하게 되면서부터였다. 특히 할아버지가 병석에 누워 있는 동안 아오키 의원 심부름을 지로가 도맡게 되면서 둘은 급속도로 친해지기 시작했다.

류이치에겐 하루코라는 누나가 있었다. 하루코는 의원에 딸린 약국에서 아버지의 일을 돕고 있었다. 지로는 자기를 친동생처럼 다정하게 대해 주는 하루코가 너무나도 좋아서 누가 대신할세라 기꺼이 심부름을 자청했던 것이다.

약이 다 지어질 때까지 기다리는 동안 지로는 주로 류이치의 공부방에서 놀았다. 약국 앞 복도를 지나면 이 층으로 올라가는 계단이 나오는데, 그 계단 바로 위가 류이치의 공부방이었다. 그 방에는 축음기를 비롯해 지로의 집에서는 구경한 적이 없는 여러 가지 신기한 물건들이 잔뜩 있었다. 또 책장에는 재미난 책도 가득했다. 처음에는 행동이 무척 조심스러워서 불편했지만 몇 번 드나들게 되면서 지로는 특유의 활달함을 되찾았고 다른 어느 곳보다도 그 방에서 노는 것을 좋아하게 되었다.

안타깝게도 할아버지가 돌아가신 후로는 약 심부름을 할 필요가 없어 류이치와 노는 횟수가 줄어들었지만, 대신 한 번 놀러 가면 몇 시간씩 놀기 일쑤였고, 방에 있는 모든 물건들도 익숙하게 다루게 되었다. 친구가 별로 없는 류이치는 지로와 노는 것을 최고로 여겼다. 그래서 어쩌다가 장난감을 부숴 먹어도 아까워하거나 심통을 부리는 일이 없었다.

류이치는 원래 싫증을 잘 내는 성격이었다. 한 가지 놀이를 시작하면 오래지 않아 곧 싫증을 냈다. 축음기를 틀어 놓고는 음악이 끝나기도 전에 다른 장난감을 가져오는 식이었다. 지로는 그런 류이치가 조금 못마땅했고, 때로는 말다툼도 했지만, 그렇다고 심하게 싸운 적은 없었다. 지로가 예전처럼 쉽게 흥분하지 않기 때문이기도 했지만, 그보다는 하루코를 의식한 것이 훨씬 큰 이유였다.

그러던 어느 일요일, 지로는 아침부터 류이치의 집에 놀러 갔다가 잠깐 점심을 먹으러 집에 들른 후 다시 가서 저녁 무렵까지 놀게 되었다. 하루 종일 놀다 보니 그 시간쯤 되자 방 안은 온갖 책과 장난감 등으로 온통 어질러져 발 디딜 틈도 없었다. 물론 그 사태의 장본인은 류이치였다. 류이치는 한 가지 놀이에 싫증이 나면 정리할 생각은 하지도 않고 곧바로 다른 놀이를 시작했기 때문에 나중에는 모든 게 뒤죽박죽, 무슨 놀이를 하고 있는지도 헷갈릴 지경이었다.

"어머, 류이치!"

하루코가 난장판이 된 방 안을 들여다보고는 인상을 찌푸렸다.

"이렇게 어질러 놓으면 어떡하니. 쓰레기장 같잖아."

지로는 멋쩍은 표정으로 엉거주춤 서 있었다. 그러나 류이치는 태평한 얼굴로 이렇게 말했다.

"간식은 가져왔어?"

"간식은 무슨 간식이야! 이렇게 방을 어질러 놓고선."

하루코는 미간을 찌푸리며 류이치를 흘겨보았다. 하지만 지로가 보기에는 조금도 미워하는 기색이 없었고, 화가 난 것 같지도 않았다. 지로는 누나에게 야단맞을 수 있는 류이치가 무척이나 부러웠다.

"간식 안 주면 한 대 때릴 거야."

류이치는 바닥에 흩어져 있는 그림책 하나를 집어 둘둘 말더니 번쩍 치켜들었다.

"얘 좀 봐. 이렇게 버릇없이 굴면서 간식 타령이야?"

하루코는 그렇게 말하면서 지로의 동의를 구하기라도 하듯이 물었다.

"지로, 류이치처럼 함부로 자기 누나를 때려도 돼? 안 되는 거지? 지로는 이런 아이하고 놀면 안 돼."

지로는 괜히 얼굴이 화끈거려 아무 말도 하지 못하고 잠자코 있었다.

"류이치 넌 그러고 있어. 우린 청소할 테니까. 지로는 착하니까 도와줄 거지?"

지로는 류이치의 얼굴을 슬쩍 쳐다본 후 하루코를 도와 방을 치우기 시작했다. 그녀가 집어 준 책들을 책장에 가지런히 꽂고 장난감도 정리했다. 쓰레기들은 한데 모아 쓰레기통에 버렸다. 지로는 하루코와 손을 맞춰 방을 정리하는 일이 너무나 즐거웠다. 방은 금방 깨끗해졌다. 너무 빨리 끝나 버린 게 아쉬울 따름이었다.

"지로, 고마워. 내가 맛있는 거 줄 테니까 여기 앉아서 조금만 기다려."

하루코는 지로의 어깨를 감싸듯이 끌어당겨 자리에 앉혔

다. 여태까지 하루코가 어깨를 감싸 안아 준 적이 없었기 때문에 지로는 어쩔 줄 몰라 했으면서도 또 한편으로는 그 손길이 너무 부드러워 몸이 녹는 것 같았다.

"간식은 뭔데?"

그동안 한쪽 구석에 잔뜩 찌푸린 얼굴로 서 있던 류이치가 하루코에게 다가가 응석을 부리듯 말했다. 류이치는 하루코의 등 뒤에서 팔을 목에 감으며 매달렸다.

"류이치, 장난치지 말라고 했지! 도와주지도 않으면서 간식은 먹고 싶어? 미안하지만 네 몫은 없어."

하루코는 류이치의 팔을 억지로 풀고는 주머니에서 조그만 봉투를 꺼냈다. 류이치가 재빨리 그걸 낚아채더니 아무렇게나 북 찢었다.

"난 또 뭐라구. 눈깔사탕이네."

류이치는 봉투 속에서 눈깔사탕을 하나 꺼내 냉큼 입에 넣었다.

"류이치, 뭐 하는 짓이야. 친구한텐 권하지도 않고 먼저 먹으면 어떡해."

하루코는 정말 화가 난 듯이 말했다. 그러자 류이치는 못마땅한 얼굴로 봉투를 하루코 앞에 불쑥 내밀었다. 하루코가 그걸 받아 지로의 무릎 위에 올려 주면서 속삭이듯 말했다.

"이거 지로가 다 먹어. 류이치에겐 하나도 주지 마."

지로는 눈깔사탕보다도 하루코가 계속 자신에게 말을 걸어 주는 게 너무나도 기뻤다. 지로는 벌겋게 달아오른 얼굴로 류이치를 슬쩍 훔쳐보았는데, 류이치는 하루코가 하는 말엔 관심도 없다는 듯 창밖을 내다보면서 사탕만 빨고 있었다.

"지로도 어서 먹어."

지로는 하루코의 말을 듣고서 그제야 봉투에 손을 집어넣었다. 그 모습을 보던 하루코가 웃으면서 말했다.

"나도 하나 먹고 싶네. 나 하나만 줄래?"

지로는 시뻘게진 얼굴을 푹 숙인 채 하루코에게 사탕을 봉투째 내밀었다. 하루코는 사탕 하나를 꺼내 입에 넣고 축음기를 틀었다. 지로가 한 번도 들어 본 적 없는 서양음악이었다.

"이건 외국에서 부르는 동요야. 재미있지?"

지로는 재미있다기보다는 신기하다는 생각이 더 많이 들었다. 그새 류이치가 지로 곁으로 슬그머니 다가와 눈깔사탕을 하나 더 꺼내 입에 넣었다. 하루코는 류이치가 하는 짓을 잠자코 바라보았을 뿐 별다른 말이 없었다. 음악이 흐르는 동안 지로는 그 시간이 끝도 없이 이어졌으면 좋겠다고 생각했다. 입안의 달콤함보다 하루코와 함께 있는 시간이 훨씬 더 달콤한 것 같았다.

하지만 아쉽게도 음악은 끝나고 말았다. 하루코는 축음기

뚜껑을 덮으면서 방을 어지르지 말라는 당부를 하고 아래층으로 내려갔다.

'나도 하루코 같은 누나가 있었으면 좋겠다!'

계단을 내려가는 하루코의 발소리를 들으며 지로가 그런 생각을 하고 있는데 그 열망이 너무나 강렬해서 지로는 가슴이 타는 것 같았다.

그 일이 있은 후부터 지로는 거의 매일 류이치네 집에 놀러 갔다. 그리고 어느새 지로도 류이치처럼 하루코를 '누나'라고 부르게 되었는데 그것이 지로에게 가져다준 행복감이 얼마나 큰 것이었던지는 굳이 설명할 필요가 없다.

오하마와 헤어진 후 지로의 마음속엔 커다란 동굴 하나가 생겼었다. 늘 찬바람만 불던 그 동굴 속에 최근 들어 할아버지의 차갑게 식어 버린 얼굴이 이따금씩 어른거리곤 했다. 하지만 하루코 누나를 만나고서부터 그 어둑한 동굴은 차차 지워졌다. 대신 따뜻한 빛과 아름다운 색깔과 신선한 향내로 가득한 조그마한 화원이 자리 잡는 듯했다.

메뚜기 머리 따기

지로의 쓸쓸하고 외로웠던 마음은 그렇게 류이치, 아니 류이치의 누나이자 '지로의 누나'이기도 한 하루코를 통해서 위로받으면서 차츰 회복되어 갔다. 그러는 사이에 지로는 오 학년이 되었다.

학교에서는 이제 어느 누구도 지로를 싸움 잘하는 아이로 생각하지 않았다. 지로가 기타로의 무릎을 물어뜯은 것과 다리 위에서 두 살이나 많은 형들을 상대로 싸웠던 일들은 어느덧 선생님과 친구들의 기억 속에서 사라진 지 오래였다. 그만큼 지로는 겉으로 보기에 얌전한 아이로 변해 있었다. 그리고 성적도 전보다 훨씬 좋아졌다. 담임선생님은 지로가 예전과 달리 너무 조용해진 것을 은근히 걱정했지만, 아이들 앞에서는 여러 번 지로의 성적을 칭찬해 주곤 했다.

그러던 어느 날의 일이었다. 논에 메뚜기가 우글거릴 무렵이었는데, 지로는 여느 때와 마찬가지로 혼자 집으로 돌아가던 중이었다. 논두렁길로 접어들었을 때 저만치 앞에서 류이치가 요시오라는 아이와 메뚜기 머리 따기 시합을 하고 있는 게 눈에 띄었다.

메뚜기 머리 따기란 메뚜기를 잡아 자기 옷에 달라붙게 한 후 날개를 아래쪽으로 힘껏 잡아채면 몸통은 뜯겨지고 메뚜기 머리만 옷에 그대로 붙어 있게 되는데 같은 시간 안에 누가 더 많은 메뚜기 머리를 옷에 붙여 놓는지를 겨루는 놀이였다. 보기에도 끔찍한 장난이었다.

지난여름까지만 하더라도 지로는 메뚜기 머리 따기 선수였다. 한 번도 진 적이 없을 만큼 잘했다. 하지만 올여름에는 하고 싶은 마음이 싹 사라졌을 뿐만 아니라 다른 아이들이 그런 장난을 하면서 노는 것을 볼 때마다 눈을 감고 싶을 만큼 싫기도 했다. 지로는 살아 있는 생명의 목숨을 가지고 장난하는 것은 더 이상 하고 싶지 않았던 것이다. 무엇보다 메뚜기의 초록색 몸통이 뜯겨지는 것을 보면 돌아가신 할아버지의 마지막 모습이 생각나서 참을 수가 없었다.

그날 만일 류이치만 아니었다면 지로는 그런 놀이를 하든 말든 못 본 척 그냥 지나쳐 버렸을지도 모른다. 하지만 지로의 발걸음은 류이치 앞에서 우뚝 멈춰 섰다. 류이치의 교복 상의에는 메뚜기 머리가 다섯 개, 요시오의 교복에는 일곱 개나 붙어 있었다.

"그런 짓 하지 마!"

요시오는 그렇다 치더라도 류이치가 그런 장난을 하는 것을 지로는 어떻게든 말리고 싶었다. 그때 요시오가 여덟 마리째 메뚜기를 잡아 몸통을 뜯어내며 말했다.

"그럼 류이치가 지는 거야."

"지긴 내가 왜 져?"

류이치가 대답했다. 류이치는 여섯 마리째가 옷에 잘 달라붙지 않자 조바심이 나던 차였다.

"하지 말라니까!"

지로가 또 한 번 류이치에게 소리쳤다. 하지만 류이치는 지로 쪽은 돌아보려고 하지도 않았다.

"난 이제 여덟 마리야. 앞으로 두 마리만 더 잡으면 내가 이기는 거다. 류이치는 몇 마리야? 뭐야, 아직도 다섯 마리야?"

한 술 더 떠서 요시오는 류이치를 약 올리기까지 했다. 그리고 벼이삭에 붙어 있던 아홉 마리째 메뚜기를 잽싸게 잡아채더니 신이 나서 말했다.

"지로, 이것 좀 봐! 이제 내가 이겼어. 내가 이기면 류이치가 나한테 색연필 주기로 했어."

그 말을 들은 지로의 얼굴이 험악하게 일그러졌다. 요시오는 한때 지로를 따라다니던 동네 아이들 중 한 명이었다. 그때만 해도 매일 함께 들판을 뛰놀곤 했는데, 좀 얍삽한 면이 있어서 지로는 예전에도 별로 좋아하지는 않았다. 가뜩이나 요시오가 마음에 들지 않는 판에, 류이치를 부추겨 메뚜기를 죽이는 것은 물론이고, 그런 끔찍한 장난으로 색연필까지 빼앗으려 드는 것을 보고 지로는 더 이상 참을 수가 없었다.

지로가 갑자기 요시오에게 달려들어 가슴팍에 붙어 있는 메뚜기 머리를 하나도 남김없이 털어 내 버렸다.

"야, 지로! 지금 뭐하는 거야!"

요시오가 지로의 손길을 뿌리치며 한 걸음 뒤로 물러서서 주먹을 불끈 쥐었다. 하지만 지로가 사납게 노려보자 요시오는 주먹을 슬그머니 풀면서 족제비 같은 눈으로 지로를 쏘아볼 뿐이었다. 지로가 아무리 얌전해졌다고는 하지만 지로는 지로였던 것이다.

"류이치, 집에 가자!"

지로는 요시오를 눌러 놓고는 류이치에게 다가갔다. 류이치는 그때까지 메뚜기 한 마리를 손에 쥔 채 멀거니 지로를 보고 있었다. 늘 함께 놀던 얌전하기만 한 지로의 모습이 아니어서 조금 기가 죽었다. 류이치는 쥐고 있던 메뚜기를 버리고 가슴에 달라붙어 있는 메뚜기 머리도 모두 떼어 냈다. 그리고 미안하다는 듯이 요시오에게 말했다.

"내가 진 거나 마찬가지야. 색연필은 줄게."

류이치가 길가에 내려놓았던 가방을 주섬주섬 풀기 시작하자 이번에는 요시오가 화를 벌컥 냈다.

"필요 없어!"

하지만 색연필에 대한 미련을 버리지는 못했는지 연방 곁눈질로 류이치의 가방을 흘깃거렸다. 류이치는 지로의 눈치를 살피며 조금 망설였다. 그때 지로가 얼른 류이치의 가방을 빼앗아 어깨에 메면서 류이치의 등을 떠밀었다.

"집에 가자니까. 오늘 너네 집에서 놀래."

류이치도 하는 수 없다는 듯 지로를 따라 걷기 시작했다. 류이치는 요시오가 걱정되었지만, 지로를 따라가면 별일 없을 것 같았다.

"야, 지로! 어디 두고 보자! 가만 안 둘 거야!"

요시오는 분하다는 듯이 지로의 뒤에다 대고 소리쳤다.

그러나 지로는 요시오의 말 따위는 아예 무시하고 묵묵히 걷기만 했다. 류이치는 아무래도 걱정이 되었는지 넌지시 지로에게 물었다.

"요시오가 화났을 텐데, 괜찮을까?"

"괜찮아. 요시오가 잘못한 거잖아."

"뭘 잘못해?"

"류이치를 속이고 색연필을 뺏으려고 했잖아."

"우린 그냥 시합한 거야. 내가 이기면 요시오가 손칼을 준다고 했어."

"그런 내기를 하자고 한 것부터가 잘못이라구."

"그럼 나도 잘못이라는 거 아냐. 어쨌든 나도 시합했으니까 요시오만 나쁜 건 아니잖아."

"처음에 시합하자고 한 게 요시오였지?"

"응, 맞아."

"그럴 줄 알았어. 요시오는 자기가 이길 줄 뻔히 알면서 류이치에게 시합하자고 했던 거야. 그러니까 그건 도둑질이나 마찬가지라구."

지로가 내뱉듯이 말했다. 하지만 지로가 그토록 기분 나빠했던 것은 요시오의 교활함 때문만은 아니었다. 만일 두 아이가 메뚜기 죽이는 시합만 하지 않았었다면, 또 요시오의 상대방이 류이치만 아니었다면 지로는 요시오를 그렇게까지 미워하지는 않았을 것이다. 하지만 하루코의 동생이자 자신의 유일한 친구라고 할 수 있는 류이치를 부추겨 함부로 메뚜기를 죽이도록 꼬드긴 요시오가 지로는 견딜 수 없이 미웠다.

"류이치……."

잠시 후 지로가 진지한 표정으로 물었다.

"메뚜기 죽이는 거, 재미있었어?"

"그럼! 재미있지. 지로는 안 그래?"

"난 그런 장난은 하면 안 된다고 생각해."

"시합만 하지 않으면 괜찮은 거 아냐?"

"시합이 아니더라도 해선 안 돼. 살아 있는 생명을 죽이는 거잖아."

"하지만 메뚜기는 해충이라구."

"아무리 해충이라고 해도 그렇지, 재미로 생명을 죽여선 안 되는 거야."

"그런가?"

"그래, 하루코 누나도 나쁜 짓이라고 생각할 거야."

"누나가 그런 생각을 하든 말든 알게 뭐야."

"바보 같은 소리하지 마!"

지로가 정색을 하며 말했다.

"하루코 누나는 선생님보다 훨씬 더 좋은 사람이야."

"좋긴 뭐가 좋아?"

"음……."

지로는 잠시 말이 막혔지만, 숨을 한번 크게 쉬고는 다시 말했다.

"하지만 누나는 늘 다정하게 대해 주잖아. 우릴 정말 아껴 준다구. 그러니까 누나가 하는 말은 모두 우리를 위해서 하는 말이야."

"흥."

류이치는 관심 없다는 듯이 코웃음을 쳤다. 그러자 지로는 한층 더 정색을 하고 류이치를 다그쳤다.

"그럼 이따가 누나한테 물어보자. 누나가 메뚜기를 죽이면 안 된다고 하면 류이치도 앞으론 그런 장난은 하지 않기다."

류이치는 대답은 않고 지로의 얼굴만 빤히 쳐다보았다. 지로도 눈길을 피하지 않고 마주보자 결국 류이치가 한발 물러섰다.

"응, 알았어. 앞으론 그런 장난 안 할게."

"정말이지?"

"응, 정말이야."

난투

둘은 집에 도착하자마자 하루코를 붙들고 조금 전에 있었던 일들을 낱낱이 이야기했다. 하루코는 지로의 말대로 메뚜기를 함부로 죽여서는 안 된다고 말하면서 미간을 찌푸렸다. 지로는 하루코의 그런 모습에 괜히 마음이 아팠다.

"앞으론 그런 끔찍한 장난은 하지 마. 자꾸 그러다간 저절로 잔인한 사람이 될 거야. 류이치, 지로의 말이 옳은 거야, 알겠니?"

하루코의 말에 지로는 어깨가 으쓱해졌다. 하지만 이어지는 하루코의 말에 지로는 얼굴을 붉히며 고개를 숙이고 말았다.

"하지만 요시오에게 그렇게 함부로 한 것도 잘못이야. 요시오는 그냥 시합을 했을 뿐인데, 지로가 좀 심했어. 근데 지로, 대체 왜 그런 거야?"

지로가 미처 대답을 못하고 머뭇거리자 하루코는 볼일이 있다며 총총이 아래층으로 내려가 버렸다. 지로는 하루코 누나에게도 생명을 가지고 장난치는 것은 잘못된 일이라고 똑똑하게 대답을 하지 못한 것이 못내 아쉬웠다. 그리고 지로가 채 대답도 하기 전에 아래층으로 내려가 버린 누나가 서운하기도 했다. 지로가 좀 심했어, 하던 하루코의 말이 계속 귓전에 맴돌아 놀고 싶은 마음도 시들해졌다. 집으로 돌아가자니 그렇고, 지로는 어떻게든 하루코 누나에게 그 말을 할 기회를 잡고 싶었다.

노는 둥 마는 둥 시간이 흘러 어느덧 창문에 벽오동 그늘이 슬슬 지기 시작했다. 집으로 돌아갈 시간이 되었지만 여전히 지로는 뭉그적거리고 있었다. 누나에게 그 말을 못한 채 집으로 돌아간다고 생각하니 괜히 울적해졌다. 그때 하루코가 손수건으로 이마의 땀을 닦으며 올라왔다. 콧등에도 작은 땀방울이 송송 맺혀 있었다.

"많이 늦었네. 여기, 사탕 먹어."

모두들 한동안은 사탕을 빨아먹느라 말이 없었다. 쪽쪽, 단물을 빨아먹는 소리만 조용한 방 안을 울렸다. 하루코의 표정이 어두운 걸 눈치챈 지로는 은근히 불안해졌다. 마침내 하루코가 지로를 향해 입을 열었다.

"지로, 아무래도 요시오한테 그렇게 한 게 잘못인 거 같아. 어떻게 해야 좋을지를 모르겠네……."

"누나 왜 그래? 요시오가 우리 집에 왔었어?"

류이치가 서둘러 물었다.

"응, 조금 전에 약국 청소를 하고 있는데 나한테 와서 지로가 여기 왔냐고 물었어. 하지만 내가 오늘 있었던 일을 알고 있어서 지로 여기 없다고 둘러대긴 했는데……."

"있다고 해도 상관없어요!"

이번에는 지로가 불만을 가득 담아 퉁명스레 말했다.

"그런데 요시오는 아마도 지로와 싸우려고 온 것 같았어. 몽둥이도 들고 있었거든."

"쳇!"

지로가 코웃음을 날렸다.

"더구나……요시오 혼자가 아니었어. 바깥에 다케랑 데쓰, 쓰네, 그리고 또 한 명 더, 이렇게 얼씬거리는 거야. 모두 불량한 아이들 아니니?"

"그럼 다섯 명이나 왔다는 거야?"

류이치가 겁먹은 눈으로 하루코와 지로를 쳐다봤다.

"그래. 그러니까……."

하루코가 다시 무슨 말인가를 하려는데 지로가 벌떡 일어났다.

"요시오, 이 비겁한 자식! 내가 그런 놈한테 질 줄 알아?"

지로가 우물거리던 눈깔사탕을 으드득 깨물었다.

"지로, 참아."

하루코가 지로 앞을 가로막았다.

"지로는 우리 집에 없다고 이미 말했는데 지로가 쫓아 나가면 어떻게 되겠어?"

"그렇지만……."

"그렇지만은 무슨 그렇지만이야? 난 싸움하는 아이가 제일 싫어."

지로는 하루코의 손에 붙들려 억지로 다시 자리에 앉았다. 하루코에게 나쁜 아이라는 말을 듣고 싶지 않은 마음과 요시오의 코를 납작하게 눌러 주고 싶다는 마음이 번갈아 들었다. 류이치가 옆에서 거들었다.

"누나는 지로가 얼마나 싸움 잘하는지 몰라서 그래. 오대 일로 붙어도 지로가 안 질 거야. 전에는 모두들 지로에게 굽실거리던 녀석들이라구. 그렇지, 지로?"

"그런 말이 어딨어!"

하루코가 버럭 소리를 지르며 류이치를 나무랐다. 그리고 지로에게 한 번 더 다짐을 받듯이 말했다.

"지로는 싸움 같은 거 하지 않을 거지?"

지로가 대답을 않고 씩씩거리기만 하자 하루코는 여전히 안심이 안 되는 모양이었다.

"오늘은 천천히 더 놀다 가. 내가 맛있는 저녁도 해 줄게. 어쨌든 지금 나가면 안 돼."

지로는 귀가 솔깃해졌다. 그동안 간식은 여러 번 먹었지만 밥을 먹은 적은 한 번도 없었다. 더구나 하루코 누나가 차려 주는 밥이 아닌가. 지로는 마음이 설레기까지 했다. 하지만 좋으면 좋을수록 멋쩍은 생각이 들어 괜히 부끄러워졌다. 지로는 금방 대답하지 못했다.

"내 말대로 할 거지? 어머니한텐 내가 말씀드릴 테니까 걱정하지 않아도 돼. 내일이면 요시오도 화가 다 풀려서 싸우려 하지 않을 거야. 그러니 오늘은 밖에 나가지 마. 늦으면 자고 가도 되니까."

그 말에 이번에는 류이치가 뛸 듯이 기뻐했다.

"지로, 자고 가도 된대! 요시오하고 싸우는 건 내일 해도 돼."

"또 그런 소리!"

하루코가 인상을 쓰며 류이치를 흘겨보았다. 지로는 마음이 완전히 기울어졌다. 붉어진 얼굴을 감추느라 고개를 숙이며 지로가 웅얼거렸다.

"그럼 누나가 우리 집에 말 좀 해 줘."

시원하고 넓은 툇마루에서 지로는 류이치의 가족들과 함께 저녁을 먹었다. 옻칠이 매끄러운 커다란 두리반이 거울처럼 빛났는데, 수세미의 푸른 이파리가 그 위에 비쳐 일렁거렸다. 하루코는 식사가 끝날 때까지 지로가 어색해하지 않도록 이런저런 말을 시키거나 반찬을 앞에 놓아 주며 지로를 배려해 주었다. 지로는 하루코의 그런 마음 씀씀이가 좋아서 밥 먹는 내내 남몰래 콧방울을 벌름거렸다. 음식을 삼키자마자 그때그때 새로운 피가 되어 몸속을 흐르는 것 같은 느낌이 들 정도였다.

저녁 식사가 끝나자 지로와 류이치는 속옷 바람으로 툇마루에서 팔씨름을 했다. 류이치는 지로의 상대가 못 되었다. 류이치는 한 판을 지고 나더니 도저히 상대가 안 된다는 걸 깨달았는지 다시 해 보자는 말도 없이 빙그레 웃기만 했다.

둘은 툇마루에 나란히 누워 하늘을 올려다보았다. 하늘에는 드문드문 별이 빛나고 있었다. 류이치가 하늘을 가리키며 별자리 얘기를 재잘댔지만 지로는 하나도 귀에 들어오지 않았다. 그저 하루코 누나가 언제쯤 툇마루로 다시 나올 것인지, 모든 신경은 거기에만 몰려 있었다.

“아니, 그렇게 벌거벗고 있다가 모기한테 물리면 어쩌려고 그래?”

이윽고 하루코가 툇마루로 나왔다. 하루코는 들고 있던 부채로 나란히 누운 두 녀석에게 설렁설렁 부채질을 해 주며 지로에게 물었다.

“지로, 집에 가고 싶으면 언제든 말해. 바래다주라고 부탁할 테니까.”

하루코는 지로가 편하라고 한 말이었건만 지로는 자기를 보자마자 집에 가고 싶으냐고 묻는 하루코가 괜히 야속했다. 이미 자고 가기로 다 된 것 같은데 아니었던가? 하는 생각도 들었다. 지로는 갑자기 갈등에 빠졌다. 자고 가고 싶다는 생각, 무턱대고 눌러 있으면 누나가 이상하게 생각하지 않을까 하는 걱정, 두 가지 다 오직 하루코로 말미암은 것이란 걸 지로는 그때 알고나 있었을까.

“자고 가도 괜찮겠어? 지로가 하고 싶은 대로 해.”

지로가 대답이 없자 하루코가 다시 말했다. 지로는 그때 정말 자기도 모르게, 속마음과는 전혀 달리 이렇게 말해 버렸다.

“집에 갈 거야.”

한번 뱉은 말은 말한 사람을 사로잡는 것이어서 지로는 자기가 한 말을 금방 후회했지만 이젠 돌이킬 수가 없었다.

지로는 주섬주섬 옷을 챙겨 입기 시작했다. 류이치가 심통이 나서 투덜거렸다.

"누난 괜히 그래. 누나가 아무 말 안 했으면 지로가 자고 갈 거잖아!"

"어머, 그러니? 지로, 자고 가도 되면 자고 가. 내가 괜한 소릴 했나 보다."

"아니야. 원래 가려고 했어."

지로는 공연히 태연한 척, 마음속을 들키지 않으려고 더욱 서둘렀다.

"그래? 그럼 조금만 기다려. 지로를 데려다주라고 부탁할게."

이제는 그야말로 가야 하는구나, 왜 누나는 내가 뭐라고 하든 좀 붙들지 않을까, 지로는 크게 낙담했다. 그러고는 될 대로 되라는 식으로 말해 버렸다.

"됐어, 나 혼자 갈 수 있어."

"안 돼, 조금 전까지 이 근처에서 요시오 패거리가 서성거리고 있었단 말이야."

"난 요시오 같은 놈한테 안 진다니까!"

"이기든 지든 싸움은 절대 안 돼. 아까 내가 말했잖아. 무슨 뜻인지 아직도 모르겠어?"

지금까지 들어 보지 못했던 엄한 말투였다. 지로는 풀이 죽은 채 가만히 서 있었다.

"지로, 그냥 자고 가."

류이치가 일어서며 말했다. 그러자 하루코도 반색을 하며 맞장구를 쳤다.

"그래, 오늘은 여기서 그냥 자고 가. 지로만 괜찮다면 아무래도 자고 가는 게 좋겠다."

몇 번씩이나 뒤바뀌는 결론에 얼떨떨했지만 어쨌든 지로는 다시 기분이 좀 나아졌다. 그때였다. 마당 건너편 울타리가 와삭와삭 소리를 내며 흔들렸다. 누군가 밖에서 흔들어대는 것이 분명했다. 셋은 동시에 소리가 나는 쪽을 바라보았다.

"누구예요?"

하루코가 소리쳤지만 아무 대답이 없었다.

"강아지였나?"

하루코가 조심스레 울타리 쪽으로 다가갔다. 그때 담장 너머에서 여럿이 동시에 외치는 소리가 들렸다.

"하루코 거짓말쟁이!"

이어서 네댓 명의 아이들이 일부러 떠들썩하게 웃는 소리도 들려왔다.

"지로 녀석, 저기 있다!"

"지로, 당장 나와!"

"빨리 나오라구, 이 꼬맹아!"

"어디 한번 나와 봐, 이 수양아들 놈아!"

"수양아들 놈! 꼬맹이!"

"수양아들 꼬맹아, 겁나냐?"

울타리 너머에서 요시오들은 지로를 놀리며 마구 욕지거리를 퍼부었다.

"저런 못된 녀석들! 지로, 그래도 나가면 안 돼. 참아야 해."

하루코는 울타리를 등지고 서서 지로에게 나서지 말라며 마구 손을 흔들었다. 그러나 이미 지로는 자리를 박차고 정원 중문을 지나 밖으로 튀어나가고 있었다.

잠시 후 울타리 밖에서는 투닥거리는 소리, 비명 소리, 용쓰는 소리, 매 떨어지는 소리가 한꺼번에 뒤섞여 들려왔다. 울타리도 마구 흔들렸다.

"누구 좀 나와 봐요! 류이치, 빨리 아버지 불러 와!"

하루코가 찢어지는 목소리로 외쳤고, 류이치는 곧장 집 안으로 달려갔다. 류이치 가족들이 울타리 밖으로 쫓아 나왔을 때, 어떤 아이를 깔고 앉은 지로 뒤에서 여러 명이 나무 몽둥이로 지로를 마구 내리치는 중이었다. 하지만 이상하게도 비명을 지르는 쪽은 지로가 아니었다. 지로 밑에 깔린 녀석이 떠나갈 듯한 비명을 질러대고 있었다. 그 아이는 다름 아닌 요시오였다. 나중에야 알게 된 일이지만, 그날 요시오의 얼굴은 지로에게 얻어맞고 손톱에 할퀴어져 엉망진창이 되어 있었다.

그러나 지로가 입은 상처에 비하면 아무것도 아니었다. 지로의 몸은 어깨에서 허리까지 붉은 줄이 죽죽 가도록 멍이 들었고, 머리도 좀 깨져서 시뻘건 피가 흘러내렸다. 진료실의 밝은 전등 아래서 지로의 모습을 확인한 하루코와 가족들은 새파랗게 질린 얼굴로 한동안 아무 말도 하지 못했다. 지로는 이를 악문 채 눈을 꼭 감고 있었다.

머리에 난 상처는 류이치의 아버지가 바늘로 꿰맸다. 치료를 끝낸 아오키 선생이 뭔가 생각난 듯이 혀를 끌끌 차면서 말했다.

"지로 너는 언젠가 마사키가에서도 밤중에 다친 적이 있었지? 이번이 벌써 두 번째구나. 상처가 점점 커지는 걸로 봐선 세 번째는 조심해야겠는걸. 이렇게 가다간 세 번째는 정말 크게 다치지 않겠냐."

하루코가 지로의 머리에 붕대를 감아 주면서 말했다.

"정말 어떻게 해야 좋을지 모르겠어요. 지로 어머니가 오시면 뭐라고 하지? 죄송하다는 말도 못 꺼내겠어."

하루코는 기어이 울먹거렸다. 지로는 그때까지도 눈물 한 방울 흘리지 않았지만, 하루코의 말을 듣곤 울음이 치밀었다. 그리고 붕대를 미처 다 감기도 전에 복도가 요란해지면서 오타미가 진료실로 뛰어 들어왔다.

지로는 그날 밤 오타미의 손에 이끌려 집으로 돌아갔다. 집으로 가는 길 내내 조금 전에 하루코와 엄마가 나누던 얘기들을 생각하느라 지로의 마음속은 뒤죽박죽이었다. 하지만 많은 말들 가운데서도 하루코가 손수건으로 눈물을 닦으며 하던 말, "죄송해요, 정말 죄송해요." 오직 그 목소리만이 지로의 가슴을 도려내듯 파고들었다. 지로는 엄마를 따라 밤길을 걸으며 몰래 눈물을 훔쳤다.

뜻밖의 이야기

붕대

다음 날 지로는 머리에 붕대를 친친 감은 채 학교에 나타났다. 모든 아이들의 주목을 끈 것은 당연한 일이었다. 하지만 어느 누구도 지로가 싸움에서 졌다는 표시로 여기지는 않았다. 그보다는 한동안 잊고 있었던 지로의 용기에 대해 다시금 소문이 퍼져나갔다. 거기다가 류이치가 그날 밤 일을 신나게 떠들어 댔다. 몽둥이까지 든 아이들을 상대로 일대 오의 결투를 벌인 지로의 무용담은 아이들을 흥분시켰다. 쉬는 시간이나 등하굣길에서 지로보다 나이가 많은 아이들까지 지로의 비위를 맞추려 했고 몇 번이나 들었던 그날 저녁 일을 다시금 지로에게 묻곤 했다. 요시오와 그 패거리들은 가급적 지로와 마주치지 않으려고 슬슬 피해 다녔다.

하지만 지로는 그런 것을 전혀 의식하지 않았다. 지로는 여전히 류이치하고만 어울렸다. 혹시라도 다른 친구들이 지로의 관심을 끌려고 말을 걸어와도 시큰둥한 표정으로 대답도 잘 하지 않았고, 또 누구에게든 먼저 말을 거는 적은 더욱 없었다. 그리고 쉬는 시간이나 점심시간이 되면 학교 운동장 귀퉁이에 혼자 서서 어딘가를 지그시 바라보거나, 오랫동안 눈을 감고 생각에 잠기는 경우가 많았다. 그래서인지 친구들은 지로를 더욱 어려워하게 되었고, 멀찌감치 떨어져 지켜볼 뿐이었다.

"잘못 맞았으면 아마 죽었을 거다."

토요일, 시내에서 돌아온 슌스케가 붕대를 친친 감은 지로를 보곤 깜짝 놀라 그렇게 말했다. 걱정이 되어서 하는 말인지, 아니면 농담으로 하는 말인지 분간이 잘 안 되는 말투였지만, 그 후로도 오랫동안 지로는 아빠의 그 말이 잊히지가 않았다. 지로가 운동장 한쪽 구석에 혼자 우두커니 서 있거나 하는 것도 실은 아빠의 말 때문이었다. 지로는 울타리 밑에 피투성이가 되어 축 늘어져 있는 자기 모습을 상상해 보는 것이었다.

그런 상상을 해도 두렵거나 슬픈 느낌은 들지 않았다. 지로는 할아버지의 죽음을 통해 죽는다는 게 아무것도 아니라는 생각을 갖게 되었기 때문이었다. 죽으면 아픈 것도 모르고 아무것도 기억하지 못한다, 라는 생각만이 머릿속을 맴돌았다.

한편 지로는 죽어 있는 자기 모습을 상상할 때면 동시에 방 안에 모여서 자신의 죽음을 지켜보는 사람들의 얼굴도 함께 떠올리곤 했다. 대부분이 친가나 외가 사람들이었고, 예외가 있다면 하루코 정도였는데, 그중에서도 분명하게 떠오르는 얼굴은 아버지와 할머니 할아버지, 그리고 마사키 외할아버지, 그다음이 하루코였다. 할머니의 얼굴이 떠오를 때마다 지로는 절대로 할머니보다 먼저 죽을 수는 없어, 하고 속으로 외쳤고, 아빠나 마사키 외할아버지, 그리고 하루코의 얼굴이 떠오르면 처량한 생각이 들면서 한편으로는 죽는다는 게 어쩐지 행복한 일처럼 느껴지기도 했다. 간혹 엄마의 얼굴도 떠오르긴 했지만, 이상하게도 엄마의 얼굴은 다른 사람들의 얼굴처럼 분명하지가 않았다. 할머니처럼 차갑게 웃고 있는 얼굴은 아니었지만, 그렇다고 우는 것처럼 보이지도 않았다. 굳이 표현한다면 평소처럼 화가 잔뜩 난 표정 같았다. 하지만 그마저도 자신 있게 말할 수 있을 만큼 분명하게 보이지는 않았다. 지로는 그것이 늘 안타까웠다.

그런데 가끔은 엄마의 얼굴이 오하마의 얼굴로 바뀌는 때가 있었다. 그 얼굴 표정은 분명치 않았지만, 오하마는 정신 나간 사람처럼 온몸으로 울부짖고 있었다. 그 모습을 상상할 때면 지로는 절로 눈물이 날 것 같았다. 그리고 아직 죽으면 안 돼, 하고 생각했다.

지로가 그런 식으로 운동장 구석에 혼자 있을 때 곁에 다가와 말을 거는 사람은 언제나 류이치였다.

"지로, 오늘도 우리 집에 갈래?"

류이치는 언제나 그렇게 말했다. 류이치가 지로의 마음을 알고 위로하는 소리는 아니었고, 다만 자기 집에서 같이 놀고 싶어서 한 말이었지만 지로는 그 말을 들으면 언제나 갑자기 힘이 솟는 걸 느끼곤 했다. 그렇게 지로는 현실로 돌아오는 것이었다.

"그래, 가자."

지로는 짐짓 힘차게 대답하며 류이치와 어깨를 나란히 하고 교실로 향했다. 지로는 류이치만 보면 하루코가 떠올랐고, 하루코를 생각하면 부드러운 손길로 붕대를 갈아 주는 그 따스한 느낌이 되살아났다. 그리고 마음속에 짤랑, 맑은 방울 소리가 들리는 것만 같았다.

열흘쯤 지나자 상처가 아물어 더 이상 붕대를 감을 필요가 없어졌다. 하루코는 그날 반창고를 붙여 주면서 무척 다행이라는 표정으로 말했다.

"어때, 시원하지? 그동안 답답했을 텐데 잘 참았어. 상처가 이만해서 정말 다행이야. 앞으론 싸움 같은 건 하면 안 돼."

지로는 붕대를 풀게 된 건 기분이 좋았지만, 하루코에게 머리를 맡기고 앉아 부드러운 손길을 더 이상 느끼게 될 수 없게 된 것을 생각하면 몹시 서운해졌다.

"누나."

곁에서 반창고를 갈아 주는 것을 구경하던 류이치가 하루코에게 말했다.

"지로하고 제일 친한 게 누군지 알아? 바로 나야. 그래서 학교에서 나쁜 녀석들이 나한테 아무 말도 못 해."

"그게 무슨 말이니?"

"모두 지로를 무서워하거든. 근데 나랑 제일 친하니까 날 괴롭히지 못하는 거야."

"너, 지금 무슨 소리를 하고 있는 거야?"

하루코는 미간을 찌푸리며 류이치에게 묻고는, 심각한 얼굴로 다시 지로를 향해 물었다.

"친구들이 무서워하면 대단한 사람이 된 것 같은 기분이 드나 봐? 그런 거야, 지로?"

지로는 하루코가 새삼스레 진지한 표정으로 물어 오자 무척 당황했다. 그래서 류이치에게 화를 내며 말했다.

"류이치, 왜 괜히 누나한테 거짓말하는 거야. 누가 나 같은 걸 무서워한다고 그래?"

"진짜라니까. 넌 잘 모르나 본데 아이들이 널 얼마나 무서워한다구. 오늘만 해도 네가 오니까 공놀이하던 애들이 가만히 서 있었잖아? 네가 또 시끄럽다고 그럴까 봐 지나갈 때까지 기다렸던 거야. 그것도 몰랐어?"

류이치의 말이 맞는 것도 같았다. 하지만 꼭 자기 때문만은 아닐 것이라는 생각도 들었다. 지로는 하루코에게 뭐라고 변명해야 좋을지 몰라 머뭇거렸다. 그러자 하루코가 타이르듯 말했다.

"그럼 안 돼."

하루코는 지로의 어깨를 두 손으로 잡고는 간절한 어조로 말했다.

"지로, 지로는 반드시 착한 사람이 되는 거야. 이렇게 부탁할게. 내 말 무슨 뜻인지 알지?"

하루코는 지로와 눈길을 맞추려는 듯 고개를 갸웃이 숙이며 얼굴을 가까이 들이밀었다. 두 얼굴이 닿을 듯 가까워졌다. 지로는 부드러운 기운이 자기를 감싸 누르는 것 같아 전혀 움직일 수가 없었다. 하루코에게서 나는 향긋한 냄새에 숨이 막히고 머릿속이 멍해졌다. 지로는 자기도 모르게 눈물을 흘렸다. 볼을 타고 흘러내리는 눈물이 무릎 위로 뚝뚝 떨어졌다. 기뻐서인지, 슬퍼서인지, 아니면 둘 다인지 모를 눈물이었다.

"오하마 아주머니가 이런 얘기를 들으면 얼마나 놀라시겠니? 지로는 벌써 아주머니를 잊어버린 건 아니겠지?"

하루코가 지로의 귓전에다 소곤거렸다. 지로는 미끄러지듯 의자에서 내려와 하루코의 무릎에 얼굴을 파묻고 울었다.

"나 이제 싸움 같은 거 안 할게. 정말이야, 정말이야!"

하루코는 지로의 어깨를 다정하게 쓰다듬으며 말했다.

"그래, 그래, 그럼 됐어. 울지 마, 지로."

곁에서 영문을 모르겠다는 얼굴로 둘을 바라보던 류이치가 입을 삐죽거리며 끼어들었다.

"누나, 자꾸 그러지 마. 왜 지로한테 뭐라고 해? 지로는 나쁜 짓 한 적 없단 말야."

"그래, 류이치 말이 맞아. 나도 잘 알고 있으면서 괜한 말을 했네."

"누나가 정말 나빴어. 지로, 미안해. 이제 우리 이 층에 올라가서 놀자."

"내가 맛있는 간식 챙겨 줄 테니 먼저 올라가 있어."

"지로, 가자."

류이치는 의기양양하게 지로의 손을 끌었다. 지로는 한 손으로 눈물을 닦으면서 나이 많은 형에게 끌려가는 동생처럼 류이치의 뒤를 따라 이 층으로 올라갔다.

이 층에선 평소와 다를 것이 없었다. 하지만 그날처럼 지로의 마음속에서 하루코가 그립고, 또 소중하게 생각된 적은 없었다. 하루코가 했던 모든 말들이 마음속에서 메아리처럼 울려 퍼졌다. 지로는 하루코만 생각하면 공연히 마음이 들뜨면서 묘한 기분에 젖어드는 것이었다.

뜻밖의 손님

그토록 기다리던 여름방학이 드디어 시작되었다. 그 무렵엔 지로의 상처도 깨끗이 아물었다. 뒤통수에 삼 센티미터 정도의 매끈한 흉터가 생겼지만, 흉해 보일 정도는 아니었다. 그래도 지로는 치료를 핑계 삼아 뻔질나게 아오키 의원을 드나들었다. 어떤 날은 방학이라는 핑계로 아침에도 가고, 오후에도 가고, 저녁에도 갈 정도였다.

어느 날 저녁, 일곱 시쯤 류이치의 집에서 돌아온 지로는 시내에서 아빠가 돌아왔다는 것을 알게 되었다. 슌스케는 손님방에서 손님과 함께 술을 마시고 있었다. 그 무렵 지로는 류이치 집에서 노는 재미에 푹 빠져 아빠가 오는 날도 잊어버릴 때가 종종 있었다. 지로가 아빠에게 인사하기 위해 손님방으로 들어가려는데, 마침 지나가던 오타미가 붙들었다.

"인사는 내일 해도 돼. 지금은 손님들하고 계셔. 괜히 또 술이나 따르게 되면 곤란하니까 방에 가 있어."

슌스케는 손님들이 찾아오면 지로를 불러 옆에 앉히고 형제 중 제일 씩씩한 아이라고 칭찬하면서 술을 따르게 했는데, 오타미는 그런 일에 질색이었다. 그리고 손님들이 돌아가면 슌스케에게 잔소리를 늘어놓았다.

"제발 손님들 앞에서 지로가 씩씩한 아이라느니 하면서

공연히 아이를 부추기는 말 좀 하지 마세요."

불똥은 엉뚱하게도 지로에게도 튀었다.

"사내 녀석이 술 따르는 걸 좋아해서 뭐가 되려고 그러니?"

지로는 엄마의 말이 너무 생뚱맞아서 은근히 화가 나곤 했다. 아빠 친구들한테 술을 따라 드리는 게 뭐가 어때서. 그리고 아빠가 자기에게 나쁜 짓을 시킬 리야 없지 않은가 말이다. 또 지로는 어른들이 둘러 앉아 우렁우렁한 목소리로 자기는 좀처럼 이해하기 어려운 이야기를 나누는 그 분위기가 좋았다. 아빠의 뒤에 앉아 등에 귀를 대고 있을 때 전해져 오는 그 울림이 신기하기도 했다.

지로가 여전히 손님방을 흘끗거리며 좀처럼 안채로 들어가려고 하지 않자 오타미가 짜증 섞인 목소리로 말했다.

"오늘 온 손님들은 형편없는 사람들이야. 저런 사람들에게 괜히 술이라도 따랐다간 나중에 뭐가 되겠어."

손님을 무시하는 티가 역력했으므로 지로는 더 궁금해졌다.

"누가 왔는데?"

"글쎄 손가락 없는 곤 씨하고 만두 호랑이를 데려왔단다. 아빠도 참 주책이지, 무슨 생각으로 그러는지 모르겠어."

두 사람 모두 마을에서 평판이 아주 나쁜 사람들이었다. 손가락 없는 곤 씨는 싸움을 하다 손가락 하나가 잘린 데서

붙여진 별명이었고, 만두 호랑이는 어렸을 적 만두가게 점원으로 일했기 때문에 그런 우스꽝스러운 별명으로 불리고 있었다. 두 사람 모두 대여섯 명의 부하를 거느렸는데, 서로 사이가 좋지 않아 툭하면 싸움을 벌였기 때문에 마을 사람들에게 둘은 큰 골칫거리였다. 게다가 요즘에 와서는 둘의 사이가 더욱 악화되어서 언제 곧 큰 싸움이 터질지 모른다는 소문이 온 마을에 퍼져 있었다. 아이들 사이에서도 늘 화제가 되는 소문이었다.

지로는 목소리를 잔뜩 낮추며 물었다.

"근데 우리 집에 왜 왔어?"

"아빠가 부르셨단다."

"아빠가? 왜?"

"두 사람을 화해시키려고 그러셨대."

"치이."

"괜히 그런 일에 쓸데없이 나섰다가 무슨 일이라도 당하면 어쩌려는 건지. 하긴 아빠 성격이 원래 그러시니까."

슌스케를 나쁘게 말하는 것인지, 아니면 감싸려는 말인지 지로는 선뜻 감이 오지 않았다. 어쨌든 마을에서 가장 위험한 사람들이 자기 집에 왔다는 게 무척이나 신기했다. 특히 서로 앙숙인 두 불량배를 화해시키려는 아빠가 왠지 모르게 멋있어 보였다.

"그만 가."

오타미의 말에 하는 수 없이 안채로 가면서도 지로는 궁금해서 죽을 지경이었다. 결국 지로는 기회를 틈타 안채를 빠져나와 정원수 뒤에 몸을 숨기고 손님방을 엿보기 시작했다.

손님방에는 세 사람이 상 주위에 책상다리를 하고 앉아 술을 마시고 있었다. 슌스케가 상석에 앉았고, 오른편에 곤 씨, 왼편에 만두 호랑이가 앉아 있었다. 손가락 없는 곤 씨는 깡마른 체구에 피부가 희고, 눈이 아주 날카로웠다. 뚱뚱하고 털이 수북하며 눈매가 축 늘어진 만두 호랑이와는 완전히 딴판이었다. 지로는 손가락 없는 곤 씨가 만두 호랑이보다 훨씬 기분 나쁘게 생겼다고 생각했다.

세 사람은 기분이 몹시 좋아 보였다. 슌스케가 뭐라고 말하면 두 사람은 손을 내젓거나, 손바닥으로 이마를 치면서 크게 웃었다. 술잔도 연방 오갔다. 분위기로 보아 이미 두 사람이 화해를 한 것 같아 지로는 약간 실망했다. 가장 재미있는 대목이 날아가 버린 책을 보는 기분이었다. 하지만 마을에서 아무도 해내지 못한 일을 아빠가 한 것 같아 괜히 우쭐해졌다.

그런데 갑자기 상에 기대듯이 앉아 있던 손가락 없는 곤 씨가 상체를 일으키며 만두 호랑이에게 큰 소리로 말했다.

"이봐, 이봐, 자네가 그런 식으로 말한다면 나도 할 말이 많아. 자기가 하고 싶은 말만 실컷 떠들어 놓고 이제 와서 나리한테 중재해 달라고 부탁을 할 셈이야?"

"천만의 말씀! 와하하!"

만두 호랑이는 손을 내저으며 크게 웃었다. 털이 수북한 얼굴과는 전혀 어울리지 않는 천진한 웃음이었다.

"이거 왜 이래! 나를 그렇게 치사한 놈으로 생각하면 안 되지. 나리께서 모처럼 이런 자리를 만드셨으니 무엇이든 털어놓는 게 좋다고 생각했을 뿐이야. 넌 또 뭔가 숨기고 싶은 게 있었는지는 모르겠지만 말이야."

그렇게 둘은 서로 옥신각신 말을 주고받았다. 슌스케는 듣고만 있었다. 그때 무슨 말끝인가에 곤 씨가 벌컥 고함을 질렀다.

"뭐라구? 감히 이놈이! 어디 한번 해보겠다는 거냐?"

곤 씨가 자기 옆에 있던 빈 술병을 거꾸로 집어 들고 벌떡 일어섰다.

"그걸 나한테 던지시겠다? 좋아, 어디 한번 던져 봐. 이만하면 표적도 크고, 눈 감고 던져도 맞힐 수 있겠지."

만두 호랑이는 능글맞게 비웃으며 자세를 고치고 앉아 양쪽 팔꿈치를 쭉 폈다. 그 모습이 영락없는 고릴라였다. 마치 고릴라 한 마리가 점잖게 앉아 상대방을 노려보는 듯했다. 일촉즉발, 둘의 기세에 지로는 금방이라도 숨이 넘어갈 것 같은 긴장감을 느꼈다.

"모두 그만들 좀 해!"

잠자코 듣기만 하던 슌스케가 버럭 소리를 질렀다. 어찌나 소리가 큰지 지로는 오금이 다 저리는 것 같았다.

"이게 무슨 짓들이야! 자네들이 이러고도 사내라고 할 수 있나? 나도 더 이상은 자네들에게 할 말이 없네."

슌스케는 잠시 뜸을 들인 후 다시 큰 소리로 말했다.

"그렇게들 싸우고 싶으면 멋대로들 해 봐. 하지만 이렇게 내 집에 온 이상, 자네들이 싸우는 꼴은 볼 수 없어. 그래도 싸워야겠다면 나부터 처리하라구. 자, 둘이 한꺼번에 나를 찌르든지, 베어 버리든지 하고 싶은 대로 해 보게. 자네들이라면 나 같은 사람 하나 처리하는 건 식은 죽 먹기겠지."

슌스케는 겉옷을 와락 젖히고 맨 가슴을 드러냈다. 그러고는 주먹으로 가슴을 쾅쾅 두드렸다. 한동안 방 안에서는 아무 말도 들리지 않았다. 지로는 침을 꼴깍 삼키며 방 안을 응시했다.

곤 씨와 만두 호랑이가 똑같이 슌스케를 바라보며 고개를 푹 수그렸다. 만두 호랑이가 먼저 슌스케에게 뭐라고 말하는 것 같았다. 뒤이어 곤 씨도 뭐라고 말하는 소리가 들렸다. 목소리가 낮아서 정확하게 무슨 말을 하는지는 알 수가 없었다. 그러자 또 슌스케가 외치듯이 말했다.

"뭐라고? 나한테 죄송하다구? 둘 다 눈이 뒤집혀 사과해야 할 상대를 잘못 아는 모양이군. 난 자네들과 싸운 적이 없어. 나한테 사과한들 그게 무슨 소용인가?"

두 사람은 고개를 숙인 채 꿈쩍도 하지 않았다.

"무슨 뜻인지 모르겠나?"

슌스케는 더욱 큰 소리로 외쳤다.

"서로 자기가 잘못했다는 것을 알았으면 상대방에게 사과해야지, 왜 엉뚱하게 나한테 사과하는 건가? 사람을 바보 취급하는 건가?"

또다시 긴 침묵이 이어졌다. 만두 호랑이가 결심한 듯 고개를 들었다.

"나리 말씀이 맞습니다!"

만두 호랑이는 상에서 조금 물러나 자세를 고쳐 앉고 손가락 없는 곤 씨를 바라보았다. 그러자 곤 씨도 우물쭈물 만두 호랑이를 향해 같은 자세로 앉았다. 두 사람이 다다미에 손을 짚고 서로에게 머리를 숙인 것은 거의 동시였다.

지로는 손에 땀을 쥐고 두 사람의 모습을 지켜보고 있었는데 갑자기 다다미에 엎드려 서로 미안하다고 말하는 모습에 웃음이 터져 나올 것만 같았다. 뻣뻣하게 고개를 숙이는 둘의 모습이 언젠가 마을 축제에서 본 꼭두각시 인형 같다는 생각이 들었다. 비로소 슌스케의 얼굴이 활짝 펴졌다.

"이제야 제대로 화해한 것 같군. 덕분에 나도 목숨을 건졌어. 핫하하하!"

세 사람은 또다시 기분 좋게 술을 마시기 시작했다. 지로의 재미도 시들해졌다. 이제 슬슬 안으로 들어가야지, 하는 순간 슌스케의 말소리가 지로의 발걸음을 꽉 붙들었다.

"분명히 말하지만, 난 자네들을 화해시키기 위해 주제넘게 나선 건 아냐. 자네들보다 마을 사람들을 더 생각했기 때문이야. 마을 사람들이 시도 때도 없이 으르렁거리는 자네들 때문에 피해보도록 내버려 둘 수는 없지 않겠나."

"죄송합니다."

만두 호랑이가 고개를 숙이자, 곤 씨도 따라 고개를 숙였다.

"자네들이 기억해야 할 건 딴 게 아냐. 마을 사람들 입장을 생각하라는 거지. 그걸 생각한다면 그까짓 이기고 지는 자존심 때문에 쓸데없는 소란을 피우진 않을 거 아닌가. 제발 부탁인데 마을 사람들이 안심하고 지낼 수 있게 도와주게. 그냥 안심시키는 것만이 아니라 서로 힘을 합쳐서 마을 사람들이 기뻐할 만한 일을 해 주게. 자네들이 그렇게만 마음을 먹는다면 마을을 위해 못할 게 뭐가 있겠나. 만에 하나 오늘 이렇게 화해를 해 놓고도 뒤에 가서 또 마을 사람들을 괴롭힌다면 난 정말 고개를 들 수가 없다구. 내 말 이해하겠지?"

만두 호랑이는 연신 고개를 끄덕거렸고, 곤 씨는 주먹으로 눈을 비벼 댔다.

"이번엔 내가 하는 말을 진심으로 이해한 것 같군. 정말 고맙네. 내가 마지막으로 마을 사람들에게 좋은 선물을 할 수 있어서 다행이야."

"마지막 선물이라뇨? 그게 무슨 말씀입니까?"

만두 호랑이가 의아한 표정으로 물었다.

"자넨 아직 모르는 모양이군. 소문 정도는 들었을 텐데."

"아뇨, 아무 소문도 못 들었는데요."

"그래? 그럼 선물이라는 말은 괜히 꺼냈군. 허허!"

"나리, 대체 무슨 말씀입니까? 저희들은 영문을 모르겠습니다."

"아무래도 우린 곧 이 마을을 떠나게 될 것 같아. 앞으로는 읍내에서 살게 될 거야."

"아, 그래요? 관청 일 때문에 그러신 거죠?"

"그런 건 아니고. 관청도 이제 그만둘 거야."

"예? 아니 갑자기 왜?"

"앞으론 나도 장사꾼으로 살아야 할 것 같아. 읍내에서 조그만 가게라도 낼까 생각 중이야."

"그게 정말입니까?"

"정말이지. 그렇게 하지 않으면 밥을 먹고 살 수가 없으니까."

"지금 농담하시는 거죠?"

"아직도 농담이라고 생각해 주는 사람이 있다는 게 고맙구먼, 허허!"

"무슨 말씀을 하시는지 아직도 모르겠습니다."

"자네들도 곧 알게 될 걸세."

"그럼 이 집엔 누가 남으시는 겁니까?"

"아무도 남지 않네. 모두 읍내로 옮길 테니까."

"당분간은 집이 비겠군요?"

"글쎄, 그것까진 잘 모르겠어. 하지만 빈집으로 남지는 않을 거야. 사겠다는 임자가 있으니까."

"아니, 이 집까지 파시는 겁니까? 금시초문인데요."

"장사를 하려면 밑천이 있어야 되잖나. 논밭을 팔아서 빚은 거의 다 갚았지만, 장사 밑천으론 모자라."

계속해서 슌스케와 이야기를 주고받은 사람은 만두 호랑이였는데, 갑자기 손가락 없는 곤 씨가 우는소리로 두 사람의 대화에 끼어들었다.

"그렇다면 나리, 집안에 우환이 있는데도 일부러 우리 때문에 수고를 하신 것 아닙니까. 이 은혜를 어떻게 갚으란 말씀입니까."

"그 정도는 아니고, 이제 헤어지게 됐으니 마지막으로 술이나 한잔하자는 거지 뭐."

"황송합니다."

손가락 없는 곤 씨가 슌스케의 손을 덥석 잡더니 자기 가슴팍으로 끌어당겼다. 그러자 만두 호랑이가 곤 씨에게 손을 내밀며 말했다.

"이봐 곤 씨, 우리 서로 인간 한번 되자구. 그래서 만 분의 일이라도 마을을 위해 살아 보자구."

"그래, 그래."

두 사람은 상 너머로 손을 내밀어 악수했다. 조금 전까지 꼭두각시처럼 보였던 모습과는 완전히 다르게 무척 진지해 보였다. 구경하는 지로의 가슴까지 설렐 정도였다.

그 후 둘은 슌스케가 술을 권해도 마시지 않고 뭔가 생각하는 표정으로 삼십 분쯤 더 앉아 있다가 돌아갔다. 두 사람이 일어나자 지로도 황급히 방으로 돌아왔다.

잠자리에 들어서도 지로는 좀처럼 잠을 이루지 못했다. 조금 전에 보고 들었던 일들이 자꾸 생각났다. 아빠가 마을 사람들이 모두 두려워하는 불량배들을 화해시킨 것을 생각하면 마치 자기가 훌륭한 사람이 된 것 같은 착각이 들어 가슴이 두근거렸다. 하지만 집을 팔고 읍내에서 장사를 해야 한다는 아빠의 말을 떠올리면 절로 풀이 죽었다. 지로는 아빠가 상인이 되는 것이 싫지만은 않았다. 싫기는커녕 오히려 반가웠다. 만일 아빠가 장사를 하게 된다면 주말에만 함께 지내는 것이 아니라 매일같이 아빠와 함께 지낼 수 있을 것이기 때문이었다. 그러나 한편으로는 집까지 팔아치우고 장사를 할 수밖에 없게 된 아빠가 걱정되어 그런 기쁨도 금세 사라져 버렸다.

지로는 이런저런 일들을 생각하며 여러 번 몸을 뒤척였다. 그러다가 문득 하루코의 얼굴이 떠올랐다. 그 무렵 지로는 슬프거나 화나는 일이 생기거나, 어떤 걱정거리로 생각에 잠길 때마다 하루코를 떠올리는 버릇이 있었는데, 그때도 어김없이 하루코가 생각났다.

하루코의 얼굴을 떠올리는 순간, 지로는 자기도 모르게 '아!' 하는 낮은 신음소리를 토해 냈다. 읍내에서 살게 되면 지금처럼 류이치네 집에 자주 놀러 갈 수가 없다는 사실을 깨달았기 때문이었다. 류이치와 놀 수 없는 것은 그렇다 치더라도 하루코를 만나지 못한다는 건 도저히 상상도 못할 일이었다.

지로는 잠이 확 달아나는 기분이었다. 다시 눈을 감았지만 아빠의 얼굴과 하루코의 얼굴이 차례로 나타났다가 사라지기를 반복했다. 지로의 마음은 그때마다 시계추처럼 두 사람 사이를 오갔다.

그렇게 지로에게는 마침내 새로운 운명의 손길이 조금씩 뻗치기 시작했다. 과연 새롭게 등장한 운명의 손길은 지로를 어디로 데려가게 될까.

집안의 몰락

보자기로 싼 물건

그날 이후에도 지로는 하루가 멀다 하고 류이치의 집에 놀러 다녔다. 그러나 마음은 조금도 편하지 않았다. 그렇게 놀 수 있는 날도 앞으로 얼마 남지 않았다는 걸 생각하면 기분이 착 가라앉았고, 게다가 거기서 노는 동안 집에 무슨 일이 생기는 건 아닌지 걱정이 되어 노는 데 집중하지도 못했다. 집에 있을 때면 집에 드나드는 낯선 사람들에게 온통 신경이 쓰였고, 문밖에서 사람 발자국 소리만 들려도 후다닥 뛰어나가 누가 왔는지를 제일 먼저 확인해야 안심이 되곤 했다.

그렇게 일주일이 지나고 다시 토요일이 되었다. 그날 지로는 여느 때보다 일찍 류이치와 헤어져 아빠가 돌아오기만을 기다리고 있었다. 그렇다고 아빠가 자기를 붙들고 자세한 이야기를 들려 줄 것 같지는 않았지만, 그래도 조금이라도 빨리 아빠의 얼굴을 봐야 안심이 될 것 같았다.

슌스케는 그날따라 보통 때보다 한 시간이나 늦게 돌아왔다. 그 때문에 지로의 마음이 얼마나 초조했는지 모른다. 집에 도착한 슌스케는 평소와 다른 점이라곤 한 군데도 없었다. 언제나처럼 반주를 곁들인 저녁을 들었고, 저녁 식사가 끝나자 뜰에 있는 평상에 누워 삼형제를 불러다가 이런저런 이야기를 나누며 농담을 주고받았다. 지로는 아빠 곁에 앉아서 모기를 쫓아 주곤 했는데, 갑자기 지난 토요일 밤에 있었던 일들이 거짓말처럼 되살아났다. 지로는 어쩌면 그날 꿈을 꾼 것인지도 모른다고 생각했다.

이튿날 아침이 되자 슌스케는 식사를 마친 후 서둘러 일어나더니 혼자 이 층으로 올라갔다. 지로가 별 생각 없이 아빠를 따라 이 층으로 올라가려고 하자 오타미가 지로를 불렀다.

"오늘은 이 층에 올라가지 말아라. 아빠가 관청 일을 보시는데 방해가 될 거야."

지로는 이상한 생각이 들었다. 지금까지 아빠가 관청 일을 집에서 처리하는 모습은 거의 본 적이 없었고, 본다고 해봐야 안채에 반쯤 누워서 갖고 온 서류를 잠깐 동안 훑어보는 게 전부였다. 그런데 일부러 이 층까지 올라가서 일을 한다니, 어떻게 된 영문인지 궁금해졌다.

'그날 아빠는 관청을 그만둘 거라고 했는데, 그래서 바쁜

건지도 몰라. 역시 그날 밤 있었던 일은 꿈이 아니었어.'

생각이 거기에 미치자 지로는 교이치나 슌조와 함께 놀고 싶은 마음이 달아나 버렸다. 류이치 집에 놀러 가는 것마저 내키지 않았다. 지로의 관심은 온통 이 층에만 쏠렸다. 지로는 아빠가 내려올 때까지 이 층 사다리 근처를 서성댔다.

슌스케는 점심 무렵에야 이 층에서 내려왔다. 지로도 그때쯤엔 아빠를 기다리다 지쳐 손님방 툇마루에 드러누워 어린이 잡지를 읽고 있었는데, 사다리를 밟고 내려오는 소리가 들리자 벌떡 일어나 아빠에게 달려갔다. 슌스케는 손에 커다란 보따리를 들고 내려왔는데, 그 속에 꽤 많은 물건들이 들어 있는지 묵직해 보였다.

지로가 미심쩍은 눈초리로 보따리를 뚫어지게 쳐다보자 슌스케는 약간 당황한 목소리로 말했다.

"너 아직도 집에 있었구나. 요즘은 매일 류이치네 놀러 간다고 엄마가 그러던데."

지로는 보따리를 쳐다보던 눈길을 들어 슌스케를 바라봤지만, 대답은 하지 않았다. 슌스케가 다시 말했다.

"왜, 무슨 일 있냐? 표정이 좀 이상한데. 아빤 오늘 관청 일 때문에 좀 바빴어. 지금은 다 끝났다. 점심 먹고 헤엄이나 치러 갈까? 교이치와 슌조도 집에 있지?"

지로는 교이치와 슌조가 어디에 있는지 몰랐고, 또 헤엄치러 가고 싶은 생각도 들지 않았다. 지로가 내처 아무 대답도 않고 가만히 서 있자 슌스케가 손을 뻗어 지로의 머리통을 쓰다듬으며 물었다.

"뭐 화나는 일 있었어? 아빠 때문에 그래? 하지만 일이 있어서 그랬어. 네가 좀 참아야지."

하지만 지로는 여전히 웃지도 않고 똑바로 아빠의 얼굴만 볼 뿐이었다.

"아빠, 그거 뭐야?"

지로가 보따리를 가리키며 물었다.

"이거 말이냐? 그냥 상자야."

"거기 뭐 들었는데?"

"그냥 이것저것. 도구 같은 게 들었지."

"그거 어떻게 할 건데?"

"뭘 어떻게 해? 그냥 아래층으로 옮겨 놓으려구 그러지."

"옮겨서 뭐하게?"

슌스케는 난처한 표정으로 잠시 머뭇거렸다.

"뭘 그렇게 꼬치꼬치 묻고 그러냐. 이건 읍내로 가져갈 거야. 아빤 읍내에서 지내니까."

"흐응."

알았다는 뜻인지, 거짓말하지 말라는 뜻인지 종잡을 수 없는 대답이었다.

"허허허, 그 녀석 참!"

슌스케는 민망했는지 일부러 크게 웃고는 다시 한 번 지로의 머리를 쓰다듬었다. 그리고 안채 쪽으로 천천히 걸어갔다.

지로는 아빠의 뒷모습을 멀거니 바라보며 그 자리에 서 있다가, 무슨 생각을 했는지 발소리를 죽이며 이 층으로 살금살금 올라갔다. 이 층은 평소와 똑같이 깨끗했다. 슌스케가 관청 일을 한 것 같은 흔적은 어디에도 없었다. 벽에 붙어 있는 장롱과 함까지 늘 봐 왔던 그대로였다.

지로는 이상한 생각이 들어 주위를 살펴보았다. 지로의 눈길이 절로 장롱과 함에 가서 멎었다. 지로는 그때까지 한 번도 장롱과 함 속을 뒤져 본 적이 없었지만, 조상 대대로 전해져 내려온 여러 가지 진기한 물건들이 그 안에 들어 있다는 것을 알고는 있었다. 지로는 이 층에서 아빠가 무슨 일을 했는지 알 것 같았다.

'아빠는 집을 팔기 전에 여기 있는 귀중한 물건부터 다른 곳에 옮기려고 한 거 아닐까?'

생각이 거기에 미치자 지로는 이제껏 느껴 본 적 없었던 쓸쓸한 기분에 사로잡혔다. 엄마는 그렇다 치고 아빠마저 '관청 일 때문에 바쁘다'고 자기를 속인 것이 서운했지만, 절대로 그런 기색을 아빠에게 보여선 안 된다고 몇 번씩 다짐했다.

지로는 오랫동안 장롱과 함에서 눈을 떼지 못했다. 속을 들여다보고 싶은 충동을 느꼈지만, 눈을 질끈 감으며 참아 냈다. 발소리를 죽여 사다리를 내려온 지로는 아무 일도 없다는 듯이 안채로 갔다.

슌스케와 오타미가 낮은 목소리로 이야기를 나누다가 지로가 들어오는 것을 보곤 서둘러 하던 이야기를 멈췄다. 지로는 딴청을 피며 아까 그 보따리가 어디 있는지 둘러보았다. 안채 어디에서도 보따리는 눈에 띄지 않았다.

평소와는 다른, 뭔가 물밑에서 은밀한 일이 진행되고 있는 듯한 서걱거리는 분위기가 집 안을 감돌았다. 점심을 먹으며 슌스케가 말했다.

"어, 왠지 좀 피곤하네. 너희들, 강에 안 갈 거면 난 낮잠이나 좀 자야겠다. 괜찮겠어?"

"응."

"지로는 류이치네라도 놀러 가지 그래?"

"응."

지로는 무슨 생각을 하는지 건성으로만 대답할 뿐이었다. 점심을 마친 후에도 지로는 슌스케 주위를 맴돌기만 하고 집 밖으로 나가지 않았다. 슌스케가 손님방에서 낮잠을 잘 때는 지로도 곁에 누워 눈을 멀뚱거렸다. 한시라도 아빠 곁을 떠나면 안 된다고 단단히 작정을 한 것 같았다.

저녁이 되어 슌스케가 읍내로 돌아갈 시간이 되자 지로는 또다시 보따리의 행방이 궁금해졌다. 아빠가 보따리를 어디에 숨겼을까 궁리하면서 이곳저곳 살피고 있는데, 나오키치가 어디선가 그 보따리를 들고 나오더니 살며시 밖으로 나가는 게 보였다. 지로는 급히 나오키치의 뒤를 쫓아갔다. 나오키치는 문밖에 세워둔 슌스케의 자전거에 보따리를 묶다가 지로를 발견하곤 목소리를 낮춰 말했다.

"이거 할머니가 아시면 큰일 난대. 그러니까 아무한테도 말하면 안 돼. 교이치이나 슌조에게도 비밀이야."

"알았어, 말 안 할게."

지로는 힘주어 대답했다. 자기만은 언제까지나 아빠 편이라고 다짐하는 듯한 표정이었다. 지로는 초조하게 주변을 서성이다가 뭔가 생각난 듯 어디론가 달려가 버렸다.

슌스케가 자전거를 끌고 마을 밖 신사 근처에 나타나자 기둥 문 뒤에 숨어 있던 지로가 뛰어 나왔다.

"지로, 어디 갔나 했더니 여기 있었구나. 아빠를 기다린 거야?"

"응."

슌스케는 한참 동안이나 복잡한 표정으로 지로를 바라보았다.

"그래, 이제 그만 집으로 가 봐. 아빠도 가야겠다."

지로는 안타까움과 슬픔이 가득한 눈길로 슌스케를 올려다보았다. 둘은 그렇게 한동안 말없이 서 있었다. 읍내로 향한 길 가득 황혼이 깔리고 있었다.

그리고 다시 일주일이 지났다. 그날도 슌스케는 아침 식사를 마치자 혼자 이 층으로 올라갔고, 오타미는 지난번과 마찬가지로 지로에게 이 층에는 얼씬거리지 말라고 당부했다. 하지만 지로는 이번에는 사다리 근처만 서성거리지는 않았다. 오타미가 없는 틈을 노려 기어이 이 층으로 올라갔다.

사다리를 반쯤 올라간 지로는 고개만 살짝 내밀고 안쪽을 살펴보았다. 슌스케의 주변에는 뚜껑을 열어 놓은 상자들이 어지럽게 널려 있었다. 그 가운데 앉은 슌스케의 무릎 위에는 놀랍게도 긴 칼 한 자루가 하얀 빛을 내뿜으며 번쩍이고 있었다.

"앗, 칼!"

지로가 자기도 모르게 나지막한 소리를 질렀다. 슌스케가 깜짝 놀라 뒤를 돌아보았다. 여태 한 번도 본 적이 없는 매서운 눈빛이었다. 칼을 무릎에 올려놓은 터라 분위기가 더욱 살벌했다. 지로는 그 자리에 못 박힌 듯 꼼짝도 할 수 없었다.

"아빠가 분명히 올라오지 말라고 했을 텐데!"

슌스케가 차갑게 내뱉었다. 목소리가 평소와는 너무 다르게 날카로워서 지로는 새파랗게 질려 버렸다. 하지만 지로는 아빠의 눈길을 피하지는 않았다. 한동안 대답을 못 하고 잠자코 있던 지로가 무슨 결심이라도 한 것처럼 굳은 표정으로 말했다.

"아빠도 엄마도 거짓말쟁이예요!"

전에 없던 존댓말이었다. 칼을 들고 있는 아빠를 본 순간, 지로는 더 이상 자신이 어리광만 부릴 때는 아니라고 생각했기 때문이었다. 슌스케는 지로의 말을 듣고 놀랐는지 어깨를 움찔했다.

"흐음."

슌스케가 길게 한숨을 내쉬었다. 그러고는 동작을 멈추고 무언가 한참을 생각하더니 느릿한 손길로 칼을 칼집에 넣고는 받침대에 올려놓았다.

지로는 여전히 겁에 질린 얼굴로 사다리를 붙잡고 있었다. 지로에게 눈길을 돌린 슌스케의 얼굴에는 희미한 미소가 떠올라 있었다.

"네 말이 맞다. 관청 일 같은 건 처음부터 거짓말이었어. 이번엔 아빠가 비겁했다."

슌스케는 주위에 어질러진 물건들을 주섬주섬 정리하기 시작했다.

"하지만 지로, 세상엔 아이들이 몰라도 되는 일들이 아주 많아."

새파랗게 질려 있던 지로의 얼굴이 화끈 달아올랐다. 지로가 눈을 내리 깔면서 말했다.

"제가 잘못했어요."

"그래? 너도 잘못했다구? 그럼 오늘은 무승부구나. 허허."

지로는 머리를 긁적였다. 할 말은 차고도 넘쳤지만 어쩐지 말하기가 쑥스러웠다. 지로가 몸을 돌려 사다리를 내려가려 하자 슌스케가 지로를 불러 세웠다.

"이리 올라와. 여기 있는 건 모두 우리 집안에서 옛날부터 전해 내려온 귀중한 물건들인데, 보고 싶으면 얼마든지 봐도 좋아. 손으로 만져 봐도 괜찮아. 흠집만 생기지 않게 조심하고."

지로는 뿌듯한 기분으로 슌스케의 주위에 널려 있는 오동나무 상자들을 하나하나 꼼꼼히 들여다보았다. 수정 축에 말아 놓은 두루마리라든가, 금가루와 은가루를 덧칠해 무늬를 그려 넣은 조그만 상자 등등 지로가 보기에도 귀해 보이는 물건들이었다. 그 밖에도 도랑에서 주워 온 것 같은 찻종이라든지, 벌레 먹은 목각불상처럼 너저분한 것도 꽤 있었다.

그중에서도 지로의 마음을 사로잡은 건 단연 칼이었다. 칼은 긴 것과 짧은 것, 한 쌍이었는데, 칼을 올려두게끔 특별히 만든 받침대도 따로 있었다. 받침대와 칼집에도 아름다운 금빛이 칠해져 있었다. 슌스케가 조금 전까지 보고 있던 것은 긴 칼이었다. 숨을 죽인 채, 연방 침을 삼키며 황홀한 눈빛으로 칼을 들여다보고 있는 지로에게 슌스케가 말했다.

"이건 허리에 차는 칼이야. 큰 칼과 작은 칼이 한 쌍인데 옛날에 무사들은 이 칼들을 허리에 차고 다녔지."

"두 개씩이나요?"

"그래. 무사가 아닌 사람들 중에서도 칼을 차고 다니는 사람이 있긴 했지만 그런 사람들은 보통 하나만 차고 다녔고."

"근데 왜 무사는 칼을 두 개나 가지고 다녔어요?"

"만일의 경우를 대비해서지. 긴 칼은 주로 상대방과 싸울 때, 짧은 건 일종의 호신용으로 사용했어."

"그럼 이 칼들은 할아버지가 차고 다니셨던 거예요?"

"아니, 할아버지의 할아버지들이 쓰셨던 칼이야."

"정말요?"

지로의 머릿속에는 지금까지 생각해 본 적도 없는 먼 조상들의 행렬이 그림자처럼 떠올랐다.

"네가 직접 빼 봐. 칼집에서 아주 살짝 빼야 돼. 칼날은 만지면 안 된다."

지로는 가슴이 두근거렸다. 긴 칼을 천천히 빼 보았다. 무거운 것 같으면서도 아주 가벼운, 신기한 느낌이 들었다. 두근거리는 심장 소리가 귀에까지 들렸다. 심장이 뛸 때마다 칼날도 함께 떨렸다. 희미한 푸른색이 칼끝까지 뻗어나가 있었다. 그 빛깔은 이른 새벽 동쪽 지평선 언저리에서 나타나는 색깔을 닮아 있었다.

칼을 다시 칼집에 넣어 받침대에 올려놓은 지로는 함 속을 들여다보았다. 그 안에는 여러 개의 상자가 들어 있었고, 어디에 쓰는지 용도를 알 수 없는 여러 가지 모양의 도구로 가득했다. 지로는 그런 도구들을 일일이 살펴보지는 않았다. 그냥 한 번 들여다보는 것만으로도 아주 먼 옛날 속으로 빨려 들어가는 기분이었다.

기껏해야 차 도구를 얹어 놓는 선반이나 찬장, 혹은 손님방 선반 위의 장지문 정도만 봐 왔던 지로가 이 층의 함 속을 샅샅이 살펴보았다는 것은 무척이나 대단한 일이었다. 지로는 오타미가 늘 말해 온 '혼다가(家)'란 집을 뜻하는 줄로만 알았고 그것도 불편하고 살기 힘든 답답한 곳이라고만 생각해 왔다. 그러나 지금은 '혼다가'에 담겨 있는 진짜 뜻이 무엇인지를 알 것 같았다. 문득, 오래되고 우중충한 혼다가가 세상 어떤 곳과도 바꿀 수 없는 소중한 곳으로 여겨지기 시작했다.

'혼다가, 혼다가.'

지로는 엄마가 입버릇처럼 했던 말을 마음속으로 되뇌면서 함 속을 다시 한 번 들여다보았다. 얼마 안 가 함 속에 들어 있는 이 귀중한 물건들은 이 집을 떠나갈 것이다. 그리고 이 집마저 남의 손에 넘겨질 것이다. 생각할수록 슬픔도 커졌다. 조금 전에 두근거리는 가슴으로 칼을 빼 들었을 때와는 전혀 다른 기분이었다.

이때 어느새 올라왔는지 오타미의 목소리가 들렸다.

"어머, 지로 너 어떻게 된 거야? 이 층에 올라가면 안 된다고 그렇게 말했는데."

목소리는 크지 않았지만, 가시 돋친 말투였다.

"괜찮아. 보고 싶어 하는 건 보게 해 줘야지. 그보다 우리가 거짓말하지 않는 게 더 중요해. 조금 전에 지로에게 한 방 먹었어. 하하."

슌스케가 큰 소리로 웃었다. 지로는 함 뚜껑을 닫고 고개를 돌렸다. 오타미의 싸늘한 시선은 여전했다. 집 안은 아주 조용했다. 뜰에서 울고 있는 매미의 요란한 울음소리조차도 정적을 더하는 것 같았다.

"오늘은 이 정도로 끝내야겠다. 칼 받침대 때문에 오늘은 짐이 많겠군."

슌스케가 씁쓸하게 웃으며 말했다. 오타미가 놀란 소리로 되받았다.

"뭐라구요? 그럼 이 칼까지 팔 생각이에요?"

"당연하지. 왜, 그럼 안 되는 건가?"

"이건 혼다가 족보에도 기록된 귀중품이잖아요."

"물론 그렇지. 하지만 그런 식으로 옛날 일에만 얽매이면 아무것도 할 수 없어. 중요한 건 앞으로의 일이니까."

"그건 그렇지만……."

"알면 됐어. 더 이상 불평하지 마. 우린 앞만 보고 걸어가면 돼."

"당신은 툭하면 그런 소리를 하는군요. 난 아무래도 우리가 너무 경솔한 것 같아서 잠이 안 와요."

"경솔한 짓이라고? 앞을 보고 준비하는 일이 경솔한 짓이라고? 당신, 오늘따라 이상한 말만 하는군."

"여보, 웃을 일이 아니에요. 좀 더 차분하게 생각하고 해야지, 이렇게 무턱대고 서둘기만 해서는……."

"충분히 차분하게 생각해서 결정한 일이야. 진지하게 생각해 봤기 때문에 옛날 일에 구애받지 않고 앞을 보고 걸어가는 게 더 중요하다고 결론 내린 것이고. 당신에겐 경솔해 보일지도 모르겠지만, 지금까지 우리가 살아온 세월이야말로 정말 미련했어. 내가 좀 더 일찍 가문이라든가, 체면을 버리고 정말 중요한 일들을 계획해서 실천했다면 이렇게 힘들지도 않았을 테고, 당신이 걱정할 필요도 없었을 거야."

슌스케는 마음이 어느 정도 가라앉았는지 차분하게 말했다.

"일이 이렇게 된 바에는 저라고 옛날 일만 생각할 수야 있나요. 그렇긴 하지만……."

오타미는 조용히 한숨을 내쉬며 칼을 한번 쓰다듬었다.

"하지만 이것만은, 어쩐지 무서운 생각이 들어요."

"나도 마음이 편하진 않아. 그래도 어쩔 수 없지."

"팔더라도 제일 나중에 팔면 안 될까요? 혹시라도 이것만은 지킬 수 있을지도 모르잖아요."

"그런 게 다 미련이 남아서 그래. 이럴 때는 제일 단념하기 어려운 것부터 먼저 처리해야 해. 그래야만 다른 물건들도 처분하기가 쉽다구. 자꾸 옛날 일을 생각하니까 칼 같은 게 중요하게 여겨지는 거야. 앞을 생각하면 칼이야말로 제일 쓸모없는 것이잖아? 하기야 돈으로 바꾸면 이 집에서 제일 비싸겠지만."

슌스케가 농담조로 말했다.

"뭐가 어떻게 되려는 건지 모르겠어요."

오타미는 자포자기한 심정으로 칼에서 눈길을 거두었다. 그리고 등 뒤에 앉아 있는 지로에게 화풀이를 하듯 말했다.

"아니, 넌 아직도 여기 있었던 거야? 빨리 안 내려가고 뭐 해!"

지로는 아빠와 엄마가 나누는 이야기를 모두 듣고 있었다. 아빠가 집에 있는 귀중품들을 읍내로 가져가는 이유가 돈으로 바꾸기 위해서라는 것도 분명히 알게 되었다. 집안 대대로 전해 내려오는 귀중품들을 팔아야 한다는 게 슬프긴 했지만, 지나간 일보다 앞으로의 일이 더 중요하다는 아빠의 마음을 충분히 이해할 수 있었다. 그러나 칼만은 아무래도 아깝다는 생각이 들었다. 다른 물건들은 어떻게 되든 상관없었지만, 칼만큼은 엄마 말대로 했으면 좋겠다고 생각했다. 그러나 엄마가 퉁명스레 자신을 타박하자 그런 마음도 싹 사라져 버렸다.

그 무렵 지로는 엄마를 노려보거나 반항하는 짓 따위는 하지 않았다. 그래서 사정도 모르고 소리부터 지르는 엄마가 밉고 섭섭했지만 꾹 참고 아래층으로 내려가려고 했다. 그때 슌스케가 지로를 불렀다.

"괜찮으니까 이리 와서 앉아 봐."

슌스케의 손가락은 받침대에 얹힌 칼 주변을 가리키고 있었다.

진짜 보물

"아빠랑 엄마가 하는 얘기 다 들었겠구나. 그럼 여기 있는 물건들이 어떻게 될지도 알겠지?"

지로가 말없이 고개만 끄덕였다.

"아빤 이제 가난해졌어. 무엇이든 돈이 될 만한 건 팔 수밖에 없는 처지가 된 거지. 이런 귀중한 물건들은 물론이고 이 집도 팔아야 돼. 그리고 읍내에서 장사를 시작할 거야. 교이치는 이제 곧 중학생이 될 테고, 너도 내후년엔 중학교 시험을 치러야 하겠지. 읍내에서 살면 집에서 중학교를 다닐 수 있어. 아빠는 그것도 생각했단다. 어때, 그래도 되겠지?"

지로는 이번에도 말없이 고개만 끄덕였다.

"우리 집에 족보가 있다는 건 알고 있니?"

"엄마한테 들은 적은 있지만, 본 적은 없어."

"불단 서랍에 넣어두었으니까 언제든 봐도 돼. 족보란 건 말이야, 조상들의 역사를 기록한 책이지. 그런데 그 족보와 함께 물려받은 보물이 또 하나 있어. 그게 바로 이 칼이야. 아빠는 이 칼을 팔려고 하는데 엄마가 반대하시네. 지로, 넌 어떻게 생각하니? 너도 이 칼을 안 팔았으면 좋겠어?"

지로는 아빠와 엄마를 번갈아 볼 뿐 대답하지 못했다. 엄마를 편들 생각은 없었지만, 그렇다고 칼을 단념하자니 마음이 선뜻 내키지 않았다. 대대로 내려온 보물이 아깝다는 생각도 있었고 우선은 손에 들었을 때의 느낌이 너무나 강렬했기 때문이었다.

"너도 엄마랑 생각이 같은 모양이구나. 하지만 혼다가에는 이런 칼보다 훨씬 더 중요한 보물이 하나 있지. 그 보물에 비하면 칼은 얼마든지 포기해도 상관없어."

그 말을 들은 지로의 눈이 반짝였다. 슌스케가 씁쓸한 미소를 띠며 말했다.

"지로, 돈을 주고 살 수 있는 건 진짜 보물이 아니야. 그런 건 얼마든지 없어져도 괜찮아. 하지만 진짜 보물은 절대로 없애선 안 돼. 그랬다간 정말 큰일이지. 그것만은 죽는 한이 있어도 이 아빠가 지켜 낼 거란다. 그러니 너는 안심해도 돼."

그렇게 말하면서 슌스케가 빙긋이 웃어 보였다. 지로의 눈은 더욱 동그래졌다. 오타미도 의아한 표정으로 슌스케를 바라보았다.

"진짜 보물이 뭔지 지로는 알 수 있겠어?"

"잘 모르겠어."

"조금은 알고 있을 텐데?"

지로는 곰곰이 생각해 보았다. 그러나 도무지 떠오르는 것이 없었다.

"혼다가에선 말이야……."

슌스케가 엄숙한 표정으로 천천히 입을 떼었다.

"아주 옛날부터 조상님들이 한 가지 결심을 했단다. 그건 어떤 상황에서도 비겁한 짓은 하지 않겠다는 맹세였어. 비겁한 짓을 하지 않겠다는 건 싸움에서 반드시 이겨야 한다는 뜻이 아니야. 그건 자기가 해야 할 일이라면 제아무리 고통스럽더라도 반드시 해내고야 말겠다는 다짐인 거야. 착한 사람이 힘들어하는 걸 보면 누구보다 앞장서서 그 사람을 도와주고, 세상을 위해서라면 경우에 따라서는 목숨을 내던지는 한이 있더라도 반드시 해내겠다는 정신, 혼다가에선 조상 대대로부터 그런 정신을 물려받아 왔단다. 또 지금까지 많은 조상들이 그 정신을 지키려고 애쓰셨지. 이것이 우리 집안에서 가장 귀중한 보물이란다. 무슨 말인지 알겠니?"

"네!"

지로는 스스로에게 다짐이라도 하듯 큰 소리로 대답했다. 지로는 아빠가 자기를 나무랄 때면 언제나 '비겁한 놈'이라는 말을 했다는 걸 생각했다. 동시에 지로의 눈에는 얼마 전에 만두 호랑이와 손가락 없는 곤 씨에게 '싸우고 싶다면 날 먼저 죽이고 싸우게.'라고 말하던 아빠의 모습이 또렷이 떠올랐다.

"당신도 더 이상 칼에 미련 두지 마. 어쨌든 오늘은 이걸 읍내로 가져가야겠어."

슌스케는 자리에서 일어나 물건들을 챙기기 시작했다. 오타미도 지로도 말없이 슌스케를 거들었다.

나중에는 칼과 받침대만 남았는데, 슌스케는 그것들을 상자에 챙겨 담고는 한쪽 구석으로 밀어 놓으며 오타미에게 말했다.

"아래층으로 가지고 내려가는 건 나중에 해도 돼. 적당히 때를 봐서 나오키치에게 말해 둬."

세 사람은 아래층으로 내려갔다. 지로의 마음은 쉽게 가라앉지 않았다. 아빠의 말처럼 진정한 보물이 무엇인지 머리로는 이해가 되었지만, 그래도 자꾸만 칼이 눈앞에서 어른거리면서 아까운 생각이 들었다.

지로는 점심을 먹은 후 다시 한 번 칼을 보기 위해 살며시 이 층으로 올라갔다. 그러고는 조심조심 칼이 들어 있는 상자뚜껑을 열었다. 이번에는 호신용인 작은 칼을 뽑아들었다. 호신용 칼은 허리에 차는 큰 칼에 비하면 훨씬 가벼워 손이 떨릴 정도는 아니었다. 하지만 큰 칼을 들었을 때의 흥분은 일지 않았다. 지로는 아쉬운 입맛을 다시며 호신용 칼을 상자에 넣고, 이번에는 큰 칼을 빼 보았다.

양손으로 똑바로 받쳐 들고 칼날을 자기 얼굴 쪽으로 가져오자 콧잔등에 이상한 근질거림이 가득 몰려왔다. 칼을 옆으로 돌려 세우자 그 표면 위에 이상하게 일그러진 자기 얼굴이 비쳤다. 창밖의 푸른 잎들도 칼날 위에 어지러운 무늬를 그리며 연기처럼 흘러갔다.

지로는 완전히 넋을 잃고 바라보았다. 그때 누군가 올라오는 소리가 들렸다. 놀란 지로가 허겁지겁 칼집에 넣으려고 허둥거렸지만 칼이 워낙 길어서 생각보다 쉽지 않았다. 그건 어른이라 하더라도 능숙히 칼을 다루어 본 사람이 아니면 원래 힘든 일이었다. 당황한 지로의 손에서 칼이 미끄러지면서 푹, 소리와 함께 다다미에 비스듬히 꽂혀 버렸다.

"지로오!"

기분 나쁜 목소리가 뒤에서 들렸다. 목소리의 주인공은 할머니였다.

“너 언제부터 칼을 갖고 놀았던 거냐?”

다다미에 박힌 칼을 빼려고 허둥거리며 지로는 할머니의 얼굴을 흘끗 쳐다보았다. 할머니의 얼굴에 경련이 일고 있었다. 간신히 다다미에 박힌 칼을 뽑아 칼집에 넣으려고 허둥댔지만 그럴수록 칼은 자꾸 빗나가기만 했다. 지로는 기다란 칼을 든 채 난감해진 표정으로 할머니의 눈치를 살폈다.

할머니도 어지간히 놀랐던 모양, 그 자리에 우뚝 선 채 말을 잇지 못했다. 드디어 할머니가 아래층을 향해 고함을 질렀다.

“슌스케, 슌스케! 슌스케 어디 있어! 빨리 이리 좀 와 보거라!”

슌스케가 할머니의 외치는 소리를 듣고 이 층으로 올라왔다. 그 뒤에 오타미와 교이치, 슌조도 따라왔는데, 모두 무슨 일인가 싶어 눈을 동그랗게 뜨고 있었다. 지로는 그때까지도 칼을 든 채였다. 마치 몰려드는 적들을 향해 혼자 버티고 선 꼬마 장수 같았다.

“지로, 어떻게 된 일이냐?”

슌스케가 지로를 향해 물었다. 지로는 아무 대답도 못했다. 슌스케는 모든 상황을 짐작한 듯 부드럽게 말했다.

“칼을 한 번 더 보고 싶었던 모양이구나. 이젠 됐으니까 빨리 칼집에 넣어.”

지로는 모두가 지켜보는 가운데 더듬더듬 칼을 억지로 칼집에 넣고 상자에 담았다. 할머니는 그때까지도 아무 말이 없었다. 지로가 상자 뚜껑을 닫고 시무룩한 표정으로 일어서자 그때서야 힘없는 목소리를 밀어냈다.

"저런……, 저런 발칙한 녀석이 어디 있누, 글쎄."

그러더니 머리를 한 번 쓸어 올리고 숨을 고른 뒤 단단히 혼을 내려는 듯이 포문을 열었다.

"지로, 네가 어떻게 이 칼을 가지고 노는 게냐? 정말이지 넌……."

순간 슌스케가 서둘러 말허리를 잘랐다.

"장난감처럼 가지고 논 건 아닐 거예요."

할머니가 슌스케를 향해 쏘아붙였다.

"넌 지로에 관한 얘기라면 무조건 그런 식으로 역성을 드는구나. 장난감처럼 가지고 노는 걸 보고도 그런 말이 나오는 게야? 강도 흉내라도 내겠다는 게 아니라면 왜 칼을 갖고 놀아, 놀기는! 도대체 누가 여기에 칼이 있다는 걸 지로에게 가르쳐 준 거냐? 아범 말투를 보면 이번이 처음은 아닌 것 같은데."

"아니에요. 오늘이 처음입니다. 하지만 지로가 자기 손으로 찾아낸 건 아닙니다."

"지로가 찾아낸 게 아니라면 누가 보여 줬다는 거냐?"

"예, 제가 보여 줬습니다."

“네가? 그럼 지로한테 그 칼을 장난감처럼 쥐여 준 게 너였단 말이야?”

“그런 건 아닙니다.”

“그런 게 아니라니, 눈앞에서 보고도 그런 말이 나와?”

“이거 참 난처하게 됐군요.”

슌스케가 쓴웃음을 지었다. 그러자 할머니는 벌떡 일어나 함 앞으로 다가갔다. 할머니는 교이치를 불러 뚜껑을 열게 했다. 그리고 유심히 함 안을 살펴보며 몇 번이나 고개를 갸웃거렸다.

“슌스케…….”

마침내 할머니가 그 자리에 털썩 주저앉았다.

“요즘 네 거동이 심상치 않더라니……. 나라고 눈치가 없겠어? 이 층에서 부스럭거리는 거 다 알고 있었지만 설마 했는데, 슌스케, 혹시 나한테 뭐 숨기는 것 없니?”

슌스케의 얼굴에 당황한 기색이 뚜렷했다.

“죄송합니다.”

그렇게 말한 슌스케는 지그시 눈을 감고 팔짱을 꼈다. 잠시 후 뭔가 결심한 표정으로 돌아온 슌스케가 오타미에게 말했다.

“당신은 아이들 데리고 아래층으로 내려가 있어. 어머니와 잠깐 할 이야기가 있으니까.”

네 명은 곧 아래층으로 내려갔다. 사다리를 내려가서도

다른 곳으로 가지 못하고 그 자리를 서성거렸다. 오타미도 웬일인지 아이들에게 방으로 가라고 다그치지 않았다. 대신 눈물이 잔뜩 고인 눈으로 아이들의 얼굴을 차례로 바라보는 것이었다.

이 층에서는 한동안 슌스케의 무겁게 가라앉은 목소리만 들려왔다. 가끔씩 할머니의 화난 목소리와 우는 소리가 뒤섞이곤 했다.

"아직 일 주기도 끝나지 않았는데……."라거나 "조상님 뵐 면목이 없구나." "장사꾼이 되겠다는 게야?" "우리 교이치가 불쌍해서 어쩌누……." 같은 말이 토막토막 들려왔다.

오타미가 눈가를 훔쳤다. 교이치와 슌조도 파랗게 질려 있었다. 하지만 지로는 아무렇지도 않았다. 오히려 언젠가 할머니의 과자상자를 짓밟았을 때처럼 기분이 후련했다. 지로는 마음속으로 생각했다.

'할머니는 팔고 살 수 있는 것만 집안의 보물이라고 생각해. 진짜 보물이 뭔지도 모르면서 말야. 엄마도 똑같아. 우리 집에서 그걸 아는 사람은 아빠와 나뿐이야.'

경매

엄마의 분부

어느덧 여름방학도 끝나가고 있을 무렵이었다. 어느 날 점심을 먹고 있는데 대문 밖에서 자전거 소리가 들렸다.

"오신 것 같네요."

오타미가 목소리를 낮춰 할머니에게 귀띔하며 일어섰다. 할머니는 고개를 몇 번 끄덕였을 뿐, 대답은 하지 않았다. 두 사람 모두 어쩐지 쓸쓸한 표정이었다.

자전거를 타고 온 사람은 다름 아닌 슌스케였다. 그날은 토요일이나 일요일이 아니었기에 교이치와 슌조는 아빠의 등장이 한편으로는 이상하면서도 다른 한편으론 반갑기도 했다.

"아빠, 어떻게 된 거야?"

"관청 쉬는 날이에요?"

아이들의 물음에 슌스케는 귀찮다는 듯이 별다른 말없이

옷을 갈아입고는 우물가로 가 버렸다.

"어, 덥다, 더워. 아주 푹푹 찌는구먼."

혼잣 중얼거리는 소리, 텀벙거리는 두레박 소리, 푸륵거리며 얼굴을 씻는 소리가 차례로 들려왔다. 교이치와 슌조는 별다른 낌새를 느끼지 못했으나 지로만은 아빠가 결국 관청을 그만둔 것을 알아차리고 마음이 아팠다. 슌스케가 밥상 앞에 자리를 잡고 앉자 할머니가 조심스레 물었다.

"어제 온다고 하지 않았니?"

"예, 근데 사정이 있어서 송별회가 하루 연기되었어요. 그리고 어차피 어제는 집에 올 수가 없었어요. 엊저녁에 간신히 결정 났거든요."

"읍내에서는 누가 오기로 했냐?"

"상인들이 올 겁니다. 역시 상인이 중간에 끼지 않으면 제대로 되는 일이 없어요. 팔고 남은 잔품들도 모두 그 사람들이 사겠다고 했어요."

"그래봤자 헐값에 넘어가는 걸 텐데……."

"그렇게 터무니없는 값을 부르진 않겠지만, 어느 정도는 각오해야죠."

할머니는 안타깝다는 듯 한숨을 내쉬었다.

"그래서 날짜는 언제로 정했냐?"

"내일 모레요."

"내일 모레라구?"

할머니는 눈을 동그랗게 뜨며 반문했는데, 무척 놀란 눈치였다.

"하루 정도면 대충 준비는 끝날 거라서 그냥 그렇게 정했어요."

"준비야 끝날지 몰라도……, 그렇게 빨리 물건을 처분한다는 게 난 영 찜찜하구나. 조상님이 물려주신 귀한 것들을 그렇게 쓰레기통 비우듯이 서두르다니, 그게 영 마음에 걸려……."

할머니는 옷소매로 눈물을 훔쳤다. 슌스케도 한숨을 푹 내쉬었다. 지로는 엄마가 흘린 눈물이 상 위에 떨어져 번져가는 것을 가만히 바라보았다. 지로가 눈길을 돌려 교이치와 슌조를 훔쳐보는데, 둘은 무슨 소린지 알 수 없다는 듯 멍한 표정이었다. 조금 전까지 함께 밥을 먹던 나오키치와 오이토 할멈은 그새 자리를 피했는지 보이지 않았다.

할머니는 입맛을 잃었는지 밥이 반이나 남은 밥공기를 옆으로 밀어 놓곤 말없이 일어나 불상을 모셔둔 방으로 갔다. 슌스케가 그 모습을 보며 또 한 번 크게 한숨을 내쉬었다. 그리고 잠시 뭔가를 생각하더니 할머니를 따라 갔다. 오타미는 슬픈 표정으로 세 아이의 얼굴을 물끄러미 바라보았다.

"지로는 어느 정도 알고 있겠지만……."

어렵게 말을 꺼낸 오타미는 아이들에게 집안 형편을 대충 설명해 주었다.

"그래서 내일 모레엔 필요 없는 물건들은 모두 팔아서 돈으로 바꿀 거야. 집에 있는 물건들을 판다는 건 창피한 일이지만, 이것도 너희들이 상급 학교에 가려면 어쩔 수 없는 일이야. 아빠는 너희들을 훌륭하게 키울 수만 있다면 물건 같은 건 아무것도 아니라고 말씀하셨어. 그러니 조금도 걱정할 것 없어. 너희들은 집안일에는 신경 쓰지 말고 열심히 공부만 하면 돼, 알아들겠니?"

교이치는 고개를 숙이며 눈을 내리깔았고, 슌조는 눈만 깜빡였다. 지로는 이제 곧 엄마가 '집안의 진짜 보물'에 대해 이야기할 차례라고 잔뜩 기대하며 기다렸다. 그러나 아무리 기다려도 진짜 보물 이야기는 한 마디도 없었다. 지로는 은근히 섭섭했다. 지로는 속으로 이렇게 생각했다.

'엄마는 아빠가 한 말을 아직도 잘 모르나 봐. 교이치 형하고 슌조에겐 나중에 내가 이야기해 줘야지.'

지로의 마음을 알 길이 없는 오타미가 다시 말했다.

"아, 참. 그리고 너희들은 물건 정리가 끝날 때까지 외할아버지 댁에서 지내는 게 좋겠다. 그렇게 할 거지?"

교이치가 순순히 고개를 끄덕였다. 하지만 지로는 잔뜩 불만 어린 표정으로 대답했다.

"우리도 도와야 하잖아."

"돕는다구? 너희들이 돕긴 뭘 도와. 바보 같은 소리 그만

해."

"우린 왜 안 되는데?"

"누가 이런 일을 너희한테 도우라고 해? 어른들이 할 일이니까 너희는 신경 안 써도 돼."

오타미는 잠시 말을 멈추었다가 오금을 박듯이 다시 말했다.

"이런 일은 너희들처럼 커서 훌륭한 사람이 될 아이들이 해서는 안 되는 거야."

"칫, 그렇게 나쁜 거야?"

"나쁜 일은 아냐. 필요 없는 물건을 파는 것뿐이니까."

"그럼 왜 우리가 보면 안 되는 건데?"

갑자기 오타미의 눈빛이 사나워졌다. 한참 동안이나 지로를 쏘아보던 오타미가 말했다.

"지로는 그게 그렇게도 보고 싶어? 그게 무슨 재미있는 구경거리라도 되는 줄 아니?"

지로는 엄마의 말에 어이가 없었다. 누가 그걸 구경하고 싶어 한댔나. 도무지 말이 안 통하는 엄마라고 투덜대며 지로는 입을 다물 수밖에 없었다. 그러자 오타미가 지로의 눈을 똑바로 바라보면서 말했다.

"내일 모레면 사람들이 아주 많이 올 거야. 마을 사람들도 많이 올 거고. 엄만 창피해서 견딜 수가 없어. 며칠 전부터 어디 숨어야 할지, 생각만 해도 가슴이 답답해. 그런데 지로는 정말 아무렇지도 않다는 거야?"

지로는 나쁜 일이 아닌데 엄마가 왜 창피해하는지 도무지 알 수가 없었다. 하지만 그렇게 말대꾸했다간 또 한바탕 잔소리만 듣게 될 것 같아 부글부글 끓는 속을 누르며 꾹 참았다.

오타미는 그 뒤로도 창피하다느니, 아이들이 봐선 안 된다느니 되풀이하면서 아이들을 외가로 쫓아 보내려고 들들 볶다시피 했다. 그리고 마지막으로 한마디 덧붙였다.

"엄마가 이런 말을 하는 것도 다 너희들을 위해서야. 너희들만큼은 사람들의 웃음거리가 되어서는 안 된다고 생각하기 때문에 이러는 거란 말이야. 다른 사람의 웃음거리나 되면서 어떻게 훌륭한 사람이 될 수 있겠어?"

지로는 집에 있으면 왜 세상의 웃음거리가 된다는 건지, 그리고 왜 훌륭해질 수 없다는 건지 여전히 이해할 수가 없었다. 하지만 결국 그런 것들은 물어보지도 못한 채 쫓기듯이 외갓집으로 향했다.

구경꾼들

집을 나선 세 아이는 한동안 말없이 걷기만 했다. 교이치는 처음 들은 집안 사정 때문에 풀이 잔뜩 죽어 있었고, 지로는 엄마한테 야단을 맞고 외갓집에 가야 하는 것이 못내 불만스러웠다.

그때 지로의 머릿속에 '집안의 진짜 보물' 이야기가 생각났다. 교이치가 저렇게 풀이 죽어 있는 것은 그 이야기를 모르기 때문이라고 생각한 지로는 다소 우쭐한 기분으로 그 이야기를 들려주었다. 교이치는 매우 심각한 표정으로 지로가 하는 말을 듣고는 이야기가 끝나기 무섭게 맞장구를 쳤다.

"음, 네 말이 맞아. 이제 나도 알 것 같아. 근데 아빤 왜 나한테는 그런 얘기를 안 해 준 거지?"

지로는 교이치의 말에 더욱 우쭐해졌다. 교이치가 다시 말했다.

"그렇긴 해도 우린 역시 엄마 말대로 외할아버지 댁에 가 있는 게 좋긴 하겠어."

"왜?"

"왜라니? 아빠가 물건을 팔고 있는 걸 보고 싶지 않아서 그렇지. 난 그런 거 보고 싶지 않아. 넌 보고 싶어?"

교이치는 이해가 안 간다는 표정으로 지로를 바라보았다.

"응."

지로는 얼떨결에 대답은 했지만 몹시 당황스런 기분이었다. 같은 말을 엄마가 했을 때와는 달리 얼굴까지 벌게지는 건 왜였을까?

삼형제가 마사키가에 도착하자 외할아버지가 몹시 반가

워했다.

“이제 왔구나. 잘 왔다.”

어쩐지 오기만을 기다린 것 같은 말투였다. 외할아버지는 외할머니와 귓속말을 몇 마디 주고받고는 밖으로 나갔고 셋은 사촌형제들과 어울려 하루 종일 놀았다. 아무것도 모르는 사촌형제들은 갑자기, 그것도 셋이 한꺼번에 찾아온 것이 마냥 좋았는지 함께 갖가지 놀이를 하며 신나게 뛰어다녔다.

이튿날은 집 근처 못에서 붕어 낚시를 하고, 강둑에서 조개도 주웠다. 나중에는 서로 편을 나눠 해가 질 때까지 물싸움도 했다. 그렇게 사촌들과 놀 때 지로가 제일 열심이었다. 집 걱정 같은 건 언제 그랬냐 싶게 정신없이 노는 것이었다.

그런데 삼 일째 아침이 되자 지로는 안절부절못했다. 꽁지에 불붙은 것처럼 초조히 집 안을 맴돌다가 대문 주위를 서성이는가 싶더니 어느 결엔가는 결국 사라지고 말았다. 사촌형제들이 지로가 사라진 것을 알고 찾기 시작했을 때 지로는 이미 혼다가를 향해 뻗은 길을 부지런히 걷고 있었다. 그리고 집을 향해 걷는 내내 생각했다.

‘교이치 형은 아빠가 물건 파는 걸 보고 싶지 않다고 했는데, 그건 용기가 없기 때문이야. 집안의 진짜 보물이 뭔지 알고 있다면 그런 건 아무것도 아니라구.’

하지만 지로는 그때 자기가 왜 그토록 집에 가고 싶어 하는지, 그 이유에 대해서는 미처 생각해 보려고 하지 않았다.

어쨌든 지로가 집에 도착했을 때 대문에서 뜰 안까지 사람들로 북적였다. 지로는 북적대는 사람들 사이를 요리조리 빠져나가 안채 쪽으로 다가갔다. 툇마루 이쪽 끝에서 저쪽 끝까지 이 층의 함과 벽장에 고이 간직돼 있던 여러 가지 물건들이 쭉 진열되어 있었고 그 뒤편에 두세 명의 낯선 어른이 서 있었는데, 그중 한 명이 푸른색이 감도는 커다란 주발을 연방 손가락으로 두들기고 이리저리 굴려보면서 큰 소리로 무슨 말인가를 하고 있었다.

잠시 그 광경을 지켜보던 지로는 물건들이 어떻게 값이 매겨지고, 어떤 식으로 팔리는지를 곧 알게 되었다. 모인 사람들은 자기가 사고 싶은 물건이 있으면 종이쪽지에 물건값으로 적당하다고 생각되는 액수와 자기 이름을 써서 책상 위에 올려놓은 상자 속에 갖다 넣곤 했는데, 자기가 쓴 값이 다른 사람들의 것보다 높으면 물건의 주인이 되는 방식이었다.

어떤 식으로 물건을 팔고 사는지 알게 된 지로는 누가 얼마에 구입하는지 주의 깊게 지켜보았다. 대부분의 사람들은 구경하러 온 사람들이었다. 값을 정하고 물건을 사는 사람은 손님방에 앉아 있는 몇 명이 전부였는데, 그 몇 안 되는 사람들 중에는 류이치의 아버지인 아오키 선생도 보였다. 아오키 선생은 칼과 그 밖에 괜찮아 보이는 물건의 값을 써서 상자에 넣었다. 그때마다 물건은 아오키 선생의 차지가 되었다. 지로는 그나마 다행이라는 생각이 들었다.

지로는 물건의 주인이 결정될 때마다 아빠의 표정을 살폈다. 사실 지로는 뜰 안에 몰래 숨어 들어올 때까지 아빠가 직접 물건을 파는 줄로만 알았다. 많은 사람들 앞에서 땀을 뻘뻘 흘리며 물건을 팔기 위해 애쓰는 그런 모습을 상상했는데 막상 와서 보니까 아빠는 손님처럼 가만히 앉아 있을 뿐이었다. 그런 모습이 지로의 마음을 한결 가볍게 해 주었다. 아빠는 물건이 팔릴 때마다 평소와 똑같은 표정을 지었고, 때로는 아오키 선생과 농담을 주고받기도 했다. 지로는 아무렇지도 않은 아빠의 표정을 보곤 어쩐지 맥이 풀리는 것도 같았다.

점심때가 되자 경매가 일단 중단되었다. 지로로선 전혀 예상치도 못한 일이었다. 뜰에 서 있던 구경꾼들이 하나둘씩 흩어지기 시작하자 지로는 어쩔 줄을 몰랐다. 배고픈 건 둘째 치고, 우선 가족들에게 들키면 안 되었기 때문이다.

지로는 일단 구경꾼들 틈에 끼어서 문 밖으로 나왔다. 하지만 그다음도 문제였다. 구경꾼들은 좌우로 흩어져 각자 집으로 가 버리고 지로 혼자 길 가운데 덩그러니 남게 된 것이었다. 결국 지로는 집 안으로 다시 들어가든지, 외갓집으로 다시 가든지, 아니면 생쥐처럼 어딘가에 숨어 있는 수밖에 없었다. 지로는 숨을 만한 곳을 찾아 주위를 두리번거렸다. 그때 번개처럼 머릿속을 울리고 지나가는 목소리가 있었다. 그것은 자신을 '비겁한 놈'이라고 부르는 아빠의 목소리였다.

지로는 마음은 다잡았다. 결코 생쥐처럼 집 안으로 숨어들면 안 된다고 생각했다. 또 외갓집으로 가는 것 역시 비겁한 짓이라 생각했다. 구경꾼들 틈에 숨어 손님방을 들여다보는 것 또한 자신을 속이는 나쁜 짓이라고 생각했다. 지로는 부엌문을 통해 집 안으로 들어가기로 결심했다. 부엌에선 오타미와 오이토 할멈이 부지런히 점심 준비를 하고 있었는데, 지로가 들어오는 것을 본 오타미의 눈이 휘둥그레졌다.

"어머나, 지로! 너 언제 온 거야?"

"오늘 아침에."

"아침에 왔다구? 교이치와 슌조도 같이 온 거야?"

"아니, 나만 왔어."

"너 혼자 왔어? 어떻게 된 일이야? 누구랑 싸웠니?"

"싸움 같은 거 안 했어. 그냥 집에 오고 싶어서 왔어."

지로는 그렇게 대답하며 안채 쪽으로 몸을 돌렸다. 오타미가 황급히 지로 앞을 가로막았다.

"잠깐 기다려."

오타미는 지로의 양팔을 꼭 붙들고 눈을 맞추며 나지막이 말했다.

"너 엄마가 지난번에 그렇게 이야기했는데, 정말 이러기야?"

지로는 입을 굳게 다물고 엄마의 얼굴을 마주볼 뿐이었다. 둘은 그렇게 오랫동안 서로 노려보았다. 오타미는 마침내 단념을 한 듯, 떠다미는 것처럼 거칠게 손을 놓았다.

"그래, 네 마음대로 해 봐."

지로는 곧장 공부방으로 들어가 드러누웠다. 그렇게 오후에 시작될 경매시간까지 기다릴 작정이었다. 점심도 먹고 싶지 않았다. 오후 경매 때 지로는 더 이상 사람들 틈에 숨어 구경하지 않았다.

'난 아무것도 잘못한 게 없어.'

지로는 그렇게 생각하면서 자기 마음대로 돌아다녔다. 그러다가 보고 싶은 게 있으면 아무렇지도 않게 다가가 한참동안 구경했다. 그런 지로의 모습이 슌스케의 눈에 띄지 않을 리가 없었다. 그러나 슌스케는 처음 지로를 발견했을 때 잠깐 쳐다본 것 외에는 전혀 신경 쓰지 않았다. 지로도 처음에는 아빠의 시선이 마음에 걸려 가끔 눈치를 살폈지만, 아빠가 자기를 보고도 별다른 반응이 없자 마음을 놓았다. 지로는 자기도 모르게 어깨가 으쓱거렸다.

경매가 끝난 것은 여섯 시가 다 되어서였다. 값비싼 물건은 대부분 팔렸고, 남은 것들은 지로가 보기에도 잡동사니로 보이는 물건들뿐이었다. 나오키치가 와서 그 물건들을 손님방 한구석으로 옮기기 시작했다. 그 광경을 바라보는 지로는 뭐라고 표현할 수 없는 쓸쓸함에 가슴이 저릿해졌다. 온몸의 힘도 모조리 다 빠져나가는 것 같았다. 지로는 툇마루 구석에 몸을 웅크리고 앉아 그 순간이 지나가기를 조용히 기다렸다.

오이토 할멈이 지로에게 다가와 등을 쓸어 주며 저녁 준비가 다 되었다고 말했다. 지로는 낮에 엄마의 기분을 거슬리게 한 것이 마음에 걸렸지만, 도저히 배가 고파서 견딜 수가 없었다. 지로는 벌떡 일어나 안채로 달려가 밥상 앞에 앉았다.

외할아버지의 생각

저녁상의 분위기는 무거웠다. 아무도 먼저 말을 꺼내는 사람이 없었다. 지로가 혼자 마사키가에서 돌아온 것에 대해서도 누구 한 사람 탓하지 않았는데, 지로는 그런 분위기가 오히려 거북스럽기만 했다. 특히 아빠가 허락도 받지 않고 돌아온 것에 대해 아무 말도 하지 않는 것이 저녁 먹는 내내 마음에 걸렸다. 그렇다고 자기 입으로 먼저 말하는 것도 내키지 않아 지로는 부지런히 젓가락질만 했다.

식사를 끝내기 무섭게 밖으로 나온 지로의 발길은 자연스레 류이치네 집으로 향했다. 지로는 낮에 있었던 경매 때문에 류이치의 가족들을 보기가 쑥스럽다는 생각은 눈곱만큼도 하지 않았다. 쑥스럽기는커녕 선조 때부터 전해 내려온 여러 가지 보물들을 다른 사람도 아닌 류이치네가 소장하게 된 것을 생각하면 마치 한 가족이 된 것 같은 느낌이었다.

류이치는 지로가 대문 밖에서 부르는 소리를 듣곤 얼른 문을 열어 주었다. 둘이 툇마루에 앉아 막 이야기를 시작하려고 하는데 하루코가 나타났다. 둘 앞에 선 하루코가 양손을 뒤로 숨긴 채 생글거리며 말했다.

"오늘은 내가 아주 귀한 걸 가져왔어. 뭔지 한번 맞혀 봐. 맞힌 사람에게 줄게."

지로와 류이치는 과자와 과일 이름을 생각나는 대로 주워섬겼지만 하루코는 고개를 살래살래 흔들었다.

"둘 다 틀렸어."

짜잔, 하며 하루코가 바나나 두 개를 내밀었다. 바나나는 류이치도 몇 번밖에 못 먹어 본 과일이었고, 지로는 난생 처음 먹는 과일이었다. 조심조심 껍질을 벗기고 바나나를 한 입 베어 물자 향긋한 냄새와 달콤함이 입안 가득 퍼지면서, 지로는 눈이 가물가물해졌다. 순식간에 바나나를 먹어치운 류이치가 아쉬운 입맛을 다시며 말했다.

"참, 지로, 오늘 재미있었어?"

"뭐가?"

지로가 무슨 말인지 모르겠다는 표정으로 되묻자 류이치

가 다시 말했다.

“우리 아빠도 오늘 너네 집에 가셨거든. 아빠는 칼이랑 이것저것 잔뜩 사 왔어.”

류이치의 말이 끝나기 무섭게 하루코가 거의 울상이 되어 소리쳤다.

“류이치……!”

류이치가 영문을 몰라 멀뚱한 표정으로 하루코를 바라보았다. 하루코는 여느 때엔 볼 수 없는 화난 표정으로 동생을 나무랐다.

“이 바보야, 그런 얘기는 함부로 하는 게 아냐!”

그러고는 지로의 어깨를 감싸 자기 쪽으로 살짝 당기면서 속삭였다.

“지로, 류이치는 원래 멍청하니까 네가 이해해.”

지로는 류이치의 말이 조금도 나쁘다고 생각지 않았다. 오히려 자기 쪽에서 먼저 오늘 있었던 일을 신나게 이야기해 줄 작정이었는데, 하루코가 류이치를 심하게 나무라면서 자기에게 사과하는 것을 보곤 몹시 당혹스러웠다.

‘뭐야? 하루코 누나도 엄마처럼 생각하는 거야? 그 일이 뭐가 부끄러운 거라고 이러지?’

그렇게 생각하자 지로는 하루코 옆에 앉아 있는 게 왠지 거북하게 느껴졌다. 바늘에 찔린 풍선처럼 온몸에서 힘이 빠져나가는 기분이었다.

지로는 하루코에게 어깨를 붙들린 채 고개를 푹 숙이고 있었다. 하루코는 지로가 의기소침해져서 그런 줄로 착각을 하고 기분을 맞춰 주느라 일부러 말도 시키고 더욱 다정하게 굴었다. 하지만 지로는 하루코가 그럴수록 더욱 견디기 힘들어졌다. 결국 지로는 삼십 분도 안 돼서 집으로 돌아와 버렸다. 류이치 집에 놀러 갔다가 그렇게 빨리 돌아온 것은 처음이었다.

집에 도착해 안채로 들어간 지로는 또 한 번 당혹스러웠다. 언제 도착했는지 마사키 외할아버지가 방 한가운데 앉아 흰 수염을 훑으며 지로가 들어오는 것을 바라보고 있었기 때문이었다. 방 안에는 할아버지 외에도 슌스케와 오타미, 할머니도 함께 앉아 있었는데, 모두 약속이나 한 듯 지로를 빤히 쳐다보았다. 그러나 누구 한 사람 지로에게 말을 거는 사람은 없었다.

지로도 입을 굳게 다문 채 방 입구 쪽에 쭈그리고 앉았다. 지로는 외할아버지에게 얼른 인사만 드리고 공부방으로 갈 생각이었다. 외할아버지가 부드러운 음성으로 지로를 불렀다.

"지로야, 오늘 아침 네가 갑자기 없어져서 한참 동안 소동이 벌어졌단다. 나는 아무 말도 안 했지만 네가 틀림없이 집으로 갔을 거라고 생각하고 걱정하지 않았어. 지로는 여전히 기운이 넘치는구나, 하하하."

할머니가 곁에서 냉큼 그 말을 받아 한마디 거들었다.

"예, 너무 기운이 넘쳐서 앞으로 무슨 일을 저지를지 모르겠어요. 집안이 이렇게 된 것도 아무렇지 않은지 하루 종일 경매 구경만 하더군요."

할머니는 과장되게 한숨을 쉬며 혀까지 쯧쯧거렸다.

"음, 역시 보고 있었구나. 그래, 보니 어떻던, 지로? 재미있더냐?"

"하나도 재미없었어요."

지로는 화가 난 듯이 바로 대답했다. 그러자 이번에는 오타미가 다그치듯 말했다.

"거짓말 마. 재미없다는 애가 밥도 안 먹고 하루 종일 구경한다는 게 말이나 돼? 그만큼 엄마가 오지 말라고 말해도 들은 척도 않고."

"그래도 난……."

지로는 속마음을 어떻게 표현해야 좋을지 몰랐다. 답답한 마음에 자꾸 숨이 막혔다.

"난 우리 집 칼이랑 다른 물건들을 누가 사는지 보고 싶었어. 그게 뭐 어때서? 재미있어서 본 건 아니라고! 그리고 류이치 아빠가 많이 사 줬으니까 하나도 섭섭하지 않아."

외할아버지는 지로의 얼굴을 지그시 바라보다가 낮게 한숨을 내쉬었다.

"지로, 이리 가까이 와 보거라."

지로가 쑥스러워하며 무릎걸음으로 외할아버지는 곁으로 다가가자 할아버지는 부드러운 손길로 지로의 머리를 쓰다듬었다.

“무슨 일이 있어도 사람을 원망해선 안 되는 거다. 오늘 물건을 사 주신 분들은 모두 선한 분들이야. 이쪽에서 필요 없는 물건을 사 주신 분들이니까. 무슨 말인지 알겠니?”

지로는 외할아버지의 목소리가 왠지 조금 처량하게 들렸다. 아무 말도 하지 않고 고개만 수그리고 있자니 할아버지가 다시 말했다.

“지로는 칼을 좋아하나 보지? 칼이라면 할아버지 집에도 많이 있단다. 보고 싶을 때 언제든지 말하렴.”

“이젠 칼 안 좋아해요. 그렇지만 난…….”

지로는 답답하다는 시늉을 하며 조그마한 목소리로 말했다.

“사람들이 우리 집 물건 사는 거 하나도 재미없었어요.”

오타미가 또 코웃음을 치며 빈정거리듯 말했다.

“재미도 없고 시시했다구? 그럼 안 봤으면 될 거 아냐.”

“암, 그렇구말구.”

할머니가 오타미의 말에 맞장구를 쳤다. 그때 잠자코 듣고만 있던 슌스케가 끼어들었다.

“좀 전에 외할아버지께서 교이치 형이랑 슌조를 데려왔어. 아마 공부방에 있는 모양이다. 지로 너도 그만 됐으니

형한테 건너가 봐."

그러고는 외할아버지를 향해 가볍게 고개를 숙이며 말했다.

"너무 죄송합니다. 모두 제 잘못입니다."

지로는 아빠와 외할아버지 얼굴을 번갈아 보며 머뭇머뭇 일어났다. 외할아버지는 눈을 감고 생각에 잠겨 있다가 손짓으로 지로를 불러 세웠다.

"지로, 어떠냐? 할아버지도 이제 집에 가야겠는데, 할아버지랑 같이 갈래?"

지로는 대답 대신 슌스케를 힐끔 쳐다보았다. 그러자 외할아버지가 이번에는 슌스케에게 말했다.

"이건 그냥 내 생각일세. 지로만 잠시 내가 맡고 있는 건 어떻겠나? 어디서 다니든 학교만 제대로 다니면 될 거 아닌가."

할머니와 오타미는 서로 얼굴을 마주보며 뜻밖이라는 표정을 지었다. 지로는 재빨리 사람들의 표정을 차례로 살폈다. 제일 마지막으로 아빠에게 눈길을 돌렸을 때, 슌스케는 무릎을 꿇고 양손을 그 위에 가지런히 올려놓은 채 생각에 잠긴 모습이었다. 이윽고 슌스케가 고개를 들어 지로를 일별하고는 무겁게 입을 열었다.

"무슨 말씀인지 잘 알겠습니다. 폐를 끼치는 것 같지만 그렇게 해 주신다면 감사하겠습니다."

오타미와 할머니는 잠자코 말이 없었다.

잠시 후 지로는 외할아버지와 함께 혼다가를 나왔다. 대문 앞까지 몰려나와 배웅을 하는 식구들의 말소리를 건성으로 들으며 지로는 자기가 왜 마사키가에서 학교를 다녀야 하는지, 그리고 그 일이 좋은 일인지, 나쁜 일인지 전혀 종잡을 수가 없었다. 하지만 어쨌든 외갓집에 가는 게 싫지는 않았다. 지로는 여전히 혼다가보다 마사키가가 더 편했던 것이다.

캄캄한 논길을 지나는데 문득 류이치와 하루코의 얼굴이 떠올랐다. 그러자 가슴 한구석이 쓸쓸해지면서 목이 꽉 잠기는 것 같았다. 지로는 그 느낌을 털어 내기라도 하듯 걸음을 빨리했다. 발밑에서 탁탁 울리는 짚신 소리가 또렷하게 들렸다. 지로의 마음속에선 여러 가지 걱정과 생각들이 어지럽게 뒤섞이기 시작했다.

움직이지 않는 별

밤길

“저 별 좀 봐라. 아름답지?”

외할아버지는 천천히 논길을 걸으며 혼잣말처럼 지로에게 말하고는 하늘을 올려다보았다. 가을이 코앞인 하늘은 아주 먼 곳까지 말갛게 보였다. 조용한 바다처럼 넓게 펼쳐진 논 가운데에 한 줄기 연기처럼 지로와 외할아버지가 걷는 길이 나 있었다.

지로도 할아버지를 따라 하늘을 올려다보았다. 하지만 대답은 하지 않았다. 지로는 외할아버지와 단둘이 이렇게 밤길을 걷는다는 게 자랑스러우면서도 예전처럼 마냥 즐겁지만은 않았다.

‘외할아버지는 왜 별안간 날 데려가시려는 걸까?’

무엇보다 지로의 마음에 걸린 것은 바로 그 점이었다. 걸음을 옮길 때마다 궁금증은 더욱 커져갔다. 하루코를 만나지 못한다는 생각도 지로를 괴롭혔다. 혼다가가 남의 손에 넘어갈지도 모른다는 상황이 무엇을 뜻하는지 알게 되면서 온갖 걱정들이 검은 구름처럼 지로의 마음을 덮쳐왔다.

지로의 머릿속은 어느덧 경매하는 광경을 기억해 내고 있었다. 어지럽게 널려진 갖가지 물건들 사이로 여러 사람들의 표정이 떠올랐다. 그중에는 웃고 있는 사람도 있었고, 무엇을 살지 두리번거리는 사람, 딱하다는 표정을 짓고 있는 사람도 있었다. 뜰에 서 있던 구경꾼들 중에 아주머니가 한 명 있었는데, 그 아주머니는 몰래 눈물을 닦고 있었다. 그 아주머니의 얼굴이 또렷이 기억났다.

아빠의 얼굴도 여러 번 생각났다. 아빠의 얼굴은 평소와 크게 다를 게 없었다. 그러나 침착해 보이는 아빠의 표정 속에서 지금까지 본 적이 없던 쓸쓸한 그림자가 떠오르는 것을 읽어 냈을 때 지로의 마음은 얼마나 안타까웠나.

"지로, 저것 좀 보거라. 저게 바로 북극성이란다."

외할아버지는 걸음을 멈추고 먼 북쪽 하늘을 가리켰다. 지로는 외할아버지가 가리키는 곳을 유심히 바라보았지만 어느 별이 북극성인지 전혀 알 수 없었다. 대신 캄캄한 밤하늘을 배경으로 아빠의 얼굴이 희미하게 떠오르면서 촘촘하게 박혀 반짝이는 별들이 아빠의 눈물처럼 보였다.

"북극성에 대해 학교에서 배우지 않았니?"

"네. 별은 아직 한 번도 배운 적 없어요."

"그렇구나. 저기 저쪽에 국자처럼 나란히 떠 있는 별 일곱 개가 보이지? 저걸 북두칠성이라고 부른단다."

외할아버지는 지로 뒤에 쭈그리고 앉아 북두칠성을 밑에서부터 하나하나 가리키며 북극성이 어디에 있는지도 가르쳐 주었다. 지로는 할아버지가 가르쳐 준 대로 북극성을 찾아내기는 했지만 그다지 밝지도 않고, 어쩐지 시시해 보였다.

"넓은 바다에서 육지가 보이지 않을 때는 저 별만이 방향을 가르쳐 주는 표적이 된단다. 저 별은 절대로 움직이지 않는 별이기 때문이지."

외할아버지는 다시 걷기 시작했다. 지로는 별 중엔 움직이는 것도 있고, 움직이지 않는 것도 있다는 걸 몰랐기 때문에 할아버지의 설명을 듣곤 그 희미한 별이 신기하게 생각되었다.

"다른 별은 모두 움직이나요?"

"그럼, 전부 움직이지. 저 북두칠성도 북극성 주위를 언제나 빙빙 돌고 있단다. 삼십 분쯤 지나면 너도 알게 될 테니 자세히 봐 두렴."

북극성, 절대로 움직이지 않는 별. 지로는 마음속으로 여러 번 되뇌면서 하늘을 올려다보았다. 그 별을 놓쳐선 안 된다는 생각이 들었다. '절대로 움직이지 않는다.'는 할아버지의 설명이 지로의 가슴을 파고들었다.

지로는 혼다 할아버지의 병이 심해졌을 때 사람이 죽으면 그 넋은 어떻게 되는지 궁금했던 적이 있었는데, 처음 북극성과 여러 별들에 대한 이야기를 알게 된 오늘도 그때처럼 궁금한 것이 갑자기 많아졌다. 저 별들은 왜 저기서 빛나고 있나.

하지만 별에 대한 생각도 그리 오래가지는 않았다. 발밑에서 탁탁거리는 짚신 소리가 쓸쓸하고 비참한 기분을 새록새록 일깨웠기 때문이었다.

'교이치 형하고 슌조에겐 언제나 정해진 집이 있어. 그런데 왜 나는 맨날 이리저리 떠도는 거지? 어렸을 땐 오하마 엄마네 집에서 지내다가 혼다가에 왔어. 이번엔 혼다가에서 마사키가로 가게 됐어. 도대체 어느 집이 진짜 우리 집일까? 아빠는 읍내에서 장사를 한다고 했는데, 나를 읍내로 데려가긴 하실까? 오하마 엄마와는 아주 오래전에 헤어진 후 한 번도 다시 만나지 못했는데, 설마 아빠와도 더 이상 못 만나게 되는 건 아니겠지?'

지로는 그런 생각에 빠져들어 말이 없었다.

"잠이 오는 게냐?"

외할아버지가 지로를 돌아보며 물었다. 지로의 대답이 없자 할아버지가 손을 내밀었다.

"넘어지면 위험하다. 할아버지 손잡고 가자."

두 사람은 손을 꼭 붙잡고 밤길을 걸었다. 지로는 외할아버지의 귀여움을 독차지해 왔지만, 이렇게 손을 잡고 걸어 본 것은 처음이었다. 지로는 외할아버지의 쭈글쭈글하면서도 약간 차가운 느낌이 드는 손바닥의 감촉을 느끼며 근지러운 것 같기도 하고, 쑥스럽기도 해서 혼자 슬그머니 웃음이 나왔다. 기분도 한결 나아졌다. 어느덧 기운을 되찾은 지로가 명랑한 음성으로 물었다.

"할아버지 댁에서 언제까지 있어야 돼요?"

"언제가 됐든 지내고 싶을 때까지 지내는 거지, 뭐."

"지내고 싶을 때까지요?"

지로의 마음은 기쁨과 걱정이 뒤섞였다.

"왜, 싫어?"

"아뇨."

지로는 힘주어 대답했다. 하지만 외갓집에서 계속 지냈다간 어느 집 아이가 되는 건지 영영 알 수 없게 되지나 않을까 걱정이 되었다.

"다시 집에 가고 싶으면 언제든 가도 돼. 그건 네 마음대로 정하는 거란다."

외할아버지가 지로의 속마음을 눈치채고 위로하듯 말했다.

"하지만 앞으로 네가 가야 할 집은 지금까지 살았던 집과는 다르단다. 지금까지 살았던 집엔 이제 아무도 없어."

지로는 그런 것쯤은 이미 알고 있었다. 다만 외할아버지가 그렇게 말하는 것을 듣곤 새삼스레 슬픔이 밀려왔다. 그리고 지금까지 늘 괴롭고 외롭기만 했던 혼다가가 문득 그리워졌다.

"지로는 읍내에 몇 번이나 가 봤니?"

"한 번도 안 가 봤어요."

"아직 한 번도 안 가 봤어? 그랬구나. 앞으론 언제든 갈 수 있단다. 이젠 읍내가 너희 집이니까. 읍내는 사람도 많고 볼 것도 아주 많지. 지로가 그런 델 아주 좋아하게 될지도 모르지."

외할아버지의 그런 말을 듣고도 지로의 쓸쓸한 기분은 쉬 나아지지 않았다. 먼 하늘에선 절대로 움직이지 않는 별 하나가 반짝이고 있었고 발밑에선 짚신 소리가 쉴 새 없이 타닥거렸다. 희미한 별빛과 짚신 소리만이 지로의 우울한 심정을 이해해 주는 것 같았다.

의심

그 후 두 사람 사이에는 한동안 말이 끊겼다. 한참 만에 외할아버지가 먼저 말을 꺼냈다.

"하지만 집은 어디에 있든 상관없는 거란다. 사람은 마음만 똑바로 서 있으면 어디서 살든 늘 즐거운 법이니까."

지로는 할아버지의 말을 듣고 식구들을 생각했다.

'할머니와 엄마가 읍내에서 살기 싫어하는 이유는 마음이 똑바로 서 있지 못하기 때문일 거야. 역시 우리 집에서 마음이 똑바로 서 있는 사람은 아빠뿐이야.'

그러나 사실 지로에게는 누구에게도 말 못 할 한 가지 걱정이 있었다. 그건 아무리 봐도 아빠가 상대를 가리지 않고 아무하고나 술을 마신다는 점이었다. 지로는 아빠가 하는 일은 무엇이든 옳다고 믿었고 누구와 술을 마시든 그게 좋다느니, 나쁘다느니, 판단한 적은 한 번도 없었다. 그뿐만 아니라 얼마 전에 만두 호랑이와 손가락 없는 곤 씨를 상대로 술판을 벌여 두 사람을 감복시키는 것을 봤을 땐 이 세상에서 아빠처럼 멋진 사람은 없을 거라고 생각했다. 그런데 외할아버지의 손을 잡고 이런저런 이야기를 나누면서 별이 총총한 밤길을 걷다 보니, 아빠의 그런 행동은 어쩐지 쓸데없는 일에 시간을 낭비하는 것처럼 여겨졌다.

'아빤 그런 사람들과 술 마시는 게 세상을 위한 일이라고 생각했는지도 몰라. 하지만 어쩌면 불량배들까지 상대하느라 바빠서 우리 집이 가난해진 것일 수도 있어. 만일 그게 사실이라면 그까짓 불량배들 때문에 우리 집이 망했다는 거잖아. 불량배들과 술을 마신다고 세상이 좋아진다는 건 말도 안 돼. 만약 아빠가 그렇게 생각했다면 아빠도 똑바로 서 있지 못한 거야.'

지로가 아빠를 의심한 것은 그때가 처음이었다. 아빠를

의심할 수밖에 없다는 현실이 지로는 너무나 가슴 아팠고, 두려웠다. 그러나 한번 품게 된 의심은 여간해선 지워지지 않았다. 아빠가 자신에게 얼마나 소중한 사람인지를 생각할수록, 또 그런 의심을 지우려고 노력할수록 마음속에 더욱 단단히 박혀 지로를 괴롭혔다.

"음, 지로, 넌 이다음에 커서 어떤 사람이 되고 싶으냐?"

아빠에 대한 생각에 골몰하고 있던 지로는 외할아버지의 갑작스런 질문에 당황했다. 더구나 지금까지 단 한 번도 이다음에 커서 뭘 해야겠다고 진지하게 생각해 본 적이 없던 터라 더욱 할 말이 떠오르지 않았다. 엄마가 자기만 보면 입버릇처럼 "훌륭한 사람이 되어야 한다."고 말했지만 훌륭하다는 것이 어떤 것인지 늘 애매했었고 뭘 어떻게 해야 훌륭한 사람이 되는지도 아리송했다. 당시의 지로에게는 이다음에 커서 어떤 사람이 되느냐 하는 것보다는 지금 당장 누가 자신에게 친절한 사람인지를 구별하는 게 훨씬 더 중요하고 절실한 일처럼 여겨졌던 것이다.

"왜 대답을 못하지? 이런 질문에 대답하지 못하면 안 되는데."

외할아버지가 놀리듯이 말했다. 그러자 지로가 할아버지께 되물었다.

"할아버지는 어렸을 때 어떤 사람이 되고 싶었어요?"

이번엔 할아버지의 말문이 막혔다.

"음……, 난 말이다, 난 그저 아버지의 뒤를 잇기만 하면 된다고 생각했지."

"나도 그렇게 하면 안 돼요?"

"안 될 것도 없다만, 세상이 옛날과는 많이 달라졌구나. 자기 인생은 스스로 정하는 게 제일 좋단다."

"스스로 정하려면 어떤 생각을 해야 하는데요?"

"여러 가지를 생각해야지. 우선 뭘 제일 좋아하는지부터 생각해 봐야 해."

지로는 대답 대신 좀 엉뚱한 말을 불쑥 꺼냈다.

"아빠는 관청을 그만두고 앞으로 장사를 하신대요."

"그렇다는구나. 그런데 그게 왜?"

"나도 장사나 할까?"

"그래? 장사하는 게 좋아?"

"그건 잘 모르지만……."

"좋아하는지 아닌지도 모른다구? 그래서 어떻게 상인이 되겠다는 거냐?"

"하지만 아빠랑 같이 있을 수 있잖아요."

"음, 그래? 그럼 지로는 아빠를 좋아하기 때문에 그냥 아빠와 함께 장사를 하고 싶다, 이건가?"

"네."

"그거 참 이상한데."

"왜요? 할아버지가 조금 전에 뭘 제일 좋아하는지 생각해 보라고 했잖아요."

"그야 그렇게 말했지. 하지만 그건 네가 아빠를 좋아하는 것하곤 달라. 내 말은 지로가 뭘 좋아하는지를 생각해 보라는 말이었지, 누굴 좋아하는지 생각해 보라는 뜻이 아니었다."

"그럼 내가 잘못 생각한 거예요?"

"아냐, 꼭 잘못 생각했다는 말은 아니다. 하지만 그런 생각으로 이다음에 뭘 할지 결정하게 되면 나중에 후회할지도 몰라."

지로는 할아버지의 말뜻을 새겨보느라 말이 없었다.

"저, 할아버지……."

잠시 후 지로가 조심스레 다시 입을 열었다.

"우리 아빠는 마음이 정직한 사람이에요?"

외할아버지는 너무 의외의 질문에 놀라 잠깐 걸음을 멈칫거렸다. 그러나 내색하지 않고 평온한 목소리로 대답했다.

"그야 정직한 사람이지. 그런데 갑자기 왜 그런 걸 묻는 게냐?"

"아빤 아무하고나 술을 마셔요."

"음, 할아버진 잘 모르지만, 마실 때도 있겠지."

"그런 건 나쁜 일이죠?"

"글쎄다……. 하지만 꼭 필요하다면 마셔야겠지. 무턱대고 그런다면 나쁠 수도 있지만……. 하지만 네 아빠는 걱정

안 해도 괜찮아. 언제나 마음이 똑바로 서 있으니까."

지로는 외할아버지의 대답이 뭔가 석연치가 않았다. 그러나 계속하는 건 왠지 아빠를 헐뜯는 것처럼 생각되어서 입을 다물고 말았다. 외할아버지도 더 이상 말이 없었다.

별똥별

"지로야."

외할아버지는 마을 어귀까지 다 가서야 다시 지로를 불렀다.

"네 아빠는 훌륭한 사람이란다. 아무리 나쁜 사람이라도 무시하지 않고 그 사람을 위해 모든 힘을 다 쏟는 사람이야. 넌 아빠가 나쁜 사람들과 어울려 술을 마시는 게 나쁜 짓이라고 생각하는 모양인데, 그건 좋지 않은 사람을 착한 사람으로 만들기 위해 애쓰는 거니까 조금도 나쁠 게 없단다. 아빠 누가 됐든 미워하거나 싫어하는 법이 없어. 쉽게 말해서 세상 사람들을 전부 착하다고 믿는 거지. 그래서 어려운 일을 당한 사람을 보거나, 좋지 않은 행동을 하는 사람을 보면 그 사람들을 위해 뭔가 도와주지 않고서는 견디지 못하는 성격이야. 그래서 조금 힘들어졌을 뿐인 거니까 아빠를 미워하면 안 돼. 네 눈엔 그런 아빠가 훌륭해 보이지 않니?"

그렇게 말하면서 외할아버지는 잡고 있던 지로의 손을 자기 쪽으로 힘껏 끌어당겼다. 지로는 가슴이 뛸 만큼 기뻤다.

"아니에요, 나 아빠 미워하는 거 아니에요! 나도 아빠가 훌륭한 사람이라고 생각해요."

지로는 큰 소리로 대답했다.

"그렇지? 그러니까 아빠랑 같이 있고 싶은 거지?"

"네."

"세상에서 가장 훌륭한 사람은 상대방이 누가 됐든 진심으로 사랑할 수 있는 사람이야. 그런 사람은 누구나 좋아할 수밖에 없지. 아빠를 좋아하는 사람이 지로뿐은 아냐."

그때 지로의 머릿속에 문득 할머니와 엄마의 얼굴이 떠올랐다. 지로는 조금 망설여졌지만 용기를 내어 물었다.

"할머니하고 엄마는 별로 훌륭한 사람이 아니죠?"

외할아버지는 이번에도 또 좀 놀란 모양이었다. 한동안 뜸을 들인 할아버지가 느릿하게 말했다.

"글쎄, 네 아빠만큼은 훌륭하지 않은 것 같구나. 그런데 지로 넌 어떠냐? 넌 훌륭한 사람이니?"

"나도 별로 훌륭한 사람은 아니에요."

지로는 생각할 필요도 없다는 듯 대답했다. 외할아버지는 약간 맥이 빠진 듯한 표정이었지만, 곧 다시 물었다.

"훌륭한 사람이 되고 싶진 않아?"

"되고 싶어요! 그래서 난 아빠하고 같이 있고 싶은 거예요."

"그래? 아빠하고 같이 있으면 지로도 틀림없이 훌륭한 사람이 될 것 같은가 보구나?"

"네."

"그럼 엄마나 할머니랑 있으면?"

"……."

"지로, 사람을 구별해선 안 돼. 지로 마음에 들지 않는 사람도 미워해선 안 돼. 누구와 있든 그 사람을 좋아해 주고 도와주면 훌륭한 사람이 될 수 있어. 자기 마음속에 싫다고 생각되는 사람이 한 명이라도 남아 있으면 훌륭한 사람이 될 수 없단다."

지로는 외할아버지의 말을 듣고 멈칫했다. 엄마는 그럭저럭 좋아할 수 있겠는데, 할머니를 좋아하고 싶은 마음은 조금도 없었기 때문이었다. 그렇다면 나는 영영 훌륭한 사람이 되긴 틀린 것일까, 조금 우울해졌다.

그때 불현듯 오하마가 생각났다. 지로는 다시 한 번 물었다.

"할아버지, 오하마 엄마는 훌륭한 사람이에요?"

"오하마 엄마? 암, 훌륭한 사람이지."

"아빠하고 비교하면 누가 더 훌륭해요?"

"아빠하고 비교해서? 허허허, 그야 아빠가 더 훌륭하지. 아빠처럼 훌륭한 사람은 보기 드물단다."

"그렇죠? 하지만 할머니나 엄마보다는 오하마 엄마가 더 훌륭하죠?"

"그런 것 같니? 허허, 그것 참, 할애비한텐 어려운 질문이구나."

"오하마 엄마는 언제든지 날 귀여워해 줬거든요. 그러니 훌륭한 거잖아요."

"으음."

한숨인지, 대답인지 분간이 잘 안 가는 소리를 내뱉고는 할아버지는 한동안 말이 없었다. 그때 마사키 할아버지는 지로에게 엄마나 할머니가 별 이유 없이 지로를 야단치는 것처럼 보여도 그건 다 지로를 위하기 때문이라고 말해 주고 싶었다. 하지만 지로가 그 말을 순순히 믿을 것 같지도 않았고 또 자신도 할머니나 오타미의 태도가 못마땅했던 적이 없지 않았기 때문에 입을 닫고 말았다. 외할아버지가 잠자코 걷기만 하자, 지로는 약간 걱정이 되었다.

"근데, 할아버지, 엄마나 할머니보다 오하마 엄마가 더 훌륭하다고 생각하면 안 되는 거예요?"

"허허."

지로의 귀에는 그 웃음소리가 조금 어색하게 들렸다.

"안 된다고는 할 수 없지. 그래, 생각나는 대로 뭐든 말해 보렴. 외할아버지한텐 무슨 말을 하든 상관없어."

"할아버지, 난 아빠하고 오하마 엄마하고 셋이 지내면 틀림없이 훌륭한 사람이 될 것 같아요."

지로의 말에는 멋쩍어하는 티가 듬뿍 묻어 있었다.

"허허, 지로가 멋진 생각을 해냈구나. 좋아하는 사람하고만 지낸다면 싫어하는 사람이 생길 리가 없겠지."

"아니, 그런 뜻이 아니에요. 난 아빠하고 오하마 엄마가 하는 말이라면 뭐든지 다 들어요. 그래서 훌륭해진다는 거예요."

"그런 뜻이었구나. 네 말도 맞다. 으흠……."

그러고도 외할아버지는 몇 번이나 더 '으흠' 소리를 냈다. 잠시 후 외할아버지가 문득 걸음을 멈추었다. 그리고 허리를 숙여 지로의 두 손을 잡고 부드럽게 물었다.

"지로, 넌 오하마 엄마를 그토록 잊지 못하는 게냐?"

외할아버지의 목소리가 약간 떨리는 것처럼 들렸다. 지로는 괜한 소리를 했나, 외할아버지께 좀 미안한 생각이 들었다. 지로는 고개를 푹 숙이고 잡힌 손을 빼내려 힘을 주었다.

"지금 널 야단치는 게 아냐. 그렇게 오하마 엄마를 만나고 싶다면 할애비가 꼭 만나게 해 줄게. 네가 할애비 집에 있는 동안 오하마가 어디 있는지 알아내서 꼭 데려올게. 하지만 그 전에 우선 훌륭한 사람이 되는 거야. 오하마 엄마가 곁에 없더라도 훌륭한 사람이 될 수 있다는 걸 보여 줘야 오하마도 기뻐하지 않겠니? 그러니 먼저 훌륭한 사람이 되는 거야. 무슨 말인지 알겠니?"

지로는 흐느끼고 싶은 충동을 간신히 참으면서 고개를 끄덕였다.

그 뒤 두 사람은 마사키가에 도착하기까지 각자의 생각에 빠져 말없이 걸었다. 대문을 들어서기 전, 지로는 다시 한 번 북극성을 찾아보았다. 외할아버지의 말처럼 과연 북극성이 '절대로 움직이지 않는 별'인지 두 눈으로 직접 확인하고 싶었다.

"우와, 정말이에요! 북두칠성은 저만큼 움직였는데, 북극성은 그대로예요!"

"그것 봐라."

외할아버지도 하늘을 올려다보았다. 둘은 나란히 서서 한참 동안이나 북극성을 바라보았다. 외할아버지가 지로의 얼굴을 부드럽게 쓰다듬으며 말했다.

"지로도 북극성처럼 세상에서 흔들리면 안 돼. 다른 사람들이 지로를 보고 어디로 가야 하는지 알 수 있을 만큼 훌륭한 사람이 되는 거다. 그러려면 작은 일에 화를 내거나 누구를 미워하면 안 돼. 그런 사람은 훌륭해질 수 없단다."

그때 지로의 입에서 긴 탄성이 흘러나왔다.

"아……!"

때마침 별똥별 하나가 밤하늘을 길게 밝히며 북극성 근처를 비스듬히 지나가고 있었던 것이다. 별똥별의 푸른 꼬리가 눈부시도록 빛났다. 하지만 별똥별의 꼬리는 순식간에 하늘 저편으로 사라져 버렸다. 지로는 여전히 그 자리에서 빛나고 있는 북극성을 유심히 바라보았다.

"별똥별은 하늘을 날아다니는 먼지 같은 거란다. 환하게 불타오르면 그걸로 끝이야. 저런 건 별이라고도 할 수 없지."

외할아버지는 그렇게 한마디 하고는 지로의 등을 쓰다듬으며 대문 안으로 들어섰다.

그날 밤 지로는 외할아버지 곁에 누웠으나 좀처럼 잠들지 못했다. 아빠와 오하마 엄마, 할머니, 엄마, 그리고 낮에 있었던 경매 등등 온갖 생각들이 꼬리를 물고 이어졌다. 무엇보다 이다음에 어떤 사람이 되어야 하는지도 벌써부터 걱정이었다. 지로는 희미하지만 언제나 그 자리에서 빛나고 있는 북극성과 순식간에 타서 사라져 버린 별똥별을 생각하다가 스르르 잠이 들었다.

슬픈 생일

가족들과 함께

마침내 여름방학이 끝났다. 개학을 맞은 지로는 사촌형제들과 함께 학교에 다니게 되었다.

오타미는 지로가 마사키가에 맡겨진 후 거의 매일같이 찾아왔다. 하지만 딱히 지로를 보기 위해 찾아오는 건 아니었다. 외할아버지와 외할머니를 상대로 혼다가의 문제를 상의하기 위한 발걸음일 때가 훨씬 많았다. 그래서였는지 오타미는 지로가 학교에 가고 없을 때 주로 찾아왔고, 어쩌다 지로와 마주쳐도 그다지 반가워하는 기색 없이 잠깐 얼굴만 보고 집으로 돌아갔다.

지로는 엄마에게 섭섭해하거나, 서운한 감정을 드러내지 않았다. 이제 그런 일쯤은 아무렇지도 않았다. 지로는 마사키가의 자유분방한 분위기 속에서 그럭저럭 즐겁고 신나게, 그리고 아무런 불편도 없이 생활했기 때문에 사실 엄마가 와도 지로 쪽에서 먼저 슬그머니 피해 버릴 정도였다. 엄마가 이것저것 말을 시키거나, 공연한 걸로 잔소리를 하는 게 오히려 귀찮기만 했다.

그러던 어느 날, 학교에서 돌아온 지로가 이 층 공부방으로 올라가려는데 뒤에서 엄마의 목소리가 들려왔다.

"지로 이제 왔구나. 엄마가 기다리고 있었어."

여느 때와 달리 부드러운 말투였다. 그러거나 말거나, 지로는 시큰둥한 표정으로 돌아보았다.

"오늘은 식구들이 모두 왔어. 아빠, 할머니, 교이치, 슌조까지 모두 다 왔단다. 지금 손님방에 있으니까 어서 내려와."

식구들이 모두 왔다는 소릴 듣고도 지로는 그다지 반갑거나 기쁘지 않았다. 지로는 그저 응, 하고 짧게 대답하고는 이 층으로 올라가 버렸다. 가방을 풀어 책들을 정리하면서 지로는 할머니까지 웬일이래, 혼자 중얼거리다가 문득 머리를 스치는 어떤 생각에 동작을 딱 멈추었다. 지로의 표정이 싹 바뀌었다. 지로는 책을 내팽개치고 황급히 사다리를 타고 내려갔다.

손님방에는 외할아버지와 아빠가 심각한 표정으로 이야기를 나누고 있었다. 또 외할머니도 엄마와 할머니를 상대로 한창 이야기 중이었다. 교이치와 슌조는 툇마루에 앉아 눈깔사탕을 입에 문 채 뜰 어딘가에서 시끄럽게 울고 있는 매미를 눈으로 찾고 있었다.

"안녕하세요."

손님방에 들어서며 지로는 딱히 누구에게랄 것도 없이 고개를 꾸벅했다. 먼저 아빠와 눈이 마주쳤다. 하지만 말은 할머니가 먼저 꺼냈다.

"학교에서 지금 온 게냐? 자, 이리 와서 앉아. 그동안 꽤 오랫동안 못 만났는데, 여기선 말썽 안 피우고 의젓하게 지냈겠지?"

지로는 또 시작인가, 속으로 중얼거리고는 대답도 없이 툇마루 쪽으로 몸을 돌렸다. 외할머니가 뒤에 대고 말했다.

"이거 할머니가 사 오신 거란다. 지로에게 주려고 일부러 사 오셨대."

돌아보니 외할머니 손바닥엔 조그만 캐러멜 곽 하나가 놓여 있었다.

"지금은 별로 먹고 싶지 않아요."

지로는 관심 없다는 듯 말하고는 교이치에게 다가갔다. 아이들은 서로를 툭툭 건드리고 키득거리며 인사를 나누더니 곧 지로를 따라 어디로 사라졌다가 금방 장대를 들고 다시 나타났다. 셋은 장대를 든 지로를 앞세우고 매미가 우는 쪽으로 살금살금 다가갔다.

이윽고 사촌들도 차례로 학교에서 돌아와 혼다가와 마사키가의 아이들이 전부 모였다. 마사키가의 널찍한 정원은 어느새 아이들이 뛰노는 운동장이 되어 버렸다. 처음엔 정원에서만 놀던 아이들은 집 주변의 공터는 물론이고, 집 안 구석구석까지 들쑤시며 돌아다녔다. 아이들의 발소리와 목소리 때문에 손님방 복도와 곁방도 시끌시끌해졌다.

할머니는 시끄럽게 떠드는 아이들 목소리가 견딜 수 없다는 듯 교이치와 지로, 슌조가 손님방 복도를 지나갈 때마다 눈을 부라리고 잔소리를 퍼부었다. 그리고 외할아버지와 외할머니께 머리를 조아리며 미안하다는 말을 끝도 없이 되풀이했다. 그때마다 외할아버지는 지치지도 않고 꼬박꼬박 대답했다.

"원래 아이들은 가만있질 못하지 않습니까. 그냥 내버려 두십시오."

외할머니도 웃으면서 한마디 거들었다.

"아이들 떠드는 소리를 하도 들었더니 이젠 아무렇지도 않아요."

그날따라 지로는 좀 유난스러웠다. 물론 그 전에도 떠들며 노는 데 있어서 누구에게도 뒤지지 않는 지로였지만 그날따라 유난히 말도 많고 장난도 심했다. 단지 오랜만에 형제들을 만나 반가웠기 때문이 아니었다. 이유는 따로 있었다. 외갓집에선 아무리 시끄럽게 떠들고 심한 장난을 쳐도 누구 한 사람 야단치는 어른이 없다는 것을 할머니에게 보여 주고 싶었기 때문이었다. 그래서 일부러 손님방 근처에서, 그것도 할머니 눈에 잘 띄는 곳을 골라 난리를 피웠던 것이다. 할머니가 아무리 눈치를 주고 인상을 쓰며 잔소리를 해도, 교이치나 슌조처럼 금방 기가 죽어 딴 곳으로 피하는 법도 없이, 피하기는커녕 외할아버지 외할머니의 웃음 띤 얼굴과 할머니의 일그러진 얼굴을 노골적으로 흘깃거리며 과장된 몸짓과 목소리로 장난을 쳐 댔다.

그러나 또한 그것만이 지로가 유난을 떠는 유일한 이유는 아니었다. 혼다가 식구들이 다 함께 마사키가에 온 이유를 지로가 짐작했던 게 더 큰 이유인지도 몰랐다.

'결국 읍내로 이사를 가게 됐나 봐. 그래서 오늘은 작별인사를 하러 온 걸 거야. 아마도 나만 마사키가에 남겨 두고 모두 읍내로 가겠지.'

그렇게 생각하자 화가 나기도 하고, 외롭기도 했다. 그렇다고 지로가 꼭 식구들과 함께 읍내로 가고 싶다는 뜻은 아니었다. 괜히 따라가서 할머니와 엄마의 눈치를 보면서 힘들게 지내느니 차라리 마사키가에서 마음 편하게 지내는 편이 훨씬 나아, 라고 지로는 생각했다. 하지만 자기가 마사키가를 좋아해서 스스로의 결정으로 여기 남겠다는 것과 처음부터 자기를 떼어 놓고 자기네들끼리만 읍내로 이사 간다는 것은 분명히 달랐다.

바로 그런 이유 때문에 지로는 견딜 수 없이 쓸쓸했고, 뭔지 모르게 답답했고, 화가 났다가도 금방 슬퍼졌고, 대상이 분명치 않은 미움이 부글부글 끓어올랐고……, 한마디로 마음속이 뒤죽박죽, 엉망진창이었다. 그걸 들키고 싶지 않아서 지로는 그저 정신없이 떠들고 돌아다니는 수밖에 없었던 것이다.

그렇게 반나절을 소란을 피웠지만 지로의 마음속은 좀처럼 가라앉지 않았다. 그러다가 시간이 흐를수록 점점 쓸쓸한 쪽으로 기울어 갔다. 그래서 손님방에서 멀리 떨어진 곳, 특히 어두컴컴한 광 안에서 놀 때는 슬그머니 옆으로 비켜나서 혼자 우두커니 먼 곳을 바라보곤 했다. 지로는 아무리 생각해도 자기가 뭘 원하는지 종잡을 수가 없었다. 가슴이 돌덩이에 눌린 것처럼 답답하기만 했다.

뒤에서 들리는 이야기 소리

그리고 마침내 저녁이 찾아왔다. 손님방에는 옻칠을 한 작은 밥상이 일곱 개, 곁방에는 다리가 낮고 기다란 밥상 두 개가 각각 차려졌다. 상 위에는 여러 가지 먹음직스런 음식들이 가득했다. 어른들은 손님방에서, 아이들은 곁방에서, 마사키가와 혼다가의 모든 식구들이 모인 식사가 시작되었다. 오랜만에 겐조 이모부와 오노부 이모도 손님방에 차려진 밥상 앞에 함께 앉았다. 오노부 이모는 오타미의 손아래 동생이었고 겐조 이모부는 앞으로 마사키가의 뒤를 잇기로 되어 있었다. 사위가 가업을 이어받는 경우였다.

손님방에선 외할아버지와 슌스케만이 간간이 농담을 주고받으며 큰 소리를 냈을 뿐, 다른 사람들은 하나같이 침울한 표정들이었다. 간혹 이야기를 주고받더라도 아주 작은 목소리로 소곤거리는 게 전부였다. 그에 비하면 곁방은 시끄러운 장터처럼 떠들썩했다. 마사키가의 아이들과 혼다가의 아이들이 정말 오랜만에 다 함께 모인 특별한 날이었고, 게다가 보통 때와는 비교도 할 수 없을 만큼 맛난 음식들이 한 상 가득 차려졌기 때문에 모두 즐거워서 어쩔 줄을 몰라 했다. 한마디로 조용히 밥을 먹으려야 먹을 수가 없는 분위기였다.

그런데 한 가지 이상한 점은 식사 전까지는 누구보다 시끄럽게 떠들던 지로가 막상 저녁 밥상을 앞에 두고는 제일 조용해졌다는 점이었다. 물론 먹는 양만큼은 누구한테도 뒤지지 않았지만 여간해선 말이 없었다. 사촌형제들이 뭘 물어봐도 조용히 웃기만 할 뿐이었고, 간혹 대답을 해도 엉뚱한 말을 해서 아이들을 웃기곤 했다. 겉으로 보기엔 지로가 맛있는 음식을 앞에 두고 정신이 팔린 듯이 보였지만, 실은 지로는 손님방에서 어른들이 나누는 이야기에 귀를 기울이느라 딴 것은 신경 쓸 겨를이 없었던 것이다. 그래서 맛도 모른 채 꾸역꾸역 음식을 삼키는 꼴이었다.

식사가 끝나고 밥상을 다 치우고 난 뒤에는 모두들 손님방에 모여 마름열매를 먹었다. 그다지 귀한 음식은 아니었지만 한 번 손을 댔다 하면 다 먹어치우지 않고는 멈출 수가 없을 정도로 아이들이 좋아하는 먹을거리였다. 두 되가 넘게 갖다 놓은 마름열매는 삼십 분이 채 안 돼 껍질만 수북이 남긴 채 동이 나고 말았다.

"마름도 앞으론 보기 힘들겠어요."

오타미는 마름열매 하나를 만지작거리며 혼잣말처럼 중얼거렸다. 그 표정이 몹시 쓸쓸해 보였다. 그러자 옆에 있던 외할머니가 대꾸했다.

"일일이 사 먹을 수야 없을 테니 그도 그렇겠구나. 가만 있자, 앞으론 이것도 자주 못 먹을 테니, 애들 먹게 내가 좀 싸 주마."

"그러실 것 없어요, 읍내에선 매일 저녁 사람들이 온갖 물건을 다 팔러 나온대요. 마름 말고도 먹을 건 많을 거예요."

"그래? 하긴 짐도 많은데……."

지로는 두 사람의 대화가 마음에 와 꽂히는 것 같았다. 아이들은 하나둘 툇마루로 나가 다시 시시덕거리기 시작했다. 지로도 툇마루로 나가기는 했으나 그 틈에 끼지 않고 조금 떨어져서 손님방 문을 등지고 가만히 앉아 있었다. 어른들이 나누는 얘기를 하나도 놓치고 싶지 않아서였다.

뜰 한구석에 서 있는 커다란 팽나무 가지 사이로 둥근 달이 서서히 올라오기 시작했다. 초가을 바람이 이파리를 흔들 때마다 달빛이 잘게 부서졌다. 지로는 넋을 놓고 그 모습을 바라보았다. 한쪽에선 아이들이 재잘대는 소리, 그리고 다른 쪽에선 어른들이 낮은 목소리로 두런두런 나누는 얘기 소리, 지로는 그 사이에 앉아 아름답게 빛나는 달을 하염없이 바라보았다.

어른들의 얘기는 아이들의 목소리에 묻혀 잘 들리지 않았다. 지로는 온 신경을 귀에 집중시켰다. 특히 자기 이름이 나오기만 하면 한 마디라도 놓칠세라 잔뜩 긴장한 채 주의를 기울였다.

"혼자만 여기서 지내게 하면 차별받는다고 생각할 거예요. 그랬다간 나중에 성격이 비뚤어질지도 몰라요. 제 생각엔 아무래도 데려가는 게 좋을 것 같아요."

오타미의 목소리였다.

"음."

이번에는 외할아버지의 굵은 목소리가 들렸다.

"그럴 수도 있겠지. 하지만 지로가 여길 좋아한다면 그런 염려는 하지 않아도 될 게야. 네가 직접 물어보는 건 어떠냐?"

"물어보나마나 그 아이는 틀림없이 여기 남겠다고 하겠지요."

그때까지 조용히 듣고만 있던 할머니가 목청을 높여 대답했다.

"사부인, 그래도 이번엔 상황이 좀 다르니까 지로에게 직접 물어보는 게 좋을 듯합니다. 아무리 애라지만 자기 의견도 있는 법이구요."

외할아버지가 대답하자 할머니가 다시 받았다.

"사실 저희로서는 이 댁에 아이를 맡긴다는 게 너무 죄송스러워요. 괜히 폐를 끼치는 것 같아서 말이지요. 될 수 있으면 데려가는 쪽으로 결론을 내렸으면 합니다만."

"그런 염려는 하지 않으셔도 됩니다. 처음부터 우리가 맡겠다고 나선 일 아닙니까? 하긴 우리 집에 맡기는 게 안심이 안 되신다면 그땐 문제가 다르겠지만요, 하하하!"

외할아버지의 시원스런 웃음소리가 툇마루까지 울렸다. 아이들이 놀란 눈으로 잠깐 방 쪽을 쳐다보았지만 이내 자기네 일로 돌아갔다. 다시 할머니의 말이 이어졌다.

"아유, 천만에요. 그런 뜻으로 말씀드린 게 아니랍니다. 두말할 필요도 없이 이 댁에서 맡아 주신다면 더없이 감사한 일이긴 하지요. 하지만 저로서는 그 아이도 똑같은 손자고, 그러니 지로만 이곳에 남겨 두면 좀 불쌍한 생각이 드네요. 그래서 이런 말씀을 드리게 된 겁니다, 호호호."

할머니는 듣기에도 닭살이 돋는 억지웃음을 웃었다. 그러고는 슌스케를 향해 물었다.

"아범은 어떻게 생각하니? 고맙게도 이 댁에서 맡겠다고 하시니……, 지로만 좋다면야 폐를 끼치더라도 맡기는 게 좋지 않을까?”

지로는 처음부터 아빠는 과연 뭐라고 할지, 그게 너무나 궁금했다. 그러나 대답한 사람은 이번에도 오타미였다.

“예, 저희야 뭐……. 그래도 여러 번 생각해 봤는데 지로한테 자꾸 미안한 마음이 들어서요. 오랫동안 오하마에게 맡긴 것부터가 제 잘못이었는데, 이렇게 또 지로만 여기 두고 가면 우린 지로에게 아무것도 해 준 게 없잖아요. 혹시라도 아이가 부모 정을 느끼지 못하고, 그래서 부모로 여기지도 않으면 어떻게 하나 걱정도 되고, 하여튼 그런 생각만 하면…….”

오타미는 지금껏 들어 본 적 없는 차분하고도 따스한 목소리로 이야기를 이어갔다. 지로는 자기도 모르게 고개를 돌려 방 안을 들여다보다가 슌스케와 정면으로 눈을 마주치고 말았다. 아마도 슌스케는 꽤 오래전부터 지로를 보고 있었던 것 같았다.

아빠와 눈이 마주친 지로는 무엇을 들킨 것처럼 황급히 고개를 돌려 버렸다. 지로의 눈빛이 불안하게 흔들리는가 싶더니 지로가 갑자기 벌떡 일어났다. 맨발로 뜰에 내려선 지로는 정원석을 따라 연못 쪽으로 천천히 걸어갔다. 정원에는 먼지가 일지 않도록 늘 물을 뿌려둔 탓에 발바닥이 촉촉이 젖었다.

똑같은 놀이에 서서히 질려 가던 아이들은 지로가 맨발로 뜰을 걷는 걸 보곤 우루루 정원으로 몰려 내려갔다.

"이것 봐! 연못에 달이 떠 있어."

지로는 연못을 가로지르는 다리 위에 서서 뒤따라오는 사촌들에게 큰 소리로 외쳤다. 하지만 눈길은 여전히 손님방을 향해 있었다. 손님방에서도 슌스케가 지로가 있는 쪽을 바라보고 있는 것 같았다.

아이들은 곧 뜰을 운동장 삼아 서로를 쫓아다니며 신나게 놀기 시작했다. 지로도 물론 가만히 있을 수는 없었다. 지로는 연신 손님방 쪽을 흘깃거리면서도 사촌들과 어울려 맨발로 이곳저곳을 돌아다녔다.

보름달을 부수다

그렇게 한 이십 분이나 흘렀을까.

"지로, 지로!"

툇마루에서 슌스케가 부르는 소리가 들렸다. 슌스케는 손님방 불빛을 등에 업은 채 둥그스름한 몸을 드러냈는데, 얼굴에 달빛이 쏟아지고 있었다. 지로가 달려가자 슌스케가 툇마루에 앉으며 말했다.

"아빠는 내일 읍내로 가야 해. 지금까지 살던 집은 팔렸으니까 이제 이사를 가는 거야. 지로 너도 그건 알고 있지?"

지로는 고개를 끄덕였다.

"넌 어떻게 했으면 좋겠니? 같이 가고 싶으면 함께 가고, 싫으면 여기 남아도 돼. 네가 하고 싶은 대로 할 테니까 한번 말해 봐."

손님방에 있던 모든 사람들의 시선이 지로에게 집중해 있었다. 지로는 자기를 쳐다보는 어른들의 따가운 시선이 몹시 불편했다. 특히 할머니와는 아주 잠깐이긴 했지만, 눈이 마주치기까지 했다. 지로는 할머니와 눈이 마주치는 것만으로도 읍내에서 살고 싶다는 생각이 달아나 버렸다.

그렇다고 외갓집에 남겠다고 말할 수도 없는 노릇이었다. 세상에서 제일 좋아하는 아빠와 멀리 떨어지고 싶지 않았다. 그런 아빠가 어디서 살고 싶으냐고 묻는데, 대뜸 외할아버지와 살겠다고 말하기란 여간 곤란한 일이 아니었다. 또 가족들 모두가 읍내로 이사 가는데, 자기 혼자만 남겨지게 된다는 것도 외롭고 쓸쓸하기는 마찬가지였다.

그리고 또 한 가지, 지로의 마음에 걸리는 문제가 있었다. 바로 엄마였다. 어쩐지 오늘 엄마의 모습은 평소에 봐 왔던 엄마와는 너무 달라 보였다. 특히 조금 전에 엄마가 했던 말은 지로의 마음을 아주 뒤흔들어 놓았다. 차분하고 다정한 그 말투는 계속해서 지로의 마음속에 되살아났다. 엄마를 생각하면 지로의 마음은 금세 슬픔으로 가득 차는 것 같았다.

"어때, 같이 갈래?"

슌스케가 다시 물었다. 지로는 대답 대신 슌스케를 바라보았다. 하마터면 응, 하고 대답할 뻔했으나 아무래도 쉽게 결정해선 안 될 것 같아서 겨우 참았다. 막상 외갓집을 떠나려니까 따뜻한 이불 속에 누워 있다가 차디찬 다다미 위로 내팽개쳐지는 듯한 기분이 들었기 때문이었다.

"그럼 여기 있고 싶어?"

지로는 여전히 대답을 못하고 눈을 내리떴다.

"왜 말이 없니? 가만히 있으면 무슨 생각을 하는지 알 수가 없잖아."

지로의 마음속은 갈팡질팡, 무어라 대답해야 할지 결정을 내릴 수 없었다.

"엄마는 널 읍내로 데려가고 싶어 하셔."

지로는 고개를 약간 쳐들며 슌스케를 보았다. 그리고 눈길을 돌려 오타미를 보았다. 하지만 이번에도 대답은 하지 못했다.

"그런데 외할아버지는 너와 함께 지내고 싶어 하셔."

지로는 이번에는 외할아버지 쪽을 흘끔 쳐다보고는 다시 눈을 내리깔았다.

"그래, 대답하기가 곤란한가 보구나. 그렇게 우물쭈물할 필요가 없는데 말이지. 하지만 뭐, 어차피 읍내엔 내일 가니까 오늘밤 자기 전에 잘 생각해 봐. 네가 하자는 대로 할 테니까."

순스케는 그렇게 말하며 일어섰다. 그러자 지로가 다급하게 물었다.

"아빤 내가 어떻게 했으면 좋겠어?"

순스케는 한참 동안이나 지로를 물끄러미 내려다보았다.

"아빠? 아빤 네가 어떻게 결정하든 무조건 좋아. 네가 하고 싶어 하는 대로 해 줄 거야. 아까부터 그렇게 말했잖아."

지로는 고개를 숙인 채 손가락으로 툇마루의 널조각을 자꾸만 문지를 뿐 말이 없었다. 결정을 내리기가 몹시 힘든 모양이었다. 그런 지로를 바라보는 슌스케는 가슴이 찢어질 듯 아팠다. 슌스케가 슬그머니 손을 뻗어 널조각을 문지르는 지로의 손가락을 떼어 내며 나직하게 중얼거렸다.

"가시 들라……."

아무도 입을 여는 사람이 없었다. 언제 왔는지, 아이들도 모두 지로를 둘러싸고 걱정스런 표정을 짓고 있었다.

"지로."

그때 방에 앉아 있던 할머니가 침묵을 깨고 말했다.

"나도 엄마와 똑같은 생각이란다. 네가 이 댁에서 귀여움을 받으며 지내는 것이 고마운 일이긴 하지만, 그래도 형제 셋이 함께 지내야지 따로 떨어져 지내면 내 마음이 편치가 않을 것 같구나. 너 혼자 여기 남겨 두고서야 내가 어디 잠이나 제대로 자겠니."

지로를 쳐다보던 시선이 일제히 할머니에게 쏠렸다가 이내 흩어졌다.

그때였다. 지로가 힐끗 할머니를 한번 쳐다보고는 내던지듯이 말했다.

"아빠, 나 읍내에 안 갈 거야. 그냥 여기서 지낼래."

사람들의 시선이 다시 일제히 지로에게 쏠렸다. 모두 어안이 벙벙한 표정이었다. 슌스케가 쓰디쓴 웃음을 머금은 채 지로를 바라보다가 아무렇지도 않은 듯 심드렁하게 말했다.

"그래? 네 생각이 그렇다면야 여기서 지내야지. 읍내는 그렇게 멀지도 않으니까 오고 싶으면 언제든지 올 수 있어. 토요일에 왔다가 일요일에 돌아가면 되니까 마음 내킬 때 아무 때나 와서 함께 지내면 돼. 가끔씩 하룻밤 자고 가는 소풍처럼 오면 되겠구나."

"하하하하!"

곁에 있던 외할아버지가 큰 소리로 웃으며 일어섰다. 툇마루로 나간 외할아버지는 하늘을 바라보며 짐짓 능치듯이 말했다.

"좋은 달밤이야. 차라도 한 잔 마셔야겠다. 뜨거운 걸로 한 잔 부탁한다."

잠자코 앉아 있던 오노부 이모가 주방으로 향했고 외할머니는 툇마루 쪽으로 몸을 반쯤 기울이더니 말했다.

"아유, 저 달 좀 봐. 그러고 보니 오늘이 보름이네요. 아침부터 헤어진다는 생각에 마음이 어수선해서 그만 깜빡했어요. 경단도 못 만들고."

"어머, 보름이면 오늘이 지로 생일인데!"

당황한 오타미가 툇마루로 뛰어나가며 소리쳤다. 오타미는 한참이나 달을 쳐다보다가 지로에게 다가와 말했다.

"어쩌면 좋니? 네 생일을 엄마가 깜빡 잊어버렸어. 요즘 너무 정신이 없다 보니 그랬구나. 그래도 오늘은 아주 재미있었지? 맛있는 음식도 많이 먹고. 엄마가 지로 생일 축하해 주는 뜻으로 읍내에 가면 좋은 선물 사 줄게."

할머니도 씁쓸한 표정으로 끼어들었다.

"할미가 네 생일을 잊어버린 건 아니야. 여럿이 몰려와서 좋은 음식도 대접받았는데 염치없게 그런 말까지 꺼낸다는 게 영 내키지 않아서……."

사람들은 할머니의 말엔 별다른 내색도 하지 않고 하늘에 떠 있는 달만 쳐다보았다.

지로는 엄마의 말을 듣고 마음이 몹시 아팠다. 읍내에 가지 않겠다고 말한 게 은근히 후회도 되었다. 하지만 할머니의 얄미운 말을 듣자 그런 생각이 씻은 듯 사라져 버렸다. 지로는 엄마의 얼굴을 잠깐 올려다보곤 도망치듯 연못가로 달려갔다. 그러곤 커다란 돌을 집어 물속에 힘껏 내던졌다. 못 한가운데에 떠 있던 보름달이 물보라와 함께 처참하게 부서졌다. 달빛을 머금은 물결이 거세게 출렁였다.

잠시 후 손님방에서는 어른들이 차를 마시며 얘기하는 소리가 다시 흘러나왔다. 또 뜰에서도 아이들 떠드는 소리가 다시 들렸다. 지로도 곧 아이들 틈에 껴들었다. 지로는 조금 전에야 알게 된 자기 생일이 조금도 기쁘지 않았다.

읍내에 있는 집

방황

이튿날 아침, 혼다가 사람들은 되도록 일찍 출발할 작정으로 날이 채 밝기도 전부터 일어나 이런저런 준비를 하며 서둘렀다. 특히 오타미는 급한 마음에 더욱 손길이 바빴다. 될 수 있으면 지로가 학교에 갈 때 함께 집을 나서 도중까지라도 같이 가고 싶었다.

지로도 역시 평소보다 일찍 일어나 불안한 눈초리로 집 안을 서성거렸다. 그러나 식구들이 떠날 준비를 모두 끝났을 때, 지로는 이미 사라진 뒤였다. 본 사람 말로는 혼자 부엌에서 황급히 밥을 먹더니 가방을 메고 밖으로 뛰어나갔다는 것이었다. 오타미는 그 말을 듣곤 보따리를 내버려 둔 채 슬픈 표정으로 슌스케에게 말했다.

"그 아인 왜 늘 그런 식인지 모르겠어요. 이제 정말 정나미가 떨어질 것 같아요."

그러자 옆에 있던 할머니가 오타미를 타이르듯이 말했다.

"이제 와서 그런 말을 한들 무슨 소용이 있겠니. 그 녀석은 어차피 우릴 가족으로 생각하지도 않을 거야."

슌스케는 쓴웃음을 지을 뿐 아무 말도 하지 않았다. 하지만 오타미가 계속 멍청히 앉아 있자 답답한 듯 재촉했다.

"서둘러야지. 지로는 우리가 염려하지 않아도 다 잘 알아서 할 거야."

"하지만 오늘이 어떤 날인지 뻔히 알면서도 몰래 학교에 가 버리는 법이 어디 있어요. 엄마인 나한테도 얼굴 한 번 안 비쳤다구요."

"지로 입장에선 그럴 수밖에 없었을 거야. 이해를 해 줘야지."

"그럴 수밖에 없다뇨?"

슌스케가 답답하다는 듯이 언성을 높였다.

"아, 지로가 어떤 형편인지 생각해 보면 몰라? 식구들이 자기만 남겨 두고 읍내로 이사를 가는데 지로 마음이 편하겠어? 애가 뭘 어떻게 해야 좋을지 몰라 도망치듯 학교로 가 버린 거 아냐! 엄마란 사람이 그것도 모르고 애 원망을 왜 해!"

슌스케가 전에 없이 화난 음성으로 퍼붓자 오타미는 움찔하며 풀이 죽었다. 그러면서도 기어들어 가는 소리로 말했다.

"우릴 원망하는 건 아닌지 걱정이에요."

"왜 원망스럽지 않겠어! 원망하는 게 당연한 일 아냐?"

"그럼 당신은 지로가 우릴 원망해도 아무렇지 않단 말이에요?"

"허, 참. 어떻게 아무렇지도 않아! 지금으로선 어쩔 수 없는 일이라 견디는 것뿐이지! 지금은 우릴 원망하는 게 차라리 안심이 된다구. 만일 지로가 이런 일을 겪고도 우릴 원망하지 않는다면, 그거야말로 우리를 가족으로 생각조차 안 한다는 뜻이야. 그런 게 큰일이지."

오타미는 땅이 꺼져라 길게 한숨을 쉬었다.

그러나 지로의 마음이 슌스케가 생각했던 것과 같았는지는 지로 외엔 알 수 없는 일이다. 그날 학교에서 돌아온 지로는 보통 때와는 다르게 다소 굳은 표정으로 무뚝뚝하게 돌아다녔다. 마사키가 사람들이 위로하는 말이라도 건넬라치면 지로는 일부러 큰 소리로 대답했다.

"난 하나도 겁나지 않아. 아무렇지도 않다구. 그리고 읍내 같은 덴 가고 싶지도 않다구요."

그러고는 어딘가로 몰래 사라지곤 했다. 그런 지로의 뒷모습을 보며 마사키가 사람들은 마음 아파했다. 이틀이 지나고 사흘이 지나는 동안 지로는 조금씩 활기를 되찾은 것처럼 보이긴 했지만, 예전처럼 마구 떠들면서 사촌들과 뛰놀고 싶은 생각은 나지 않는 모양이었다.

일주일쯤 지난 후 마사키 외할아버지는 혼다가의 이사는 잘 마무리되었는지, 가게는 무사히 열었는지 알아보려고 혼자 읍내를 다녀왔다. 저녁 무렵에야 돌아온 외할아버지는 외할머니와 단둘이 이런 이야기를 주고받았다.

"오타미도 옛날과는 많이 달라진 것 같아."

"오타미가 달라지다뇨?"

"지로에 대한 마음 말이야."

"나도 지난번엔 그런 생각을 하긴 했지만……. 뭐라고 그래요?"

"아무래도 지로를 읍내로 부르고 싶어 하는 눈치야."

"역시 그랬군요. 그럼 어떡하죠?"

"나는 지로가 소학교를 졸업할 때까지는 여기서 지내도록 두고 싶구먼. 그 아이를 위해서도 그러는 게 좋을 것 같은데……."

"아무래도 그렇지요? 오타미는 그렇다고 해도 사돈댁이 지로에 대해선 영……."

"나도 그게 걱정이라서 말이야. 하지만 오타미가 저렇게까지 나오는데 안 된다고 할 수도 없고……."

"하긴 엄마가 자식을 키우겠다는데……. 어쨌든 슌스케가 무슨 생각을 하는지가 제일 중요하잖아요."

"슌스케는 지로가 하겠다는 대로 내버려 둘 모양이야. 나도 지로가 가고 싶어 하면 보내려고는 하는데, 요즘 지로는 좀 어때?"

"글쎄요. 확실한 건 모르겠지만 지난번에 헤어진 후로는 어째 외로워 보여요. 어찌나 맘이 짠한지……. 아마도 지 에미의 마음을 지로도 느끼는 거겠죠."

"으음……."

외할아버지는 눈을 감으면서 천천히 말했다.

"그럼 내일이라도 지로와 한번 얘기해 봐야겠군."

"그러세요. 하지만 새삼스레 지금 물어봐도 여간해선 속내를 드러내지 않을 거예요. 보통 아이가 아니니……."

"음, 그도 그렇겠군."

외할아버지는 다시 눈을 감았다. 그리고 잠시 뭔가를 생각하더니 말했다.

"강제로 자기 마음을 털어놓게 하면 더 안 좋을 수도 있어."

"맞아요. 학교도 옮겨야 하고, 혹시라도 거기 갔다가 무슨 불상사라도 있어 다시 이리로 와야 한다면 지로가 얼마나 상처를 받겠어요."

"맞아, 학교를 옮기는 것도 그래. 잘 다니던 학교를 옮겨 봤자 지로에게 무슨 도움이 되겠어?"

"그럼요. 서둘러서 당장 결정할 문제는 아니에요. 주말에 하룻밤씩 지내다 오면 형제들 간에도 서먹해지진 않을 거예요. 우선 좀 더 지켜보자구요."

"맞아, 그렇게 해야겠어. 시일이 지나면 지로도 마음을 정하겠지. 오타미만 하더라도 언제 또 생각이 달라질지 모르니까. 그나저나 오타미 그 아인 언제 철이 들는지, 원."

밥상

토요일이 되자 지로는 아침부터 마음이 들떴다. 학교를 마친 후 외할머니와 함께 읍내로 가서 새로 이사한 집에 가보기로 해 두었기 때문이었다. 외할아버지와 외할머니는 지로를 위해 형편이 닿는 대로 지로를 자주 읍내로 데려가려고 마음먹었는데 이날은 외할머니가 발걸음을 하기로 했던 것이다.

지로는 학교에서도 선생님이 하시는 말씀이 귀에 제대로 들어오지 않았다. 마음은 온통 읍내를 향해 있었다. 수업을 끝내는 종이 울리기 무섭게 지로는 한달음에 달려왔다. 외할머니는 이미 떠날 채비를 다 갖추고 지로를 기다리고 있었다.

두 사람이 읍내에 도착한 것은 저녁 무렵이었다. 마사키가에서 읍내까지는 십육 킬로미터 정도 떨어져 있었는데, 전차를 이용할 수 있는 길은 절반밖에 되지 않아서 나머지는 외할머니와 함께 걸어야 했다. 외할머니는 지로에 비해 걸음이 느려서 읍내까지 가는 길이 무척 멀게만 느껴졌다.

읍내는 인구가 삼만 명 정도 되는 꽤 큰 규모였다. 좁은 골목길이 이리저리 어지럽게 뻗어 있었고 그 길 양편으로 낡은 집들이 다닥다닥 늘어서 있었다. 하지만 시골에서만 살던 지로에겐 태어나 처음 보는 눈부신 도시였다.

자전거와 짐수레를 요리조리 피해 걸으면서 길목을 세 번쯤 돌았을 때 외할머니가 그 자리에 멈춰 서더니 혼잣말처럼 중얼거렸다.

"분명 여기 어딜 텐데. 이쯤에서 왼쪽으로 돌아야 하나."

지로는 왼편에 나란히 줄지어 서 있는 집들을 차근차근 살펴보았다. 저만치에 '혼다 주류'라는, 만든 지 얼마 되지 않아 보이는 간판이 눈에 확 들어왔다.

지로가 드디어 '혼다 주류' 앞에 섰다. 규모가 이웃 가게보다 훨씬 컸고, 문 앞에는 마개로 막아 놓은 커다란 술독 여러 개가 튼튼한 받침대 위에 나란히 놓여 있었다. 또 왼쪽에는 나무통 여남은 개가 산처럼 쌓여 있었다. 하지만 무엇보다 지로의 시선을 사로잡은 것은 가게 안 오른쪽의 진열대였다. 진열대는 벽 하나를 다 차지할 정도로 컸는데, 그 위에는 온갖 종류의 술병들이 빼곡했다. 병에는 제각각 아름답게 디자인된 상표가 붙어 있어 벽 전체가 커다란 벽화처럼 보였다. 지로는 눈이 부신 듯 온갖 모양의 술병들을 유심히 바라보았다.

외할머니와 지로는 가게 점원의 안내를 받아 봉당을 지나 안채로 들어갔다. 안채라고 해 봤자 가게와 구별할 수 있게 칸막이가 되어 있는 게 고작이었지만. 안채에는 할머니가 혼자 앉아 있었다. 할머니는 두 사람이 들어오는 걸 보자 깜짝 놀라 일어섰다.

"아이구, 사돈께서 여기까지 웬일로!"

할머니는 지로와 외할머니가 미처 신발도 채 벗기 전부터 쉴 새 없이 떠들기 시작했다. 하지만 쓸데없는 말이 대부분이었다. 지난번에는 마사키가에 너무 큰 폐를 끼쳐 죄송하다는 둥, 지로를 맡기게 되어 면목이 없다는 둥, 이사하느라 정신이 없었다는 둥. 그러면서도 지로에겐 잘 왔다는 말 한마디 변변히 하지 않고 그냥 한번 쳐다볼 뿐이었다.

잠시 후 오타미가 들어왔다. 오타미는 외할머니에게는 인사를 하는 둥 마는 둥, 지로를 꼭 끌어안으며 자리에 앉혔다.

"잘 왔어, 정말 잘 왔어."

오타미는 지로의 등을 연신 쓰다듬으며 할머니가 떠드는 소리를 가만히 듣고만 있었다. 그러다가 지로의 귓가에 대고 속삭였다.

"공부방은 이 층이야. 교이치하고 슌조 있으니까 얼른 올라가 봐. 엄마가 맛있는 과자 줄게."

지로는 자리에서 일어서려다가 생각났다는 듯이 엄마에게 물었다.

"아빠?"

"아빠는 볼일이 있어서 잠깐 나가셨어. 이제 곧 돌아오실 거야. 아빠가 널 보면 얼마나 기뻐하시겠니."

지로는 전에 없이 자기를 반겨 주는 엄마의 따뜻한 환대에 기분이 좋아졌다. 기쁜 마음으로 잽싸게 계단을 올랐다. 이 층은 가게 바로 위였다. 쇠창살이 쳐져 있는 작은 창문이 하나 있을 뿐, 넓고 텅 빈 마루에 불과했다. 천장도 없이 굵은 대들보가 그대로 드러나 보였다.

교이치와 순조는 창문 옆에 놓인 책상에 마주 앉아 책을 읽고 있다가 지로가 올라오자 "지로!" 하고 고함을 지르며 달려들었다. 셋은 머리를 맞대고 둘러앉아 이것저것 두서없이 묻고 답하기 바빴다. 누가 먼저랄 것도 없고, 대답이 채 끝나기도 전에 벌써 다른 걸 묻는…… 중구난방이었다.

이야기를 나누는 동안 지로는 교이치와 순조가 읍내에서의 생활을 그리 마음에 들어하지 않는다는 걸 눈치챘다. 여러 가지 이유 가운데서도 친구가 없다는 것, 집은 물론이고 주위에도 놀 만한 장소가 없다는 것, 그 두 가지가 제일 큰 불만인 것 같았다.

지로는 외갓집을 떠올려 보았다. 넓은 집과 정원, 툭 트인 주변의 경치, 그리고 언제든 마음만 먹으면 함께 놀 수 있는 많은 친구들……, 지로는 그런 것들이 얼마나 소중한지 깨달아지는 느낌이었다. 그때 오타미가 종이에 싼 과자를 쟁반에 담아가지고 이 층으로 올라왔다.

"오늘은 지로가 왔으니까 특별히 맛있는 걸 가져왔어. 조금 이따 곧 밥 먹어야 하니까 우선 이것만 먹어."

오타미는 책상 위에 둥근 벌로(밀가루, 계란, 설탕을 섞어 살짝 구운 둥근 과자)를 올려놓았다. 제법 크기가 커서 한 개로도 충분한 양이었다. 지로는 더욱 기분이 좋아졌다. 다만 조금 아쉬운 건 아직 아빠가 귀가하지 않은 점이었다.

벌로를 다 먹자 교이치와 슌조는 지로를 데리고 다니며 집 안 곳곳을 안내해 주었다. 안채 외엔 다다미 여덟 장짜리 방과 다다미 여섯 장짜리 곁방, 비좁은 부엌이 하나 있을 뿐이었다. 마당이 있긴 했지만 옆집의 높다란 광 때문에 낮에도 그늘이 졌고, 크기도 대여섯 평에 불과했다. 그 한가운데에 시들어 가는 소나무 한 그루가 서 있었다.

화장실도 가 보았다. 화장실엔 대변 볼 수 있는 변기밖에 없었다. 게다가 높은 데 달린 조그만 창이 이웃집 벽과 스칠 듯이 닿아 있었고, 문을 닫으면 아주 캄캄해졌다. 지로는 간신히 볼일을 해결하고 화장실 밖으로 나오면서 오하마 엄마네 화장실도 이렇게 형편없지는 않았다고 생각했다. 오하마 엄마는 학교에 살았으므로 화장실은 그런 대로 훌륭한 편이었던 것이다.

저녁 먹을 시간이 되어 모두 밥상 하나에 둘러앉았다.

"사돈이 처음 오셨는데, 에미야, 어째 찬이 이러냐?"

할머니가 젓가락을 들면서 한마디 하자 외할머니가 손사

래를 쳤다.

"아닙니다, 아니에요. 이 정도면 진수성찬이죠. 그동안 늘 상 지로하고만 밥을 먹었는데 오늘은 교이치하고 슌조도 있으니 그것만으로도 배가 부른 기분입니다."

아마도 외할머니는 별다른 뜻 없이 분위기를 맞추려고 그런 말을 한 것 같았다. 하지만 그 말을 듣는 순간, 지로와 할머니의 얼굴이 동시에 굳어졌다. 그리고 약속이나 한 듯이 서로를 마주보았다. 할머니와 눈이 마주치자 지로는 얼른 고개를 돌려 버렸다.

밥상엔 달걀부침과 어묵조림 등 지로가 좋아하는 음식들이 차려져 있었다. 지로는 엄마가 일부러 자기를 기쁘게 해주려고 그런 반찬들을 준비했을 거라고 생각했다. 엄마의 마음이 전해져서 지로는 먹지 않아도 배부른 듯 마음이 흐뭇해졌다. 그러나 또 한편으로 자꾸 할머니가 신경 쓰이는 것도 어쩔 수가 없었다.

"그러게나 말입니다. 나도 이렇게 지로랑 같이 한 상을 받아보는 건 정말 오랜만이에요. 나이를 먹다 보면 역시 손주들과 함께 둘러앉아 밥 먹는 게 제일 큰 낙이죠."

지로가 막 젓가락을 드는 순간, 할머니가 말했다. 지로는 속으로 또 할머니가 무슨 말을 하려고 저러시나, 은근히 걱정이 되었다. 할머니가 뭔가 좋은 말로 서두를 떼는 경우란 반드시 그다음에 오는 안 좋은 얘기의 전조라는 것을 지로는 너무 잘 알고 있었기 때문이었다. 아니나 다를까, 할머니의 다음 말은 상머리 얘기로는 전혀 어울리지 않는 주제였다. 지로는 속으로 맛있게 밥 먹기는 다 틀렸구나, 라고 생각했다.

"사실은 지난번에 바깥사돈이 오셨을 때 에미가 말씀을 드렸지만, 지로를 이리 데려오는 게 어떨까 싶어서요."

"아, 네……."

외할머니는 뜻밖의 말에 당황해서 말꼬리를 흐렸다. 그러면서도 걱정스러운 눈길로 지로를 슬쩍 쳐다보았다.

"제가 이렇게 부탁드리는 건 에미 때문만은 아니에요. 어쩌면 에미보다 제가 더 급한지도 모르겠어요. 지난번 댁에서도 한 번 말씀드려서 잘 알고 계시리라 믿습니다만……."

"그럼요, 저희도 다 알고 있지요. 다만……."

"다만 이런 일은 지로의 생각이 제일 중요하죠. 실은 그래서 더욱 걱정스럽네요."

할머니는 그렇게 말하면서 또 한 번 지로를 쳐다보았다. 그리고 갑자기 목소리를 숙연하게 가다듬고 말을 이었다.

"솔직히 말씀드리죠. 사실 이런 일은 슌스케가 알아서 결정해야 할 문제예요. 그런데 아범은 대체 무슨 생각을 하는지 지로 얘기만 나오면 도무지 관심이 없어요. 지로 앞에서 이런 얘기까지 하고 싶진 않지만, 아무래도 슌스케가 자식 사랑하는 마음이 부족한 게 아닌가 싶은 생각이 들어서……

그게 영 걸리는군요."

"아이구, 무슨 말씀을, 호호호."

당황한 외할머니가 억지로 웃어 보였다. 하지만 표정은 거의 울상이었다. 외할머니는 어떻게든 수습을 해 보려고 다시 말했다.

"우린 늘 슌스케 같이 자식을 생각하고 위해 주는 사람은 보기 드물다는 이야기를 자주 해요."

"그야, 어떤 때는 제가 보기에도 그런 생각이 들 때가 있지만, 좀 변덕스러운 데가 있어서요."

"아이구, 참, 슌스케가 변덕스럽다면 세상에 변덕스럽지 않은 사람이 몇이나 될라구요?"

"아닙니다. 그건 사부인께서 아범을 잘 모르셔서 하시는 말씀이세요. 지로가 그 증거잖아요. 얼마 전까지만 해도 슌스케가 어찌나 지로만 싸고도는지, 내가 교이치나 슌조 보기가 다 민망할 정도였는데, 아, 글쎄, 지금은 지로에 대해 눈곱만큼도 관심이 없지 뭡니까. 우리가 지로 이야기를 꺼내기만 해도 금방 귀찮은 얼굴이 돼 가지곤 '내버려 둬요, 죽진 않겠죠.' 이런 식으로 말을 한다니까요, 글쎄. 그렇지, 에미야? 지난번에 너도 분명히 들었지?"

"아, 예……, 어머님, 이제 그만하셔요."

조마조마하게 지로의 안색만 살피던 오타미가 울상인 채로 대답했다.

하지만 지로는 이미 평정심을 잃은 듯한 모습이었다. 얼굴을 푹 숙인 채 밥상 한쪽을 무섭게 노려보기만 했다. 입안에 음식을 잔뜩 물고 있는지 볼이 불룩했지만 씹지도 않고 가만히 있었다. 꽉 다문 입술이 금방이라도 경련을 일으킬 듯 씰룩거렸다. 그때마다 목구멍에서 '끅끅' 하는 괴상한 소리가 났다. 결국 지로는 참았던 화가 폭발했는지 젓가락을 소리 나게 내려놓으며 얼굴을 숨기듯 몸을 옆으로 틀어 버렸다.

"지로……!"

오타미가 황급히 지로 쪽으로 다가앉았다. 외할머니도 안타깝다는 듯 혀를 차며 고개를 돌렸다. 할머니는 밥상에서 돌아앉은 지로의 옆모습을 쏘아보고 있었고, 그런 할머니의 얼굴을 교이치가 멀뚱히 바라보고 있었다.

방 안은 찬물을 끼얹어 놓은 것처럼 조용했다. 만일 그때 봉당과 안채 사이의 미닫이문 열리는 소리가 들리지 않았다면 무슨 일이 벌어졌을지 알 수 없는 일이었다.

귀로

슌스케는 방 안에 들어서면서 가족들의 표정이 이상하게 굳어 있는 것을 한눈에 눈치챘다. 하지만 슌스케는 짐짓 모른 척하며 외할머니께 넙죽 인사를 하고 지로 옆에 털썩 주저앉았다. 그러고는 일부러 큰 소리로 말했다.

"어, 배고프다. 지로 너, 아빠랑 같은 상에서 밥 먹어 본 거 오랜만이지? 어때, 간만에 아빠한테 술 한 잔 따라 줄래?"

폭발 직전이었던 지로의 침울한 기분이 아빠의 이 한마디에 눈 녹듯이 사라졌다. 오타미가 술과 잔, 수저 등을 챙겨 왔다. 지로는 술병을 두 손으로 잡고 조심스레 술을 따랐다. 슌스케가 단숨에 잔을 비우고 상에 내려놓기 바쁘게 지로가 또 잔을 채웠다. 슌스케는 안주를 집을 새도 없이 연거푸 지로가 따라 준 잔을 비워야만 했다.

오타미의 얼굴에도, 외할머니의 얼굴에도 어느덧 차분한 미소가 번졌다. 유독 할머니만은 불쾌한 표정을 감추지도 않고 못마땅한 듯이 앉아 있었다. 게다가 지로가 슌스케에게 술을 따를 때마다 할머니는 못 볼 것을 봤다는 듯 눈을 부릅떴는데, 나중에는 볼까지 파르르 떨렸다.

슌스케는 할머니의 기분 따위엔 관심도 없다는 투로 지로를 향해 연방 이야기를 건넸다.

"지로는 읍내가 처음이지?"

"응."

"오는 길이 멀었을 텐데, 다리 안 아팠어?"

"아니. 외할머니도 걸으셨는데, 뭘."

"그런가? 외할머니보다 지로가 더 강하다 이거군. 어때,

읍내에서 지내면 재미있을 것 같지 않아?"

"아직 모르겠어. 여기 말고 다른 데는 안 가 봤잖아요."

"하하, 그렇구나. 그럼 내일 외할머니랑 공원에 한번 가 봐. 공원엔 원숭이가 아주 많아. 무척 재미있을 거야. 아, 그리고 공원 옆엔 극장도 있구나. 영화라는 거 아직 한 번도 못 봤지?"

"학교에서 보긴 했어……."

그러자 슌조가 약간 섭섭하다는 투로 두 사람의 대화에 끼어들었다.

"나도 영화는 학교에서만 봤어. 아직 우리도 극장에 안 데려갔잖아."

"그랬나?"

할머니가 그 기회를 놓치지 않고 다시 참견했다.

"그랬나, 라니! 언제 교이치와 슌조한테 신경이나 썼어? 영화는커녕 극장 문 앞에도 못 가 본 애들을."

"아, 그랬나요?"

슌스케는 아무렇지도 않다는 듯 건성으로 대꾸하고 외할머니를 향해 말했다.

"그럼 잘됐네. 내일 외할머니한테 극장 구경시켜 달라고 부탁하자. 장모님, 부탁드리겠습니다."

"아이구, 그러지, 뭐. 나도 극장은 처음이니까 같이 구경하자꾸나."

외할머니는 안도의 표정으로 연방 슌조의 얼굴을 쓰다듬고 교이치의 손도 잡곤 했다.

힘든 저녁 식사가 끝났다. 아이들은 밖으로 나가 점포 앞에 진열된 물건들을 구경하며 놀다가 밤 열 시쯤 베개를 나란히 한 채 잠이 들었다.

이튿날은 아침 일찍부터 분주했다. 아이들은 외할머니와 함께 공원과 극장을 구경했고, 맛있는 우동도 사 먹었다. 그러곤 서점에도 들러 소년잡지를 한 권씩 사서 돌아왔다.

집에 돌아온 외할머니는 무척이나 피곤한 눈치였다. 발을 주무르며 외할머니가 말했다.

"지로, 내일은 또 학교에 가야 하니까 너무 늦지 않게 출발하자꾸나."

"응."

지로는 선선히 대답했다. 그러나 외할머니가 보기에도 지로의 표정은 무척 쓸쓸해 보였다. 곁에 있던 슌조와 교이치도 지로가 가는 게 서운했던지 "다음 주 토요일에도 꼭 와야 해."라거나 "이젠 혼자 올 수 있지?"라고 지로를 위로하는 것이었다. 지로는 응, 응, 건성으로 대답하며 시무룩하게 앉아 있었다.

그때 슌스케는 가게에, 할머니는 안채에 있었는데, 오타미는 시무룩하게 앉아 있는 지로를 물끄러미 바라보다가 뭔가 작심을 한 듯 말을 꺼냈다.

"지로, 어제도 잠깐 말이 있었지만 네가 지낼 곳을 정하는 문제가 아무래도 잘 결론이 안 나는구나. 그래서 말인데, 엄만 네가 여기로 왔으면 싶다가도 또 네 생각이 어떨지 몰라 망설여지고 그래. 그래서……, 엄마도 아빠처럼 네가 원하는 대로 해야겠다, 그렇게 생각했어. 외할머니 댁에서 지내는 게 좋으면 그렇게 해. 하지만 여기서 지내고 싶으면 언제라도 와도 돼. 여기가 네 집이니까 말이야. 어쨌든 엄마는 지로가 빨리 왔으면 좋겠지만 참고 기다릴 거야. 그리고 학교도 언제든 옮길 수 있도록 엄마가 미리 선생님께 부탁해 놓을 테니 그 점도 걱정하진 말아. 어때, 그렇게 해 줄 거지?"

지로는 엄마의 말을 묵묵히 듣고는 잠시 뜸을 들였다가 또렷이 말했다.

"나도 처음엔 여기서 살고 싶었는데, 이젠 그런 생각 안 하기로 했어."

"그래……. 그런데 왜 그렇게 생각했어?"

"왜냐하면……."

지로는 잠시 머뭇거렸다.

"내가 여기서 살겠다고 하면 아빠가 별로 좋아하지 않으실 거야."

"뭐라고?"

오타미의 눈이 휘둥그레졌다.

"그게 무슨 소리야? 할머니가 어젯밤에 하신 말씀 때문에 그래?"

"아냐, 난 아빠를 믿어."

"그럼 왜 그런 소리를……?"

"아빠가 나 때문에 걱정하는 건 싫거든. 어젯밤에도 혼자 생각해 봤어."

"무슨 생각?"

"아빤 분명히 내가 하고 싶은 대로 해야 한댔잖아?"

"그래. 그렇게 말씀하셨지. 그러니까 여기서 살고 싶으면 그렇게 말하면 되는 거야."

"그렇지만 아직은 안 돼."

"……."

오타미와 외할머니는 숨을 죽이고 지로의 다음 말을 기다렸다.

"외할아버지가 나한테 그러셨어. 마음속으로 싫어하는 사람이 있으면 안 된다구. 또 그 사람한테 화를 내서도 안 된다구."

오타미가 놀란 표정을 감추려는 듯 손으로 입을 가렸다. 외할머니는 고개를 갸웃이 숙이고 지로의 얼굴을 뚫어지게 바라보았다. 지로가 말했다.

"난 지금보다 훌륭한 사람이 될 거야. 그때까진 외갓집에서 지내야 해. 내가 지금보다 훨씬 훌륭한 사람이 되면 아무도 미워하지 않게 될 테니까 난 그때 올 거야. 그럼 아빠도 더 이상 나 때문에 걱정할 필요가 없어."

지로의 말이 채 끝나기도 전에 외할머니는 손수건으로 연방 눈가를 훔쳤다. 오타미 역시 흘러내리는 눈물을 손바닥으로 닦으며 말이 없었다. 지로는 얼굴을 똑바로 들고 묵묵히 앉아 있었다. 한참 만에 오타미가 코맹맹이 소리로 말했다.

"간밤에 우리 지로가 그런 생각을 했구나. 지로 말처럼 외갓집서 지내면 훌륭한 사람이 될 수 있어. 엄마도 조금 더 참아 볼게. 엄마는 떨어져 있어도 지로가 훌륭한 사람이 되게 해 달라고 매일 기도할 거야."

오후가 조금 이울 무렵 지로와 외할머니는 마사키가로 돌아갔다. 할머니와 슌스케는 가게 문 밖에서 두 사람을 배웅했다. 할머니는 끝까지 지로에게 따뜻한 눈길 한 번 주지 않았고, 외할머니에게만 작별인사를 했다. 슌스케는 말없이 지로의 뒤에 서서 어깨를 가볍게 붙들었다.

"또 와야 한다."

슌스케는 딱 한 마디만 하고는 지로의 머리를 한 번 쓰다듬고 나서 지로의 등을 가볍게 떠밀었다.

오타미와 교이치, 슌조는 집에서 꽤 떨어진 전차 역까지 따라왔다. 오타미는 도중에 문구점에 들러 지로에게 크레용 한 통을 사 줬는데, 가게에 진열된 것 중에서 지로가 직접 고른 것이었다.

전차에 올라타 외할머니와 단둘이 있게 된 지로는 어제 오늘 겪었던 일들을 하나씩 떠올려 보았다. 그중에는 즐거운 기억이 여럿 있었다. 하지만 그런 즐거운 기억들도 두 가지 안 좋은 기억 때문에 흐려지는 것 같았다.

첫 번째는 캄캄한 화장실이었고, 두 번째는 말할 필요도 없이 자기에게 냉담하기만 한 할머니의 얼굴이었다.

흔들리는 전차가 읍내에서 점점 멀어져 갔다. 읍내에서 멀어질수록 마사키가는 조금씩 가까워졌다. 지로는 아빠와 떨어져 지내더라도 당분간은 마사키가에서 지내는 편이 훨씬 낫다고 생각했다.

큰 잘못

새로운 생활

그 후 지로는 외갓집에서 하루하루를 편안하게 잘 지냈다. 자기가 먼저 읍내에 가고 싶다는 말을 꺼낸 적도 없었고, 읍내에 가서도 마사키가로 가기 싫다고 떼를 쓴 적도 없었다.

외갓집에서는 학교에 갈 때 게으름만 피우지 않으면 그 외의 행동은 거의 무제한으로 허용되었다. 외할아버지를 비롯한 외가 식구들은 지로가 어디에 있든 신경 쓰는 사람이 없었다.

그도 그럴 것이 식구들의 수가 일하는 사람들까지 합치면 혼다가의 세 배가 넘었고, 사람들도 무시로 드나들었기 때문에 지로 같은 아이까지 일일이 보살필 여유가 없었다. 그런 사정은 사촌형제들도 마찬가지였다. 그래서 지로도 섭섭하다는 생각은 전혀 해 보지 않았다. 외갓집에서 지내는 한,

차별 같은 건 상상할 수도 없는 일이었다. 마음에 맞는 놀이 상대는 얼마든지 있었고, 또 무슨 장난을 치든 마음대로였다. 그런 자유로운 분위기를 자양분으로 지로의 몸과 마음이 여물어 갔다.

외할머니와 읍내에 다녀온 후, 지로는 훨씬 차분해지고 성격도 예전처럼 밝고 명랑해졌다. 성격이 다시 활달해질수록 놀이 상대도 사촌형제에서 이웃집 아이들로, 나중에는 마을 전체의 아이들로 넓혀졌고, 가끔은 한참 위의 형들, 드물게는 어른들 틈에도 곧잘 끼었다.

그러는 동안 지로는 참으로 많은 것들을 배웠다. 뱀장어를 잡기 위해 망을 치는 법이라든가, 주낙배를 다루거나 노 젓는 법, 심지어 말 타는 법까지 배웠다. 그 외에도 언제든 마음만 먹으면 배울 수 있는 것들이 주변에 널려 있었다. 지로는 특유의 용감함과 승부욕으로 그런 것들을 종이가 물 빨아들이듯이 제 것으로 만들었다. 지로는 마을 전체가 키우는 아이처럼 어디에서도 겉돌지 않고 마음의 원래 모습을 잃지 않는 아이로 무럭무럭 자라났다.

외갓집은 양초원료를 만드는 공장이라 아이들의 일손이 필요한 경우도 많았다. 일손이 바쁠 때면 지로는 누가 시키지 않아도 제일 먼저 앞장서서 거들었다. 일하는 아저씨들이 지로를 한몫으로 쳐 줄 정도였다.

"여, 지로! 잘하는데? 이젠 일꾼이 다 됐는걸."

"이제 그만하고 밖에 나가서 놀아도 돼."

그런 말을 들으면 지로는 더욱 신이 나서 일이 다 끝날 때까지 열심히 아저씨들을 도왔다.

또 지로는 양초 공장의 일만 돕는 것이 아니었다. 자기 힘으로 할 수 있는 일이면 무엇이든 가리지 않고 나섰다. 외갓집의 일이 아니더라도 그랬다. 언제나 기쁜 마음으로 열심히 도왔다. 이웃집에서 기르는 앙골라 토끼를 위해 싱싱한 풀을 뜯어 오거나, 냇가에 묶어 놓은 말의 발굽을 닦아 주거나, 마을 청년들 틈에 섞여 논에 물을 대는 물레방아를 밟는 일 등 힘든 일도 마다하지 않았다. 특히 물레방아를 밟는 일은 지로가 가장 좋아하는 일 중 하나였다.

이런 식의 생활은 지로에게서 혼자 자기만의 생각에 골몰하는 침울한 성격을 털어 내 주었고 오하마와 지낼 때처럼 하루하루를 소중하고 즐겁게 여기게 만들었다. 마사키 외할아버지는 물론이고 지로를 아는 모든 사람들은 지로의 이런 눈부신 변화를 진심으로 기뻐했다.

물론 그렇다고 해서 지로가 하는 일이 무엇이든 착하고 좋은 일이었다고는 할 수 없었다. 때로는 덤벙대면서 주제넘게 행동하는 일도 잦았고, 생각이 모자라 실수하는 때도 많았다. 또 혼자서는 짓궂은 장난이나 나쁜 짓을 하지 않았지만, 또래들과 무리를 지어서는 아무리 좋게 이해하려고 해도 너무 심하다 싶은 엉뚱한 짓도 수시로 저질렀다. 그럴 때면 외할아버지도 그냥 가만히 있지만은 않았다.

외할아버지의 꾸지람은 할머니나 오타미가 야단칠 때와는 완전히 달랐다. 또 슌스케가 혼내는 방법과도 달랐다. 외할아버지는 듣는 지로로 하여금 야단맞는다는 기분이 조금도 들지 않도록, 외할아버지 자신도 별일 아니라는 듯 띄엄띄엄 얘기하는 것이었다. 그리고 맨 마지막에는 늘 이런 식으로 마무리를 지었다.

"누구한테든 친절하고 상냥하게 대해야 하는 거야. 사람들에게 친절을 베풀 줄 아는 사람은 절대로 나쁜 짓을 하지 않는단다. 그런 생각조차 안 난다는 뜻이야."

하지만 지로는 외할아버지 앞에 무릎을 꿇고 앉아 야단맞는 일이 세상 어떤 일보다 무서웠다. 한 번도 다른 사람을 미워한 적이 없는 사람, 진심으로 자기가 잘되기만을 바라는 사람, 나쁜 짓을 저질러도 큰소리치거나 매를 들지 않고 조금씩 생각을 고쳐 주는 사람, 그런 사람이 바로 외할아버지인데 그런 분 앞에 자기는 기껏 엉뚱한 짓이나 저지르고 앉아 있다는 사실이 너무나도 부끄럽고 두려웠다. 다시 말해서 지로처럼 정직한 아이에겐 심하게 야단맞는 것보다 마음으로부터 부끄러워지는 훈계가 세상에서 가장 두려운 일이 아니었던지.

그래도 한 가지 이상한 점은 지로가 그토록 외할아버지에게 불려 가는 것을 무섭게 생각했지만, 실제로 그런 무섭다는 생각이 드는 순간은 외할아버지가 아무 말씀도 없이 자신을 물끄러미 바라보고 있을 때뿐이었으며, 막상 외할아버지의 말씀이 시작되면 무섭다는 생각은 어디론가 사라지고 새벽 먼동이 터올 때처럼 지로는 온 마음이 환해지는 기분이었다. 그리하여 할아버지가 말씀을 마칠 때가 되면 아침 햇살을 듬뿍 받은 초목처럼 생생하고도 활기찬 모습으로 되살아나, 지로는 외할아버지를 더욱 존경하고 소중하게 생각하는 것이었다.

그러던 어느 날이었다. 그날 지로는 그때까지 저질렀던 잘못을 다 합한 것보다 더 큰 잘못을 저지르고야 말았는데, 그 사건은 지로의 사촌동생 세이키치, 그리고 세이키치의 아버지인 겐조 이모부와 관련된 일이었다. 세 사람 모두 남들에게 털어놓기에는 너무나 싫고 가슴 아픈 일이었기에 외할아버지는 물론, 마사키가의 그 누구도 그날 있었던 일을 알지 못했다. 그래서 지로는 그 중대한 잘못을 저지르고도 예전처럼 외할아버지에게 꾸중을 들을 수 없었다. 하긴 외할아버지가 그 일을 알게 되었다 하더라도 그 일만큼은 아마도 쉽게 처리하지는 못했을지도. 그 정도로 지로가 저지른 잘못은 심각했던 것이다.

그렇다면 지로는 대체 어떤 일을 저질렀던 것일까?

광 창문

그날 지로는 사촌들보다 조금 늦게 학교에서 돌아왔다. 대문 안으로 들어서자 광과 안채 사이의 공터 한쪽 구석에서 사촌동생인 세이키치가 풀이 잔뜩 죽은 채 울고 있는 모습이 보였다. 세이키치는 사촌형제 중에서 나이가 가장 어린 이 학년이었다. 그리고 사실을 말하자면 겐조 이모부의 친아들이 아니었다.

사연은 이러했다. 겐조 이모부는 아들이 없는 마사키가에 양자로 들어온 사람이었는데 처음엔 오쿠니 이모(외할아버지는 아들 없이 딸만 셋을 두었는데 차례로 오쿠니, 오타미, 오노부였다)와 결혼을 했다. 그러나 오쿠니는 시사오, 겐지, 다쓰오 세 아들을 남긴 채 병으로 일찍 죽고 말았다. 그 후 겐조는 다시 오노부 이모과 재혼을 했다.

그런데 두 사람이 결혼할 당시 오노부에게도 아들이 한 명 있었다. 원래 오노부는 다른 지역으로 시집을 갔었는데, 운이 없게도 배 속에 아기가 들었을 때 남편과 사별하는 바람에 친정인 마사키가로 돌아와 있었던 것이다. 결국 오노부는 친정에서 사별한 남편의 아들을 낳게 되었고 그 아이가 바로 세이키치였다. 즉 겐조의 핏줄이 아니었던 것이다.

겐조가 오노부와 재혼한 것은 세이키치가 세 살 무렵이었다. 세이키치는 이미 그 전부터 다른 사촌형제들과 마찬가

지로 겐조를 '아빠'라고 부르고 있었다. 겐조는 세이치키를 별로 귀여워하지 않았다. 그렇다고 해서 세이키치만 차별하는 것도 아니었다. 겐조는 양초 공장 일만으로도 너무 바빴기 때문에 아침부터 밤늦게까지 공장 일에만 매달려 있다 보니 자연히 아이들에 대해서는 거의 무관심했다. 그래서 세이키치도 따지고 보면 겐조를 특별히 어려워할 이유 같은 건 전혀 없었다.

그런데 묘하게도 세이키치는 시간이 갈수록 겐조의 눈치만 살피는 소극적인 아이가 되었다. 그것은 전적으로 오노부 때문이었다. 오노부는 자기 배로 낳은 세이키치만 귀여워하고 배다른 세 아이를 차별한다는 소리를 듣지 않으려고 툭하면 겐조 앞에서 세이키치를 나무라곤 했다. 아이들이 다 함께 장난을 치다가 조그만 실수를 저질러도 오노부는 무조건 세이키치 탓으로 돌렸고, 다른 아이들보다 먼저 겐조에게 용서를 빌게 했다.

한데 오노부가 그러고 말았으면 또 모를까, 그런 일이 있은 후에는 남몰래 세이키치를 끌어안고 토라진 아이를 달래느라 정신이 없었다. 점차 세이키치는 자기도 모르게 겐조와 자신의 관계를 의심하게 되었다. 물론 오노부는 겐조가 세이키치의 진짜 아버지가 아니라는 사실을 단 한 번도 입밖에 내지 않았다. 하지만 그 무렵엔 세이키치도 어렴풋하게나마 의심을 품고 있는 상황이었다.

눈치 빠른 지로가 그 사실을 누구보다 빨리 알아챘다는 것은 그리 이상한 일도 아니었다. 지로는 벌써부터 겐조 이모부와 세이키치의 관계를 알고 있었다. 그 사실을 알게 된 이상 지로는 가만히 구경만 하고 있을 수는 없었다. 지로는 세이키치가 크게 잘못한 일도 아닌데 남의 눈을 의식하거나, 그럴 필요가 없는데도 스스로 먼저 핑계를 대는 모습을 볼 때마다 안타깝기도 하고, 동정하는 마음이 생기기도 했다.

처음에 지로는 예전에 엄마를 원망했듯이 오노부 이모를 원망했다. 하지만 시간이 지남에 따라 자기와 세이키치는 사정이 엄연히 다르다는 것을 깨닫게 되었고, 세이키치가 언제나 의기소침하게 겁에 질려 있는 것은 오노부 이모 때문이 아니라 겐조 이모부 때문이라고 생각하게 되었다. 서서히 지로의 눈에는 겐조 이모부가 물리쳐야 할 적으로 비쳤다. 그래서 때로는 주제넘게도 자기가 세이키치, 오노부 이모와 남몰래 동맹을 맺어 겐조 이모부한테 대항하고 있다는 착각에 사로잡히기도 했다.

본래 세이키치는 성격이 조금 여리고 지로보다 세 살이나 어려서 함께 놀기에는 그다지 재미있는 편은 아니었다. 하지만 그러다 보니 세이키치가 난처해하는 것을 보면 지로는 더욱 불쌍한 생각이 들었다. 그런 세이키치가 사람들 눈에 잘 띄지 않는 마당 한구석에서 맥없이 우는 모습을 보자 지로는 도저히 그냥 지나칠 수가 없었던 것이다.

"무슨 일 있었어?"

세이키치에게 다가가며 지로가 물었다.

"나 이거 들켰어."

세이키치는 광 벽에 분필로 절반 정도 그린 말을 가리켰다. 세이키치는 동물을 그리는 걸 좋아해서 광 벽을 칠판 삼아 자주 낙서를 하곤 했다. 세이키치의 그런 장난은 집안 식구들 모두가 알고 있었기에 누군가에게 들켰다는 이유만으로 세이키치가 눈물을 흘린다는 건 이해가 안 되었다.

"들키면 어때. 누가 못 그렸다고 놀린 거야?"

"아니."

"근데 왜 울어?"

"아빠한테 들켰거든."

"치이."

지로는 세이키치와 반쯤 그려진 말 그림을 잠시 바라보았다.

"겐조 이모부가 뭐라 그랬어?"

"응, 벽에 낙서하지 말래."

"낙서라구?"

지로는 한 번 더 말 그림을 쳐다보았다. 지로 눈엔 낙서가 아닌 근사한 말 그림이었다.

"쳇, 이걸 보고 낙서라고 했다구? 이게 왜 낙서야? 진짜 낙서는 시사오하고 겐지가 하는 짓이라구."

지로는 시사오나 겐지처럼 뭘 그리려는 건지 분간조차 할 수 없는 그림이나 낙서이지, 세이키치처럼 정성껏 동물을 묘사한 그림은 결코 낙서가 아니라고 생각했다. 세이키치의 그림을 굳이 낙서라고 표현한 겐조 이모부의 속내를 알 것 같았다. 이모부에 대한 반감이 커질수록 세이키치가 불쌍하게 느껴졌다.

"지로 형이 나 대신 우리 아빠한테 사과해 주면 안 돼?"

세이키치는 손가락을 빨며 말했다.

지로는 세이키치가 그렇게 약한 말을 하자 더욱 힘을 주어 다그쳤다.

"네가 뭘 잘못했다고 사과를 해? 낙서가 아닌 걸 낙서라고 야단치는 사람이 사과해야지."

지로는 외할아버지가 늘 말해 왔던 '친절한 사람'이 될 기회가 드디어 찾아왔다고 생각했다. 그리고 세이키치에게 친절을 베풀기 위해서는 겐조 이모부 같은 사람을 두려워해선 안 된다고 생각했다.

"사과 안 하면 엄마한테 혼난단 말야!"

"이모는 아직 아무것도 모르잖아."

"그래도……."

"설마 겐조 그 자식이 낙서했다고 이모한테 일러바치진 않겠지?"

지로가 자가 아빠를 '그 자식'이라고 부르자 세이키치는 눈이 휘둥그레졌다. 그러나 지로는 아무렇지도 않은 듯 계속 지껄였다.

"난 처음부터 겐조 그놈이 마음에 안 들었어. 이모가 세이키치만 야단치도록 뒤에서 조종하는 놈이라구. 그런 치사한 놈은 아빠라고 부를 필요도 없어."

세이키치는 너무 놀란 나머지 완전히 울음을 그치고, 몸을 부들부들 떨며 지로를 뚫어져라 쳐다보았다.

"그리고 겐조 그 자식은 원래 네 친아빠도 아니란 말야. 친아빠도 아닌 놈을 왜 아빠라고 불러야 해?"

세이키치는 참담한 표정으로 눈을 질끈 감았다. 그러다가 주위를 슬며시 돌아보면서 조심스레 물었다.

"그럼 앞으로 뭐라고 불러야 돼?"

"뭐라고 부를 필요도 없다니까. 나도 앞으론 이모부라고 부르지 않을 거야. 세이키치도 아빠라고 부르지 마."

"그렇지만 어떻게 그래? 내가 먼저 불러야 할 때도 많은데……."

"그 자식을 왜 네가 먼저 불러? 그런 놈은 찾아갈 필요도 없다구. 부탁할 게 있으면 이모한테 가면 되잖아."

"하지만 엄마는 뭐든지 아빠에게 물어봐야 한다고 그랬어."

"바보 같은 소리하네! 이 집에선 외할아버지가 최고야.

겐조 그 자식은 다른 데서 데려온 놈이라구!"

지로는 자기가 하는 말이 얼마나 얼토당토않은 소리인지 알지도 못하면서 그렇게 나오는 대로 지껄이는 것이었다. 하지만 그래도 한 가닥 두려움은 있었던지 주위를 한번 둘러보는 것을 잊지는 않았다. 바로 그때, 놀랍게도 바로 옆 광의 벽에 나 있는 창문에 사람의 얼굴이 슬쩍 어른거렸다.

창문에 잠깐 드러났던 그 얼굴은 곧 광 안쪽으로 사라졌다. 하지만 지로는 그 얼굴의 주인공이 겐조 이모부임을 분명히 알았다…….

지로는 숨이 턱 막히는 것 같았다. 세이키치가 뭔가 말하려고 하자 지로는 허겁지겁 손을 내저으며 말을 막은 후 발소리를 죽여 광문으로 다가갔다. 그러고는 문틈으로 광 안을 들여다보았다.

광 한쪽 구석에는 겐조 이모부가 목상처럼 굳은 자세로 서 있었다. 지로는 앗 뜨거라, 몸을 숨기려 했지만 이미 한발 늦고 말았다. 이모부의 험악하게 빛나는 눈동자가 지로를 노려보고 있었다. 새파랗게 질려 일그러진 얼굴이 당장이라도 지로에게 달려들 것 같았다.

지로는 자기도 모르게 고개를 팍 꺾었다. 주위는 너무 조용해서 숨소리조차 들리지 않았다. 쿵쾅대는 심장 소리가 어찌나 크게 들리는지 다른 사람도 다 들을 수 있을 것 같았다. 지로는 그 자리에 얼어붙어 손끝 하나 움직일 수조차 없었다. 겐조 이모부의 치켜 뜬 눈동자가 여전히 자기를 노려보고 있는 것만 같았다.

이윽고 광 안쪽에서 발자국 소리가 들리더니, 고개를 숙인 채 부들부들 떨고 있는 지로 앞을 말없이 지나갔다. 지로가 기억하는 것은 타닥거리는 짚신 소리에 불과했지만, 그 발자국 소리가 납덩이처럼 후두둑 가슴 속으로 쏟아지는 기분이었다.

발자국 소리가 멀어진 뒤에도 지로는 한동안 움직일 수가 없었다. 겨우 정신을 차리고 보니 손에는 땀이 진득하게 배어 있었다. 지로는 비실비실 세이키치에게 돌아갔다. 세이키치가 이상하다는 듯이 지로를 보고 물었다.

"지로 형, 왜 그래?"

"어……, 아무것도 아냐."

"광에 누가 있었어?"

"아니. 아무도 없었어."

"우리 얘기 누가 들은 거 아니지?"

"그럼. 듣긴 누가 들었다고 그래. 광엔 아무도 없었다니까."

적당히 둘러댔지만 지로의 가슴은 여전히 벌렁거렸다. 하지만 지로는 있는 힘을 다 짜내 별일 아니라는 투로 말했다.

"까짓것, 누가 좀 들으면 어때? 우리가 틀린 얘기 한 것도 아니잖아."

그러고는 또 무슨 생각을 했는지 서둘러 말했다.

"이거 빨리 지우자."

둘은 손바닥이 화끈거리는 것도 의식하지 못한 채 세이키치가 그린 말 그림을 마구 문질러 지워 버렸다. 그날 오후 내내, 날이 꼴깍 저물 때까지 지로는 세이키치와 함께 마을 이곳저곳을 돌아다녔다. 세이키치는 영문도 모른 채 지로가 자기와 놀아 주는 것이 좋아서 낙서 같은 건 깨끗이 잊어버린 듯했다. 하지만 지로는 도저히 그 일을 지워 버릴 수가 없었다. 무슨 장난을 치며 놀더라도 광 한쪽에 우뚝 서 있던 겐조 이모부의 싸늘하게 굳은 모습이 눈앞에 어른거렸다.

날이 저물어 집으로 돌아가야 할 시간이 가까워질수록 지로의 마음은 더욱 무겁기만 했다. 지로는 마음속으로 여러 번 생각했다.

'이럴 때 오하마 엄마의 집이 근처에 있었다면 얼마나 좋을까. 아니야, 오하마 엄마 집까지는 바라지도 않아. 혼다가라도 그냥 있었으면…….'

하지만 오하마는 지금 어디서 사는지 전혀 알 길이 없었고, 혼다가도 읍내로 이사 간 지 오래였다. 지로는 다시 마사키가로 돌아가는 수밖에 없었다.

"지로 형, 이제 집에 가자. 좀 있으면 캄캄해질 거야."

"응, 알았어."

"나 늦게 들어가면 또 야단맞아."

"응."

세이키치가 계속 졸라 대기도 했고 또 달리 갈 곳도 없었고, 지로는 그야말로 천근만근 무거운 발걸음으로 마사키가로 향했다. 그리고 대문에 들어서기 전에 지로는 세이키치에게 다짐하는 것을 잊지 않았다.

"저기……, 있잖아, 세이키치, 오늘 내가 말한 거 아무한테도 말하면 안 된다. 만약 말하면……, 그땐 정말 가만 안 둘 거야. 니네 아빠한테는 세이키치가 그림 연습한 거라고 내가 말해 줄게."

검은 그림자

저녁 밥상 앞에서 지로는 가시방석이었다. 외갓집에서 지낸 이래 그날처럼 불안했던 적은 없었다. 밥을 먹으면서 아무 맛도 느끼지 못했다. 학교에서 돌아오자마자 간식도 먹지 않은 채 여기저기 쏘다녔기 때문에 배는 어서 음식을 달라고 아우성을 쳤지만 자갈을 씹어 삼키는 것처럼 음식은 목구멍에 턱턱 걸렸다.

마사키가에선 외할아버지와 겐조 이모부만이 따로 밥상을 받았고, 나머지 식구들은 다리가 낮은 긴 밥상에 둘러앉아 밥을 먹었는데, 그날 운이 없게도 지로의 자리는 겐조 이모부와 정면으로 마주보는 자리였다. 지로는 젓가락질을 할 때마다 이모부가 자기를 노려보는 것 같아 무슨 정신으로 밥을 먹는지도 몰랐다.

지로는 무엇보다 이모부와 눈이 부딪치는 게 두려워 한사코 정면을 피하면서도 한편으론 도저히 궁금함을 참지 못하여 힐끔힐끔 이모부의 얼굴을 훔쳐보았다. 그리고 불행하게도…… 세 번에 한 번쯤은 반드시 겐조 이모부와 눈이 마주치고 말았다. 그때마다 지로는 불에 덴 것처럼 화들짝 눈길을 피하곤 했다.

마침내 지로는 일어서고 말았다. 밥을 반이나 남기고! 이층 공부방으로 피해 달아나 책을 펼쳤지만, 도저히 공부할 마음은 생기지 않았다.

그날 이후 마사키가는 지로에게 더 이상 행복하고 즐거운 집이 아니었다. 단 하루도 마음 편하게 지내지 못했다. 늘 겐조 이모부와 마주치는 걸 겁내면서, 이모부가 있을 만한 곳을 피해 다니느라 온 집 안이 살얼음판 같았다. 혹시라도 겐조 이모부와 맞닥뜨리게 되면 어쩌나, 쉴 새 없이 주변을 두리번거리는 습관이 생겼는가 하면, 나중에는 이모부가 어디선가 자기를 보고 있으리라는 상상만으로도 숨이 막힐 지경이었다.

지로가 학교에서 돌아오는 시간도 조금씩 늦춰졌다. 언제나 딴짓을 하며 시간을 충분히 보낸 후 천천히 돌아오곤 했다. 가끔은 제 시간에 돌아오는 날도 있었지만, 그건 낚시도구 같은 것을 챙기기 위해서일 뿐이었고, 누가 볼세라 부리나케 챙겨서 밖으로 튀어나갔다. 아주 가끔, 일찍 집으로 돌아와 느긋하게 지내는 날이 있긴 했는데, 그런 날은 겐조 이모부가 집을 비운다는 걸 확인했을 때였다.

그 와중에도 지로는 학교 공부와 숙제를 게을리하지는 않았다. 아니 절로 그럴 수밖에 없었다. 겐조 이모부가 이 층까지 올라오는 일은 거의 없었으므로. 공부방만이 지로의 유일한 피난처였으니 공부 말고는 달리 할 것도 없었던 것이다. 지로는 저녁 식사 시간이 제일 싫었다. 아무래도 겐조 이모부와 같은 방에 있어야 한다는 부담감이 컸기 때문이었다. 하지만 저녁 시간에 늦지는 않으려고 무척 신경을 썼다. 먹성 좋은 지로가 식사 시간에 늦는 걸 이상하게 여긴 가족들이 혹시라도 속사정을 알아차리게 된다면, 어이쿠, 그런 일은 일어나서야!

어쨌든 그날 이후 지로의 입에서 '이모부'라는 말을 듣기란 여간 힘든 일이 아니었다. 겐조 이모부를 직접 불러야 할 때만이 아니라 다른 가족들에게 이모부에 관한 일을 말해야 할 때도 되도록 그 단어를 피하려다 보니 지로가 생각해도 말이 좀 이상하다 싶을 때가 많았다. 더구나 '이모부'라는 말을 꺼내려고만 해도 목에 뭔가가 걸린 것처럼 목소리가 잘 나오는 않는 경우가 한두 번이 아니었다.

하지만 뭐니 뭐니 해도 지로가 제일 난감했던 것은 외할아버지나 외할머니, 또는 오노부 이모의 심부름으로 겐조 이모부와 맞대면해야 하는 일이었다. 그래서 지로는 그런 심부름은, 할 수만 있다면 한사코 다른 사촌들에게 떠넘겼다. 하지만 정말 재수 없게도 직접 할 수밖에 없는 경우가 생기곤 했다. 이를테면 주위에 심부름할 아이라곤 지로밖에 없는 경우 같은 때였다. 그때의 처참함이란 이루 말할 수가 없었다. 지로는 마치 거대한 바윗돌을 끌고 가는 심정으로 겐조 이모부의 뒤쪽으로 살그머니 다가가 들릴까 말까 한 작은 목소리로 용건을 말한 후에는 이모부의 반응은 듣지도 않고 냅다 도망쳐 버렸다. 그나마 다행인 것은 겐조 이모부도 지로와 단둘이 있기엔 뭔가 민망했는지 굳이 뒤를 돌아보거나, 말을 시키지는 않았다는 점이었다.

결국…… 겐조 이모부의 마음속엔 지로가, 또 지로의 마음속엔 겐조 이모부가 아무리 벗어나려고 해도 끝까지 달라붙는 검은 그림자처럼 새겨져 버린 셈이었다.

하지만 지로와 이모부 사이의 이런 끔찍하고도 말 못 할 괴로움을 외할아버지와 외할머니, 혹은 오노부 이모는 그 후로도 오랫동안 전혀 눈치채지 못했다. 사건 당사자의 한 명인 세이키치마저도, 물론 세이키치의 어린 나이 탓이기도 했겠지만, 두 사람 사이에 문제가 있다는 사실은 상상조차 하지 못했다.

지로는 언제 어느 때 겐조 이모부가 그때의 일을 다른 사람들에게 발설할지 몰라 노상 겁에 질려 있었는데, 겐조 이모부는 대체 무슨 꿍꿍이 속인지 아무리 시간이 지나도 그 일에 대해서는 단 한 마디도 말하지 않는 것이었다. 하지만 또 바로 그랬기 때문에 지로의 마음은 더욱 살얼음 위를 걷는 듯한 불안에 시달렸던 것이다.

어쨌든 그 사건을 통해 지로는 누군가에게 친절을 베푼다는 이유로 다른 사람을 미워하는 것이 훗날 어떤 결과를 낳는지, 또 어떤 대가를 치러야 하는지 뼈에 사무치도록 느끼게 되었다.

엄마의 병

어느 날

그 일 이후, 마사키가에서의 생활에 많은 변화가 생기게 된 것은 당연한 결과였다. 겐조 이모부를 피해 다니려다 보니 자연스레 외할아버지나 외할머니 곁에도 예전처럼 아무 때나 다가갈 수 없었고, 사촌들과 어울리는 시간도 당연히 줄어들었다.

그러던 어느 날, 여느 때처럼 혼자 이 층에 있던 지로는 문득 이제껏 한 번도 생각해 본 적 없던 사실을 깨닫게 되었다. 그것은 이 집에서 자기만이 마사키가의 아이가 아니라는 점이었다.

'세이키치만 해도 다른 사촌형제들과는 약간 다르긴 하지만 어쨌든 마사키가 아이인 건 틀림없어. 그러니까 아무리 구박을 받아도 얼마든지 이 집에서 지낼 수 있어. 하지만 난 그렇지 못해. 임시로 맡겨진 거니까 다른 집 아이인 거야.'

지로는 혼자 있을 때마다 늘 그런 생각에 사로잡혔다. 나중에는 세이키치가 아무렇지도 않게 겐조 이모부를 '아빠'라고 부르는 모습이 마냥 부럽기까지 했다.

공장에서 일하는 아저씨들은 지로를 '지로'라고 부르는 대신, '혼다 도련님'이라고 부르는 때도 있었는데, 요즘엔 그런 사소한 일까지 마음에 걸렸다. 그런 생각이 깊어질수록 마사키가 사람들이 서먹해졌고, 행동도 뭔가 주눅이 드는 느낌이었다.

하지만 그건 그렇다 쳐도 지로는 읍내 집으로 돌아가고 싶은 생각은 별로 없었다. 외갓집이 전보다 지내기 거북해졌다고는 해도 비좁은 읍내 집에서 노상 할머니와 얼굴을 맞대며 지내는 것과는 비교가 되지 않는다고 생각했기 때문이었다.

이래저래 불편을 감수하면서 지내던 지로는 어느덧 육 학년이 되었다. 학교에서는 류이치나 다른 친구들과 상급학교에 입학하는 문제로 이야기하는 횟수가 늘었다. 그런 이야기를 할 때면 어언간 지로도 제법 의젓하게 장래의 삶에 대해서 진지하게 생각하는 티가 나기도 했다.

한데 그 무렵 중학교 문제 외에도 지로의 마음에 묘한 파장을 일으키는 문제가 하나 있었다. 그 전까지는 외할아버지든 외할머니든 읍내에 나갈 일이 있으면 반드시 지로에게도 미리 얘기하고, 지로가 따라가겠다고 할 경우에는 두말 않고 함께 가는 것이 불문율 같았는데 그 즈음엔 무슨 까닭인지 혼자 읍내로 가시는 일이 잦았고, 돌아와서도 읍내에 대한 이야기는 거의 내비치지 않았던 것이다.

"읍내에 갈 시간이 있으면 그 시간에 한 자라도 더 공부해야지. 내년엔 너도 중학교 입학시험을 치러야 하잖니."

지로가 자기만 빼고 읍내에 다녀왔다며 투덜거릴 때마다 외할아버지는 틀에 박힌 말만 되풀이했다. 외할머니도 맞장구를 쳤다.

"교이치는 중학교에서도 언제나 우등생이라던데."

이쯤 되자 지로는 혹시라도 자기에 관한 일을 두고 마사키가와 혼다가 사이에서 어떤 얘기가 오가고 있는 건 아닌지 의심이 들기도 했다.

서서히 여름이 다가오던 어느 날의 일이었다. 지로가 학교에서 돌아와 이 층 공부방으로 올라가려는데 손님방 쪽에서 뜻하지 않게도 슌스케의 목소리가 들리는 것이었다. 지로는 갑자기 어쩐 일인가 싶어 사다리를 올라가다 말고 소리 나는 쪽으로 돌아보았다. 손님방엔 외할아버지와 외할머니, 겐조 이모부, 오노부 이모, 그리고 아빠가 무릎을 맞대고 앉아 있었다. 방 안에 있던 사람들도 일제히 지로를 바라보는데 누구 한 사람 지로에게 말을 거는 사람이 없었다. 오랜만에 지로를 보는 아빠마저도 멀거니 지로의 표정을 살필 뿐이었다. 지로는 뜻밖의 냉담한 반응에 당황한 나머지 간단한 인사말만 하고 도망치듯 이 층으로 올라갔다. 하긴 겐조 이모부 때문에라도 그러긴 했겠지만, 어쩐지 선뜻 방 안에 들어가는 걸 어렵게 만드는 묘한 분위기도 분명히 있었다.

이 층으로 올라간 지로는 뭔지 모를 불안감이 가슴을 답답하게 움켜쥐는 것 같았다. 창문 밖 등자나무 가지에는 꿀벌 대여섯 마리가 웅웅거리는 날갯소리를 내며 꽃 사이를 날아다녔다. 지로는 그 모습을 바라보며 우두커니 앉아 있었다. 간간이 손님방에서 이야기 소리가 들려왔지만 내용은 알 수 없었다. 그렇게 반시간 정도 지났을 때였다.

"지로, 공부하니?"

오노부 이모의 목소리였다. 지로는 얼른 대답하려고 했으나, 어쩐 일인지 대답이 나오지 않았다.

"아무도 없나?"

사다리를 올라오는 발소리가 가까워졌다. 지로는 어찌할 바를 모르고 우물쭈물 일어섰다. 그때 오노부 이모의 얼굴이 불쑥 나타났다.

"어머, 대답을 안 해서 어디 나간 줄 알았잖아. 아빠가 찾으시니까 빨리 내려와."

지로는 잔뜩 긴장한 얼굴로 오노부 이모를 따라 사다리를 내려갔다.

간병 문답

손님방에 들어서자 조금 전까지 있었던 겐조 이모부의 모습은 보이지 않았다. 그나마 다행이었다. 하지만 나머지 사람들의 표정은 여전히 무뚝뚝했다.

'무슨 일이 있는 게 틀림없어. 겐조 이모부가 그 일을 얘기한 걸까?'

지로는 불안한 마음으로 사람들의 얼굴을 훔쳐보았다.

한참 만에 슌스케가 입을 열었다.

"지로, 아빠는 오늘 너한테 효도할 수 있는 기회를 주려고 하는데……."

전혀 의외의 말이었다. '효도'라는 말은 어린 시절부터 할머니와 엄마한테서 귀가 따가울 정도로 들어왔지만, 아빠가 그런 말을 하는 것은 이번이 처음이었다. 누가 하는가에 따라서 같은 말이라도 그렇게 달리 들릴 수 있는 것인지, 지로는 '효도'라는 단어를 난생 처음 듣는 것처럼 생소하게 느꼈다. 지로는 아무 대답도 못하고 멍청히 다다미만 내려다보았다.

"네게 말하지는 않았다만……, 사실 엄마가 지금 많이 아프셔. 꽤 오래전부터 누워 계셨단다. 그런데 읍내에 있는 집은 너도 알다시피 너무 좁고 공기가 나쁘잖아. 그러니 엄마에게도 좋을 리가 없지. 그래서 외할아버지는 엄마를 이곳으로 데려와서 보살피는 게 어떻겠느냐고 하셨어. 엄마도 그러길 바라는 것 같고. 아마 이삼일 후면 엄마가 이리로 오실 거야."

슌스케는 거기서 말을 끊고는 지로의 얼굴을 빤히 쳐다보았다. 지로는 눈만 깜빡거릴 뿐 여전히 아무 말도 할 수 없었다. 그러자 슌스케가 다시 말을 이었다.

"하지만 아빠는 엄마를 외할아버지께 맡기면서 너까지 이곳에 둔다는 게 너무 죄송스럽구나. 아무래도 네가 읍내로 와야 될 것 같다."

그 순간 지로의 머릿속에서 제일 먼저 떠오른 것은 답답한 읍내의 집과 할머니의 쌀쌀맞은 얼굴이었다. 지로는 눈앞이 깜깜해졌다. 하지만 엄마가 아파서 그렇게 해야 한다는데 뭐라 할 수도 없는 형편이어서 묵묵히 앉아 있었다. 평소의 외할아버지였다면 분명 따뜻한 말씀 한마디 정도는 하실 법하건만, 외할아버지와 외할머니 역시 슌스케와 마찬가지로 지로의 얼굴을 넌지시 바라보기만 할 뿐, 아무런 말이 없었다.

"그런데 지로……."

한참 뜸을 들이며 다시 말을 꺼낸 슌스케가 잠시 머뭇거렸다.

"외할아버지는 네가 엄마에게 효도할 기회는 지금뿐이니까 그냥 여기서 지내는 게 어떻겠느냐고 하셨어."

그 말을 듣고서야 지로는 비로소 안심이 되면서 '역시 외할아버지야.'라고 생각했다. 그러나 그걸로 끝이 아니었다. 아버지의 다음 말은 지로를 다시 실망의 구렁으로 밀어 넣었다.

"정말 고마우신 말씀이지. 그런데 지로, 네가 엄마를 간호하기엔 아직 너무 어린 것 같고……, 그러니 아무래도 읍내로 돌아가는 게 좋겠다."

지로는 잠시 원망하듯 아빠를 쳐다보다가 덤빌 듯이 외쳤다.

"엄마를 돌보는 것쯤은 이제 나도 할 수 있다구요!"

"네가 엄마를 돌볼 수 있다구? 정말?"

슌스케는 희미한 웃음을 띤 채 다시 말했다.

"그럼 엄마를 간호하려면 무슨 일을 해야 하는지도 알겠구나."

"네, 어떻게 간호해야 하는지 다 알아요!"

"그래? 그렇다면 어디 한번 말해 봐."

"약을 잘 먹이고, 몸을 주물러 주면 돼요!"

"그것뿐이냐?"

"얼음으로 열을 식히는 법도 알아요!"

"그것 말고는?"

"또 다른 것도 할 줄 알아요."

"글쎄 그러니까, 또 다른 게 뭔데?"

지로는 아빠가 뻔히 알면서도 자신을 골탕 먹이려고 일부러 꼬치꼬치 따져 묻는 것이라고 생각했다. 지로는 아빠가 얄미워져서 고개를 옆으로 돌려 버렸다. 그러자 슌스케가 고함을 치듯이 "지로!" 하고 불렀다. 지로가 놀란 눈을 치뜨자 이번에는 낮지만 단호한 목소리로 말했다.

"그 정도는 간병이라고 할 수도 없어. 넌 역시 엄마를 간호하려면 아직 멀었어. 아빠 말대로 읍내에 가 있어."

지로는 당황한 나머지 도움을 바라는 심정으로 외할아버지와 외할머니께 눈길을 돌렸다. 그러나 아빠와 마찬가지로 외할아버지와 외할머니는 물론이고 오노부 이모마저도 돌처럼 굳은 얼굴로 지로의 눈길을 피하는 것이었다.

지금까지 어떤 슬픈 일이 있거나 화가 나는 일이 있어도 항상 자기편에 서서 자신을 도와주던 사람들이 지금은 마치 한통속이나 된 듯이 말 한마디 따뜻하게 건네주지 않는다는 게 너무나 슬펐다. 대체 왜 저러는 걸까, 지로는 아무리 궁리해도 이유를 알 수 없었다.

상황이 이렇게 되자 꼼짝할 수가 없었다. 지로는 서운하기만 했다. 외할아버지, 외할머니, 아빠를 향해 차례로 애타는 눈길을 보냈지만 누구 한 사람 도와주려고 나서지 않았다. 지로는 마침내 울음을 터뜨리고야 말았다. 소리를 내지 않으려고 악문 이 사이로 쥐어짜는 듯한 울음소리가 새 나왔다. 지로는 소매를 들어 연신 눈물을 닦았다.

"여기 있고 싶으면 얼마든지 있어도 상관없다. 네 아빠도 네가 정 여기 있겠다고 고집을 부리면 억지로 데려가진 않을 거다."

그때서야 외할아버지가 느릿하게 달래듯 말하고는 조용히 한숨을 내쉬었다. 할아버지의 말이 이어졌다.

"그렇지만 지로, 네가 여기 있고 싶다면 좀 더 착해져야 해. 평소 아무리 잘하다가도 아주 큰 잘못을 저지른다면 아무 소용이 없는 거야. 결국엔 사람들도 널 믿지 않게 되고 성가신 아이라고 생각하게 돼. 네 아빠도 그 점을 걱정하셔서 지금 이런 말을 하는 게야."

외할아버지의 말씀을 듣고 그때서야 지로는 겐조 이모부를 떠올렸다. 겐조 이모부가 왜 먼저 방을 나갔는지 비로소 알 것 같았다. 하지만 그 때문이라면 자신이 알아들을 수 있게 이야기해 주면 그만일 것을, 아빠는 왜 엄마를 핑계로 자신을 괴롭히는지 모르겠다는 생각이 들었다. 지로는 훌쩍거리면서도 머릿속으로는 이것저것 생각해 보았다. 그때 슌스케가 지로를 보며 천천히 말했다.

"외할아버지의 말씀이 옳아. 너도 이제 육 학년이 되었으니 어느 정도 사리분별은 할 수 있겠지? 그런데도 터무니없이 비뚤어진 행동을 하면 할아버지 할머니 심정이 어떻겠어? 걱정 때문에 잠도 못 주무실 거야.

그리고 겐조 아저씨가 너를 위해 그동안 얼마나 수고를

하셨는데 고마워하지는 못할망정 그런 폐를 끼쳐서야 어디 말이 되겠어? 거기다가 너 하나로도 모자라 이제는 병이 난 엄마까지 겐조 이모부가 맡으시겠다는 거야. 그토록 친절한 분이 세상에 어딨냐. 그런데도 네가 비뚤어진 행동을 한다면 아빠는 정말 고개를 들 수가 없다."

슌스케는 잠깐 말을 멈추고 크게 숨을 한 번 골랐다.

"물론 아빤 네가 어떻게 행동하든 상관하고 싶은 생각은 없어. 또 어차피 나는 읍내에 있으니까 네가 어떤 잘못을 저질러도 모르고 지낼 수밖에 없고. 하지만 엄마는 그렇지 않아. 이제 엄마가 이리로 오면 항상 너의 그런 행동을 보게 된단 말이다. 네가 어떻게 행동하느냐에 따라 엄마는 마음 편히 지낼 수도 있고, 반대로 더 많이 아플 수도 있어. 넌 엄마를 간호하는 것쯤은 아무것도 아니라고 했지만, 엄마를 잘 보살펴 드리기 위해선 네가 생각하는 것보다 훨씬 힘든 일을 겪어야 해. 무엇보다 중요한 건 환자가 마음 편히 지내도록 해 주는 거야. 특히 엄마의 병은 마음이 편해야 빨리 낫는대. 네가 계속 여기서 지내고 싶다면 어른들 말씀도 잘 듣는 건 말할 것도 없고, 공부도 열심히 해야 해. 그리고 학교가 끝나면 곧장 와서 아까 네가 말한 것처럼 엄마 곁을 지켜야 해. 그래도 할 수 있겠니, 지로?"

지로는 이렇게 오랫동안, 그리고 어느 때보다 엄격하게 얘기하는 아빠를 본 것은 처음이었다. 평소처럼 느긋한 모습은 전혀 찾아볼 수가 없었고, 말 한 마디 한 마디에 뭐라고 표현하기 힘든 괴로운 심정이 담겨 있음을 느낄 수 있었다.

지로는 여전히 눈물을 흘리고 있었다. 하지만 그 눈물은 꾸지람을 듣는 것이 억울해서 흘리는 눈물이 아니었다. 그동안 마음을 괴롭혀 왔던 겐조 이모부의 일을 진정으로 반성하는 눈물이었다. 지로는 아빠의 마음속을 깊이 헤아리며 앞으로 뭘 해야 할지 심각하게 고민해 보았다. 그러자 지금껏 느끼지 못했던 책임감 같은 것이 가슴속에서 마구 끓어오르는 것 같았다. 지로는 목이 잠긴 목소리로 띄엄띄엄 말했다.

"아빠, 제가 잘못했어요. 엄마한테…… 흐흑……."

뒷말은 북받치는 흐느낌에 묻혀 버렸다. 그러나 자신 있게 말할 때보다도 더 큰 진심을 느끼게 하기에 충분했다. 슌스케와 외할아버지, 외할머니, 그리고 오노부 이모는 가만히 안도의 한숨을 내쉬었다.

그리하여 그날은 지로가 또 한 겹 허물을 벗고 성장하는 계기가 되었다. 이 세상은 자기 혼자 멋대로 살아가는 곳이 아니라는 것, 그리고 사람에겐 저마다의 책임과 의무가 있다는 것, 지로는 두 가지 사실을 어렴풋이 깨달았다. 비록 희미하긴 했어도 그 깨달음은 지로를 조금씩 변화시켜 나갈 게 틀림없었다.

칭찬을 받으며

사흘 뒤 오타미가 친정인 마사키가로 왔다. 환자가 머물 수 있도록 별채를 비워 두는 등 준비는 다 끝나 있었다. 오타미는 다른 사람으로 착각될 만큼 야위었고, 파리한 피부가 힘없이 늘어져 있었다. 동그랗게 뜬 눈만은 예전처럼 반짝였지만.

지로가 학교에서 돌아왔을 때 오타미는 잠들어 있었다. 하지만 사람의 기척을 느끼자 곧 눈을 뜨고는 가만히 지로를 바라보며 쓸쓸히 웃어 주었다.

"지금 오는 거니? 이제야 엄마하고 지로가 같이 지내게 됐네……."

오타미는 그 말 한마디도 힘에 부친 듯 다시 눈을 감았다. 지로는 말없이 엄마의 옆모습을 바라보며 앉았다. 지로의 눈엔 활짝 웃고 있는 엄마의 커다란 눈망울과 가지런하게 빛나던 이, 화사하던 뺨 등 예전의 엄마 모습이 아른거렸다.

그 후 외할머니가 별채에서 거의 하루 종일 오타미를 돌보며 지냈기 때문에 사실 지로는 별로 할 일이 없었다. 하지만 지로는 누가 시키지도 않았는데 자기 책상을 별채 옆방으로 옮겨 놓고 매일 학교에서 돌아오면 그곳에서 공부했다.

학교가 끝나도 늦게까지 어정대는 일은 거의 없었다. 또 사촌형제들이 놀자고 보채지 않는 이상, 지로가 먼저 밖에 나가 노는 일도 거의 없었다. 그리고 밖에 나가기 전에는 반드시 외할머니한테 허락을 받았다. 그러자 사촌형제들도 차츰 지로의 사정을 이해하고는 굳이 놀자는 말을 잘 꺼내지 않았다.

하지만 지로의 이런 변화된 행동은 뭔가 부자연스러운 데가 있었다. 지로는 병석에 누워 있는 엄마의 곁에서 멀어지면 안 된다는 생각에 사로잡힌 나머지, 마음속에서 우러나는 진심과 자연스러움으로 엄마를 돌보는 것이 아니라 그렇게 행동하지 않으면 효도가 아니라는 조급함 때문에 엄마를 간호하는 것처럼 보였다. 이를테면 지로가 혼자 별채에 있을 때 사촌들이 마당에서 노는 소리가 떠들썩하게 들리면 지로는 괜히 마음이 싱숭생숭해져서 병으로 누워 있는 엄마가 공연히 원망스러울 때가 있었던 것이다.

그러나 지로는 한 번도 자기의 그런 속내를 표정이나 말투에 드러내는 법이 없었다. 간혹 외할머니가 "너도 이제 좀 놀다 오려무나. 여긴 할미 혼자 있어도 되니까." 하고 등을 떠밀어도 절대 일어나지 않았다.

지로의 속마음이야 어땠을지 몰라도 겉으로 드러난 그런 모습은 마사키가 사람들을 감동시키고도 남았다.

"에구, 어린것이 지 에미 생각을 어찌나 하는지……."

외할머니는 가끔 그렇게 중얼거리면서 눈가를 닦아 내곤 했다.

"지로가 늘 마음에 걸렸는데 이젠 안심하고 죽을 수 있게 됐어요."

오타미도 자주 그런 말을 해서 외할머니를 울렸다. 오노부 이모는 세이키치를 야단칠 때마다 지로를 본받으라고 성화였으며, 심지어 겐조 이모부마저 아이들의 장난이 극성스러울 때면 지로를 들먹였다.

"야 이놈들아, 지로 보면서 좀 배워라. 이제 그만 놀고 지로처럼 공부 좀 해."

그런데 유독 외할아버지만은 아무런 말씀이 없었다. 다른 자리에서야 지로 칭찬을 늘어놓는지 알 수는 없었지만, 어쨌든 지로는 외할아버지로부터는 간단한 칭찬의 말도 들을 수 없었다. 지로는 외할아버지의 그런 태도가 은근히 불만이었다. 하지만 그럴 때마다 지로는 스스로를 달랬다.

'이 집에서 가장 든든한 내 편이 외할아버진데 나를 칭찬해 주시지 않을 리가 없지. 요즘엔 겐조 이모부까지 나를 칭찬해 주잖아.'

지로는 은근히 외할아버지에게 신경이 쓰여 행동을 더욱 조심하게 되었다. 사람은 누구나 다른 사람의 칭찬을 받게 되면 더 많이, 그리고 더 자주 칭찬받기를 바라게 돼 있어서 나쁜 짓을 안 하는 것은 물론이고, 무엇이든 칭찬받을 만한 일에 매달리게 되는 법인데, 지로 역시 마찬가지였다.

하지만 외할아버지는 그 뒤로도 지로의 행동에 대해 가타부터 말이 없었다. 아주 가끔 지로에게 칭찬의 말을 건네는 경우도 있긴 했는데, 그건 지로가 생각하기엔 칭찬받을 만한 일도 못 되는 사소한 일일 때가 대부분이었다. 또 그 정도의 일에 칭찬을 하셨다면 이 일에는 분명히 더 큰 칭찬을 하실 거야, 라고 생각했을 때는 희한하게도 아무런 말씀이 없었다. 그런 일이 거듭되자 지로는 틀림없이 무슨 이유가 있을 거라고 생각했다.

속 깊은 외할아버지의 의도적인 침묵은 과연 어떤 이야기를 숨기고 있는 것일까.

소고기

푸줏간 아저씨

날씨가 잔뜩 찌푸린 어느 날이었다. 지로는 마을 아이들 대여섯 명과 어울려 학교에서 돌아오는 길이었다. 마을 어귀의 농가 앞에 이르렀을 때, 마침 그 집 뜰 앞에 낯익은 푸줏간 아저씨가 임시 좌판을 벌여 놓고 있었다. 그 앞에는 마을 아주머니 몇몇도 서 있었다. 그 아저씨가 마을에 고기를 팔러 오는 것은 한 달에 한 번 정도였는데 마침 그날인 모양이었다.

아이들은 우루루 아저씨를 둘러쌌다. 아저씨가 시퍼런 칼로 고기를 다루는 일은 꽤 볼 만한 구경거리였기 때문이다. 칼의 부드러운 움직임에 따라 살과 가죽이 분리되고 뼈가 발라지며 결에 따라 토막 나는 고깃덩이를 바라보며 아이들은 모두 숨을 죽였다. 후텁지근한 공기 속에 역한 비린내가 물씬거렸지만 아이들은 아랑곳하지 않았다.

지로는 아이들 뒤에 멀찍이 서서 그 모습을 바라보며 어떤 생각에 깊이 빠져 있었다.

"닭죽은 이제 좀 질리네요."

"그래도 이거라도 넘겨야 기운을 차리지. 어서 먹어라."

"닭죽 말고 다른 거라면 좋겠는데……."

"그러게 말이다. 소고기죽은 좀 나을까? 그래, 이번에 고깃간 양반이 오면 소고기를 좀 사서 죽을 끓여 보마."

며칠 전, 엄마와 외할머니가 나누던 얘기가 떠올랐다. 지로는 푸줏간 아저씨가 잘라 놓는 고기들을 눈여겨보면서 책상 서랍에 감춰 둔 용돈을 계산해 보았다. 전부 합쳐서 오십 전이나 될까 싶었다. 지로는 그 돈으로 엄마를 위해 소고기를 사기로 마음먹었다. 갑자기 마음이 급해졌다. 지로는 상기된 얼굴로 아이들을 둘러본 후 슬그머니 뒤로 빠져서 집을 향해 달려갔다.

지로는 엄마가 눈치채지 못하게 곁방으로 숨어들었다. 그러고는 소리 나지 않게 책상 서랍을 뒤졌다. 조그만 통 안에 동전 몇 개가 들어 있었다. 지로는 그것을 몽땅 털어 손에 쥐고는 다시 밖으로 빠져나왔다. 집에서 멀찍이 떨어져서야 돈을 세어 보았다. 삼십 전이 조금 넘었다. 지로는 푸줏간 아저씨가 이미 좌판을 걷고 가 버렸으면 어쩌나 초조해하며 냅다 달려갔다.

지로가 다시 좌판 앞에 도착했을 때 아저씨는 짐을 정리하는 중이었다. 아이들은 여전히 그 둘레에 모여 있었다. 지로가 헐떡거리며 달려오는 것을 본 한 친구가 물었다.

"다 끝났는데 어디 갔다 오는 거야?"

대답을 하는 둥 마는 둥, 지로는 친구들과 아저씨를 번갈아 쳐다보았다. 숨이 턱에 닿도록 달려오기는 했지만, 막상 친구들 앞에서 선뜻 고기를 사겠다고 말할 용기가 생기지 않았다. 집에서 고기 심부름을 시켰다고 말을 꺼낼까도 싶었지만 고작 삼십 전으로 얼마나 살 수 있을지 알 수가 없어서 입을 다물고 말았다.

그러는 동안 푸줏간 아저씨는 짐을 다 챙겨서 짊어지고 마사키가와는 반대쪽으로 천천히 걸음을 옮기기 시작했다. 아이들도 각자 집으로 돌아갔다. 주변을 서성대며 눈치를 살피던 지로는 드디어 아저씨가 혼자가 된 것을 확인하고는 황급히 따라갔다. 지로는 몇 번이나 망설이다가 마침내 결심한 듯 아저씨를 불렀다.

"아저씨, 고기 아직 남았어요?"

"암, 있지."

고깃간 아저씨가 돌아보며 대답했지만 걸음은 멈추지 않았다. 지로는 아저씨 옆에 바짝 붙으며 조그맣게 말했다.

"조금씩도 팔아요?"

"그럼, 팔지."

"그럼 이 돈만큼만 주세요."

지로는 쥐고 있던 손을 펴 아저씨께 내밀었다. 동전 몇 개가 땀에 흠뻑 젖어 손바닥 위에서 빛나고 있었다. 고깃간 아저씨는 동전을 흘끗 보고는 그 자리에 서서 의아한 표정을 지었다. 지로의 얼굴이 순간적으로 빨개졌다. 그러면서도 눈길은 아저씨의 얼굴에서 떠나지 않았다.

"이 돈 가지곤 못 사요?"

"그렇진 않지."

아저씨는 씽긋 웃으며 돈을 받고는 짐을 내려 덩어리 하나를 도마 위에 올려놓았다. 어른 손바닥만 한 두툼한 살코기였다.

'저 정도면 충분히 죽을 끓일 수 있을 거야.'

지로는 그렇게 생각하며 안심했다. 하지만 아저씨는 살코기를 두 토막으로 잘라 한쪽만 저울에 올려놓는 것이었다. 저울추가 탁 소리를 내며 올라붙었다. 그러자 고기의 한쪽 귀퉁이를 잘라 낸 다음 다시 저울에 올려놓았다. 이번에는 저울추가 밑으로 조금 내려갔다. 아저씨는 잘라 낸 고깃점을 다시 삼 분의 일 크기만큼 베더니 저울에 올려진 고기 위에 보탰다. 그제야 저울추는 수평이 되었다.

"되도록 얇게 썰어 주지. 그래야 고기가 부드러워지거든."

푸줏간 아저씨는 저울 위의 고기를 도마로 옮겨 얇게 썰기 시작했다. 지로는 침을 꼴깍 삼키며 아저씨의 동작을 하나하나 놓치지 않고 바라보았다. 아저씨는 도마 위에 대나무 껍질 한 장을 펴고 얇게 썬 고기를 한 조각씩 붙이듯 올려서 포장을 했다. 지로는 주의 깊게 고기 조각의 수를 세었는데, 모두 열세 조각이었다.

"내가 기름은 공짜로 주마."

아저씨는 그렇게 말하며 희고 보송보송해서 꼭 양초처럼 보이는 덩어리 하나를 따로 포장했다. 마침내 아저씨가 꾸러미를 건넸다. 지로는 두 손으로 얌전히 받아들고는 앞섶을 들추어 속에다 감추었다. 그러고는 주위를 한번 휘둘러본 후 쏜살같이 집으로 달려갔다.

대나무 껍질로 포장한 소고기

대문을 들어서 별채로 향하는 지로의 마음은 쑥스럽기도 하고, 또 한편으로는 의기양양해지기도 하는 아주 묘한 기분이었다.

별채에는 외할머니 말고도 외할아버지와 겐조 이모부도 앉아 있었다. 세 사람이 별채에 한꺼번에 오는 일은 드문 경우여서 지로는 더럭 겁이 났지만 다행히 엄마의 상태는 특별히 나빠 보이지 않았다. 그렇다면 무슨 상의할 일이 있는 걸 거야, 라고 짐작한 지로가 곁방으로 들어가려는데 외할머니가 나무라듯 말했다.

"학교에선 아까 온 것 같던데, 어디 갔다 이제 오는 게냐? 엄마가 걱정했잖아."

"그냥 잠깐……."

지로는 얼굴을 붉히며 불룩한 옷을 들키지 않으려고 엉거주춤한 자세로 말끝을 흐렸다. 아무래도 소고기는 외할머니만 있을 때 내놓는 게 좋을 것 같았다.

"어디 갔다 오는 거야?"

이번에는 엄마가 물었다. 지로를 탓하려고 묻는 말로는 들리지 않았다. 지로는 요즘 들어 엄마가 자신에게 관심을 가져주고 살갑게 대해 주는 것이 무척 기뻤다. 엄마는 내가 없으면 쓸쓸한가 봐, 라고 생각하면 뭔가 뿌듯하기도 했다. 하지만 지금 당장은 뭐라 대답할 수가 없었다.

"먼 덴 안 갔었어."

지로는 적당히 둘러대며 우물쭈물하다가 마침내 결심한 듯 옷자락을 걷어 올리고 꾸러미를 꺼내 외할머니 앞으로 내밀었다.

"이게 뭐냐?"

외할머니는 영문을 모르겠다는 표정으로 물었다.

"소고기예요."

"소고기라니? 아니, 웬 소고기를 이렇게……?"

"내가 샀어요."

"샀다구? 어디서?"

"아까 마을에 푸주간 아저씨 왔었어요."

다들 못 믿겠다는 표정으로 대나무 껍질에 싸인 꾸러미와 지로를 번갈아 쳐다보았다.

"누가 시켰니?"

"아니."

"그럼 돈은 어디서 났어?"

"그동안 모아 놓은 게 좀 있었어요."

"용돈 말이냐?"

"네."

"그럼 아까는 돈 가지러 왔던 거구나? 어쩐지 책상 서랍을 여는 소리가 들린다 했더니."

지로는 잠자코 고개를 끄덕였다. 모두들 표정이 이상해지면서 발갛게 상기된 지로를 유심히 바라보았다.

"소고기가 먹고 싶었어?"

"아니, 그런 건 아니야."

"그럼 이걸 왜 사 왔어?"

"저기……."

지로는 엄마의 얼굴을 흘끗 바라본 후 우물거리며 대답했다.

"엄마가 닭죽은 질렸다고 해서……."

"아이고, 저런……! 그래서 네가……."

외할머니의 목소리가 젖어 들었다. 외할머니는 치맛자락

을 걷어 올려 눈가를 닦았다. 오타미도 조용히 눈물을 흘렸다.

"그래, 잘했다! 아주 기특하구나."

겐조 이모부가 웃으면서 한마디 보탰다. 그는 소고기 꾸러미를 한번 들어 보면서 물었다.

"그래, 얼마나 샀어?"

"삼십 전어치요."

지로는 재빨리 끈을 풀러 대나무 껍질을 펼쳐 보였다. 그걸 본 외할머니는 또 눈물을 훔쳤다.

"야, 꽤 많이 줬는데? 오노부도 아까 한 근 정도 사 왔으니 오늘 저녁은 아주 잔칫상이 되겠군. 하하하."

겐조 이모부가 재미있다는 듯 큰 소리로 웃었다. 그 호탕한 웃음소리를 들은 지로는 그동안 이모부가 자신을 미워했을 거라고 생각했던 마음이 부끄러워졌다. 그리고 오노부 이모가 소고기를 한 근씩이나 사왔다는 말을 듣곤 약간 풀이 죽었다. 대나무 껍질에 찰싹 붙어 있는 검붉은 고깃점이 갑자기 너무 빈약해 보였기 때문이었다.

"지로, 고마워. 엄마는 오늘 너무 행복해."

오타미는 지로에게 그렇게 말하고는 고개를 돌려 외할머니께 당부했다.

"엄마, 내 죽은 지로가 사온 걸로 끓여 줘요. 그거면 충분할 거예요."

"그럼, 그럼. 이걸로도 충분하지."

외할머니가 호들갑스럽게 맞장구를 쳤다.

"지로야, 이 고기는 할머니한테 맡기렴. 나중에 할머니가 맛있게 끓여서 엄마 줄 테니까."

지로는 대나무 껍질을 다시 묶었다. 이제껏 느껴본 적 없는 뿌듯함으로 가슴이 터질 것만 같았다. 엄마가 기뻐한 것도 좋았지만, 자기가 한 일이 새삼스레 훌륭하게 느껴져 우쭐해지지 않고는 못 배길 정도였다.

자리에서 일어나던 지로가 자기를 바라보는 외할아버지와 눈이 정면으로 마주쳤다. 외할아버지는 흰 수염을 훑으면서 지그시 지로를 보고 있었는데, 조금도 웃는 표정이 아니었다. 그리고 지금처럼 신경질적으로 수염을 연신 훑을 때는 외할아버지의 기분이 언짢은 표시라는 걸 알고 있는 지로는 이내 마음이 어두워졌다.

'오늘도 외할아버지만 나를 칭찬하지 않으셨어.'

지로는 저도 모르게 당황한 나머지 얼른 외할아버지를 외면했다. 그리고 서둘러 별채에서 나왔다. 복도를 걸어가던 지로가 손에 들고 있는 고기 꾸러미를 다시 한 번 내려다보았다. 몹시 초라해 보였다. 역한 비린내도 물씬 났다. 우쭐했던 기분은 이미 사라진 지 오래였다.

"이모, 이거 외할머니가 이모 갖다 주래."

지로는 멀찍이 서서 소리치며 고기 꾸러미를 부엌문간에

던지고는 오노부 이모가 뒤돌아보기도 전에 부리나케 돌아섰다.

지로는 외할아버지의 얼굴을 다시 보는 게 그다지 달갑지 않았다. 무슨 이유에선지 자기를 못마땅해하는 외할아버지를 생각하면 한없이 서운하면서도 속이 부글부글 끓는 기분이었다. 지로는 비어 있는 손님방으로 갔다.

깨끗이 청소된 툇마루 위에 정원수의 그늘이 드리워져 있었다. 지로는 기둥에 등을 기대고 뜰을 바라보면서 외할아버지의 얼굴을 떠올렸다. 인자하기만 했던 할아버지의 얼굴이 심술궂게 변하면서 점점 미워지는 것이었다. 지로가 그날처럼 외할아버지를 보기 싫다고 생각한 적은 한 번도 없던 일이었다. 지로는 속으로 생각했다.

'내가 소고기를 산 게 뭐가 나쁘단 말이지? 소고기를 산 건 아픈 엄마에게 효도하기 위해서였어. 내가 먹고 싶어서 산 게 아니라구. 그리고 돈만 해도 그래. 누구한테 떼를 써서 받아 낸 것도 아니잖아. 전부 내 용돈에서 마련한 거야. 사고 싶은 것도 사지 않고 아껴서 엄마에게 효도했는데, 외할아버지는 왜 나를 칭찬해 주지 않았을까? 왜 그렇게 화난 표정으로 수염만 만지작거렸을까? 만일 외할아버지가 내가 한 일을 나쁘다고 생각한다면, 칫, 그런 게 어딨어! 외할아버지는 요새 너무 이상해. 이젠 외할아버지가 하는 말은 듣고 싶지도 않아.'

선물

그렇게 지로가 혼자서 속을 끓이고 있을 때 등 뒤에서 외할아버지의 음성이 들렸다.

"지로, 여기 있었구나. 혼자 뭘 하는 게냐?"

지로는 속마음을 들킨 것 같아 움찔했다.

"너, 오늘은 정말 좋은 일을 했다. 모두들 놀랐지. 물론 이 할애비도 무척 기분이 좋구나."

외할아버지는 아까와는 달리 온화한 얼굴이었다. 지로는 도대체 무엇이 할아버지의 진심인지 헷갈렸다. 그리고 조금 전까지만 해도 외할아버지를 원망했던 게 미안하기도 했다. 외할아버지는 한동안 지로의 얼굴을 물끄러미 바라보면서 부드럽게 미소 짓고 있었다. 지로도 외할아버지의 얼굴을 마주보긴 했지만, 외할아버지가 웃기만 할 뿐 아무 말씀도 안 하시는 것이 어쩐지 쑥스러워 시선을 피하고 말았다. 이윽고 외할아버지가 입을 열었다.

"아빠한테 편지를 보내 너한테 줄 선물을 좀 사다 달라고 네 엄마가 부탁을 하는데, 넌 뭐가 받고 싶냐? 뭐든 네가 좋아하는 걸로 말해 봐라."

"전 책이 제일 좋아요!"

"오냐. 그럼 그렇게 편지를 써서 아빠에게 보내마."

외할아버지는 여전히 지로의 얼굴을 바라보면서 싱긋이

웃고 있었다.

"그 전에 이 할애비가 너한테 줄 선물이 하나 있지."

지로가 눈을 빛내며 외할아버지를 살폈다. 그런데 할아버지의 손에는 아무것도 들려 있지 않았다.

"내가 주려는 선물은 눈에 보이지는 않아. 귀로 듣는 이야기가 이 할애비의 선물이란다."

외할아버지는 지로를 옆에 앉히고 천천히 이야기를 시작했다. 그 내용은 이랬다.

옛날 어느 절에 나이 어린 동자승이 한 명 살았다. 이 동자승은 무척 기특했는데, 아침이 되면 누구보다 일찍 일어나 혼자 청소도 하고, 자기 할 일을 알아서 열심히 했다. 특히 불경을 공부하는 데 열심이었다. 대부분의 어린 동자승들은 불경에 적힌 의미는 알려고 하지 않고 읽는 소리만 흉내 낼 뿐이었는데, 이 어린 동자승은 틈만 나면 불경 외에도 다른 책을 읽거나, 스님에게 이것저것 물어보면서 그 뜻을 새기고, 조금이라도 막히는 부분이 있으면 밤늦도록 공부하는 것이었다. 그리고 부처님 앞에 앉아 불경을 읽을 때는 한 글자씩 뜻을 되새기며, 자기 마음이 불경에 적힌 구절들과 하나가 되기를 마음속으로 기도했다. 언제나 그런 식이어서 어린 동자승이 읽는 불경에는 동자승의 넋이 담겨 있다고 생각될 정도였다. 물론 읽는 소리도 절대 소홀히 여기지 않았다. 이 동자승은 천성적으로 다른 사람보다 목소리가 맑았기 때문에 낭랑한 목소리로 불경을 읽을 때면 듣는 사람의 마음이 절로 움직일 만큼 훌륭했다.

그러던 어느 날, 절에서 큰 제를 올리게 되어 다른 절에서도 스님들이 많이 참석을 하게 되었다. 제를 올리는 동안 여러 스님들이 함께 불경을 읽었다. 제가 끝난 후 스님들이 방에 모여 차를 마시며 담소를 나누는데, 그 동자승이 방으로 들어왔다. 스님 한 분이 말했다.

"아, 너였구나. 불경을 읽는 목소리와 가락이 너무나 훌륭했다. 정말 부처님 앞에 머리가 숙여지더구나."

그러자 다른 스님들도 제각기 한마디씩 칭찬의 말을 아끼지 않았다. 아무 말도 하지 않은 사람은 오직 그 절의 주지스님뿐이었다.

동자승은 흐뭇한 마음으로 방을 나갔다. 그 뒤 한동안 동자승은 불경을 읽을 때마다 자신을 칭찬하던 말이 생각나 혼자 웃곤 했다. 또 때로는 자기의 불경 읽는 소리에 귀를 기울이면서 이렇게 생각했다.

'다른 절의 스님들은 그토록 나를 칭찬해 주었는데, 왜 우리 주지스님은 날 칭찬하지 않는 걸까? 매일 듣는 소리라 익숙해져서 그런가?'

다시 며칠이 지나자 동자승의 모습은 차차 달라지기

시작했다. 얼굴에선 어느새 웃음이 사라지고, 불경을 읽는 소리도 가라앉았다. 또 간혹 숨이 막히는 듯 틀리기도 했다. 그런 식으로 보름쯤 지났을 때 동자승이 파리한 얼굴로 주지스님을 찾았다.

"스님, 아무래도 혼자만의 시간이 필요한 듯합니다."

주지스님은 동자승의 말을 듣고도 별로 놀라는 기색이 없었다. 대신 조용히 물었다.

"시간이 필요하다면 그렇게 해도 괜찮지. 그런데 어디로 가려는가?"

"사람이 없는 산 속에 들어가 혼자 수행할까 합니다."

"혼자 수행하겠다고? 갑자기 왜 그런 생각을 하게 됐는고? 사람이 있으면 수양을 못하겠다는 말처럼 들리는구나."

"예, 사실은 지난번 제를 올리던 날 다른 절의 스님들에게 불경을 잘 읽는다고 칭찬받은 후부터 제 마음이 흐려지기 시작했습니다. 그때까지 저는 제 마음이 불경에 적힌 구절처럼 깨끗해지기만 일심으로 바라면서 불경을 읽어 왔습니다. 그런데 요즘은 누가 제 불경 읽는 소리를 듣고 있는 건 아닌지, 만일 듣고 있다면 어떻게 생각할까, 궁금해서 불경을 건성으로 읽게 됩니다. 이래서는 안 되겠다고 생각하며 열심히 불경을 읽으려고 해도 주위에 사람이 있다는 것만 알게 되면 도저히 그렇게 할 수가 없습니다. 그래서 한동안 아무도 없는 곳으로 가서 불경을 읽어 볼까 합니다."

그 말을 들은 주지스님은 자비로운 눈으로 고개를 끄덕이며 말했다.

"그래, 좋은 생각을 했다. 사람은 간혹 칭찬받을수록 오히려 마음이 더러워지는 경우가 있다. 하지만 그걸 깨닫는 사람은 아주 적단 말이지. 너는 이미 그것을 깨달았구나. 깨닫고 수행한다면 틀림없이 대성할 것인즉, 네가 좋은 곳으로 가서 잠시 수행하도록 해라. 그리고 이번에야말로 남이 듣건, 듣지 않건 언제나 같은 마음으로 불경을 읽도록 해라."

이야기는 그렇게 끝이 났다. 잠시 뜸을 들인 외할아버지는 이렇게 덧붙였다.

"할애비가 너한테 주는 선물은 바로 이것이야. 이 선물을 마음속에 잘 간직해 두렴. 이건 네가 앞으로 훌륭해질수록 더 자주 꺼내 쓸 수 있는 선물이 될 게야. 하하하!"

마치 농담이라도 하듯이 말을 끝낸 할아버지는 훌쩍 일어서서 손님방을 나갔다. 지로는 잠자코 외할아버지의 뒷모습을 바라보았다. 혼자 남게 된 지로는 할아버지의 이야기를 여러 번이나 마음속으로 되새겨 보았다. 지로는 그렇게 날이 저물 때까지 기둥에 기댄 채 혼자 생각에 잠겨 있었다.

두 번째 슬픈 이별

지로의 역할

오타미가 마사키가에서 정양을 시작한 뒤 지로에게 맡겨진 일 중 하나는 삼 일에 한 번씩 학교에서 돌아오는 길에 아오키 의원에 들러 약을 타오는 심부름이었다. 이 일은 지로에게 심부름이라기보다는 오히려 크나큰 즐거움이었는데, 그건 말할 것도 없이 하루코를 만날 수 있기 때문이었다. 지로는 엄마에게 효도를 하는 동시에 누나의 예쁜 얼굴을 보는 것은 물론, 또 상냥한 목소리도 마음껏 들을 수 있었으므로 일거양득인 셈이었다.

처음 약을 타러 가던 날은 오랜만에 하루코를 만난다는 생각에 가슴이 두근거려 예전처럼 약국 안으로 쑥 들어가지 못하고 앞에서 얌전히 자기 차례를 기다렸다. 하지만 지로가 온 것을 안 하루코가 창문 너머로 얼굴을 내밀고 다정히 자기를 불러 주었을 때, 지로는 그만 다리에 힘이 스르르 풀리는 것만 같았다.

“어머, 지로! 어머니 약 타러 왔구나. 정말 오랜만이네. 자, 어서 이리 들어와.”

지로는 하루코의 목소리를 듣고 몸을 비비 꼬면서 약국 안으로 들어갔다. 지로는 더듬더듬 엄마가 많이 아프다는 것과 자기가 앞으로 삼 일에 한 번씩 약을 타러 와야 한다는 것 등을 이야기했다. 하루코는 미소 띤 얼굴로 지로를 바라보며 고개를 끄덕이거나 “으음, 그랬구나.” 하면서 맞장구를 쳐 주었다. 오랫동안 만나지 못했던 기간의 서먹함이 연기처럼 사라지는 기분이었다. 지로는 다정한 하루코 누나가 너무 좋았다.

그렇게 첫날이 지나가고 두 번째로 약을 타러 간 날부터 지로는 아주 당연하다는 듯 스스럼없이 약국 안으로 들어갔고, 때로는 발소리를 죽여 하루코를 놀래 주기까지 했다.

약국 안에서 하루코는 언제나 하얀 가운을 입고 있었는데, 솜털이 보송보송한 부드러운 팔을 소맷부리 밖으로 내놓고 있었다. 지로의 눈엔 하루코의 팔뚝에 난 보송보송한 솜털이 하늘거리는 꽃잎처럼 여겨졌다. 지로는 하루코가 일하는 동안 아무 말도 하지 않은 채 하루코의 유연한 손놀림을 바라보는 그 시간이 너무나 행복했다.

하루코는 바쁘게 일하는 틈틈이 수시로 지로에게 엄마의 상태를 물었다. 그때마다 지로는 되도록 자세히 자기가 보고 들은 것을 이야기했다. 하루코는 미간을 찌푸리거나, 웃거나, 혹은 눈을 동그랗게 뜨면서 "어머, 그래?" 대꾸하곤 했는데 지로는 그게 다 자신을 향한 애정처럼 느껴져서 그런 모습들을 하나라도 놓칠까 봐 온 정신을 기울였다.

지로가 약국에 와 있는 것을 알아챈 류이치는 어느새 쫓아 내려와 지로를 이 층으로 끌고 가곤 했다. 하지만 지로는 류이치와 노는 것보단 하루코 곁에 머무는 게 백배는 좋았다. 어떤 날은 의원에 도착하기 전에 잠깐 멈추어 서서 제발 자기가 온 것을 류이치가 모르게 해 달라고 기도를 한 적도 있었다.

그런 줄도 모르고 하루코는 지로가 돌아갈 시간이 조금이라도 늦어진다 싶으면 어김없이 이 층으로 올라와 지로를 타이르는 것이었다.

"지로, 어머니가 기다리고 계시잖아. 이젠 가 봐야지. 노는 건 다음에 와서 하고 오늘은 이만."

사실 지로는 하루코가 그렇게 말하기 전부터 그만 일어나야겠다는 생각은 늘 하고 있었다. 그러나 머릿속에서만 그런 생각을 할 뿐, 이상하게도 몸은 류이치 곁에 눌러앉아 미적거리기 일쑤였다. 그러다가 하루코로부터 그만 집에 갈 시간이라는 말을 듣고서야 속으로 후회하는 것이었다. 하루코는 혹시라도 지로가 집에 가라는 말을 듣고 언짢아할까 걱정되어 최대한 조심스레 말을 건넸는데, 지로는 한 번도 하루코에게 섭섭하다고 생각한 적은 없었다. 오히려 아, 내가 여기서 뭘 하고 있지? 하는 표정으로 황급히 일어나 제대로 인사도 안 하고 밖으로 뛰어나가는 것이었다.

지로는 같은 또래 중에 제일 빠르다는 소리를 들을 만큼 달리기를 잘했다. 특히 아오키 의원에서 놀다가 서둘러 집으로 돌아갈 때면 죽을힘을 다해 빨리 달렸다. 오죽하면 마을 사람들 중에는 지로가 약병을 손에 든 채 정신없이 강둑길을 내달리는 모습을 보곤 오타미가 위독한 줄로 착각하여 황급히 마사키가로 달려온 사람이 있을 정도였다. 지로가 그렇게 빨리 집까지 한달음에 돌아오는 데엔 또 그럴 만한 이유가 있었다. 마사키가 사람들은 "심부름 갔다가 딴짓하지 않고 집으로 곧장 오는 아이는 지로뿐"이라고 칭찬을 아끼지 않았으므로 실망을 줄 수는 없는 노릇이기 때문이었다. 어떨 때는 엄마의 병보다도 그런 평가에 더 신경이 쓰이는 지로였다.

하지만 그런 지로에게 칭찬이고 평가고 다 하찮게 생각되는, 그야말로 청천벽력 같은 일이 일어나고야 말았는데 그 원인은 다름 아닌 하루코였다. 하지만 그 일은 지로에게나 슬픈 일이었지 하루코의 입장에선 인생 최대의 기쁜 일이었다.

하루코의 혼례

여름방학이 얼마 남지 않은 어느 날 아침이었다. 지로가 교문을 막 들어서는데 류이치가 다가오더니 자랑스럽게 말했다.

"나 이번 여름방학에 도쿄 간다. 지로, 넌 도쿄 가 봤어?"

지로는 뽐내는 듯한 류이치의 말투에 약간 기분이 상했다.

"안 가 봤어."

무뚝뚝하게 대답을 한 지로는 다음 순간, 류이치가 갑자기 왜 도쿄에 가는지 문득 궁금한 생각이 들었다.

"좋겠네. 근데 도쿄엔 왜 가? 친척이라도 있어?"

"아냐, 아직은 없어. 그렇지만 곧 생길 거야."

지로는 무슨 뜻인지 잘 모르겠다는 표정으로 되묻듯이 류이치를 쳐다보았지만, 류이치는 능글맞게 웃기만 할 뿐 다른 말이 없었다.

"누구랑 가는데?"

"난 아빠랑 가고 싶은데, 아빤 바빠서 안 될 것 같아. 환자들을 돌봐야 하니까."

환자를 돌본다는 말에 지로는 별채에 누워 있는 엄마가 생각났다.

"그러니까 누구랑 가냐고?"

"엄마하고 같이 가야지 뭐. 우리 집에선 누나가 제일 좋아해. 처음부터 누난 엄마하고 가고 싶어 했거든."

"하루코 누나도 가는 거야?"

지로의 목소리가 조금 높아졌다. 지로의 머릿속에서 하루코가 없는 약국의 정경이 쓸쓸하게 떠올랐다.

"당연히 누나가 가야지. 도쿄에 볼일이 있는 사람은 원래 누나니까. 누나 때문에 엄마도 가는 거고, 또 나도 따라가는 거야."

류이치는 그렇게 말하곤 또 능글맞게 웃는 것이었다. 지로는 류이치의 능글맞은 표정과 뜻이 불분명한 말을 곰곰이 되새겨 보았다. 바로 그때 한 가지 생각이 머리를 스치고 지나갔다. 그제야 지로는 조금 전에 류이치가 곧 도쿄에 친척이 생길 거라고 했던 말이 무슨 뜻인지 알 것 같았다.

전에 없이 류이치가 얄미웠다. 한 대 갈겨 버리고 싶은 마음이 굴뚝같았으나 지로는 하루코 누나와 관계된 일인 만큼 확실한 내용을 파악하지 않으면 안 된다고 생각했다. 지로는 짐짓 태연을 가장하고 다시 물었다.

"도쿄엔 얼마나 있을 건데?"

"얼마나 있을지는 나도 잘 모르겠어. 하지만 개학 전에는 돌아올 거야."

"너희 엄마도 그때 오시겠네?"

"당연히 엄마도 나랑 같이 와야지. 설마하니 도쿄에서 여기까지 혼자 오겠어?"

"그럼 누나는? 누나 혼자 도쿄에 남는 거야?"

지로는 그 일엔 별로 관심이 없다는 인상을 심어 주려고 일부러 딴짓을 하면서 물었다. 하지만 목소리가 입안에서 엉클어져 웅얼거리는 소리처럼 들렸다.

"아니, 누나도 같이 올 거야."

지로가 예상치 못한 대답이었다. 지로는 그 자리에서 팔짝 뛰고 싶을 만큼 기뻤다. 방금까지만 해도 공연히 한 대 후려갈기고 싶던 류이치가 껴안아 주고 싶을 만큼 예뻐 보였다. 하지만 지로는 류이치의 다음 말을 듣고는 다리에 힘이 풀려 털썩 주저앉을 뻔했다.

"누나가 우리보다 먼저 도쿄로 갈 거야. 그리고 우리랑 같이 일단 집으로 왔다가 다시 도쿄로 간대. 결혼식은 도쿄에서 할 모양인가 봐."

지로는 아무런 대꾸도 하지 않았다. 찬바람 한 줄기가 가슴속을 훑고 지나가는 느낌이었다. 다행히 그때 수업을 알리는 종소리가 요란스레 울렸다. 지로는 교실로 들어가서도 하루코만 생각했다. 류이치가 쉬는 시간에 아까 한 말은 모두 거짓말이었다고, 장난치려고 한 말이었다고 말해 주기를 간절히 빌었다. 하지만 그런 생각이 간절할수록 하루코와 헤어져야 한다는 사실이 더욱 또렷하게 실감되는 것이었다.

'하루코 누난 지금까지 나와 그만큼 친하게 지냈으면서

왜 나한테 아무 말도 하지 않았을까? 갑자기 그렇게 먼 곳으로 떠나 버리면서도 내 생각은 조금도 안 한 걸까?'

지로는 하루코의 마음을 도저히 이해할 수가 없었다. 오하마와 헤어질 때처럼 섭섭한 감정이 끝도 없이 밀려왔다. 지로는 오하마와 헤어질 때보다는 몇 살 더 먹었기 때문에 하루코 누나와의 이별을 오하마 엄마와 헤어질 때와 똑같이 생각해선 안 된다는 것쯤은 잘 알고 있었다. 하지만 그런 사실을 알고 있다 하더라도 아파 오는 마음만은 어쩔 도리가 없었다. 진심으로 좋아했던 사람과 헤어지는 쓸쓸함은 상대방이 유모이든, 친구의 누나이든 아무런 차이가 없었던 것이다. 어쨌거나 지로는 오하마와 헤어졌을 때 느꼈던 슬픔보다 몇 갑절이나 더 큰 슬픔에 가슴이 미어지는 것 같았다. 더구나 오하마 엄마와의 이별은 이미 지나간 옛 상처에 불과했지만, 하루코 누나와의 이별은 이제 막 시작되는 상처였기에 시간이 갈수록 아픔은 점점 더 커졌다.

'나를 좋아했던 사람들마다 내가 따라갈 수 없는 곳으로 사라져 버리는 건 아닐까?'

자꾸만 드는 그런 생각에 지로의 마음은 더욱 쓸쓸해졌다. 아빠와 떨어져 마사키가에서 지내야 하는 자신의 처지도 새삼스레 돌이켜졌다.

수업시간 내내 그동안 누나와 함께 했던 즐거운 추억들이 눈앞에 펼쳐졌다. 또 앞으로도 자기를 좋아하는 사람과는 반드시 헤어질지 모른다는 불안감이 밀어닥쳐 어두운 땅속으로 빨려 들어가는 것도 같았다.

선생님은 칠판을 가리키며 열심히 수업 중이었지만, 뭐라고 하는 건지 하나도 귀에 들어오지 않았다. 지로의 눈은 선생님과 칠판에 고정되어 있긴 했지만, 실제로 눈에 보이는 풍경은 도쿄를 향해 달려가는 기차였다. 달리는 기차의 창문에 아름다운 하루코의 얼굴이 비쳤다. 그 얼굴은 순식간에 점이 되어 사라졌고, 눈앞은 다시 텅 빈 회색빛으로 물들었다. 그 회색빛을 뚫고 또다시 기차 한 대가 힘차게 달려왔다. 그리고 창문에는 어김없이 하루코의 얼굴이 어른거렸다.

종이 울리자 지로는 친구들과 함께 운동장으로 나가 함께 어울렸다. 그러지 않고서는 견딜 수가 없었다. 하지만 무슨 놀이를 하든 평소의 지로와는 달리 실수 연발이었다.

"지로, 오늘 왜 그래? 하려면 제대로 해야지."

친구들은 지로 때문에 재미가 없어졌다며 불평을 해 댔다. 지로는 친구들이 뭐라고 투덜대든 머리를 긁적이며 힘없는 웃음을 짓는 게 고작이었다.

류이치와는 하루 종일 말도 하지 않았다. 마지막 수업이 끝나고 교실을 나온 지로는 아이들의 눈을 피해 운동장 뒤쪽으로 향했다. 그곳은 나무그늘이 짙게 드리워져 있었는데, 지로는 쓰러지듯 그 그늘 아래 드러누웠다.

과자봉지

지로가 교문을 나선 것은 청소당번 아이들이 모두 돌아가고도 한참이 지난 뒤였다. 지로의 발길은 저도 모르게 아오키 의원으로 향했다. 따가운 햇살이 내리쬐는 흙길을 따라 지로는 아오키 의원까지 천천히 걸었다. 의원 앞에 도착하고서도 근처에서 꽤 오랫동안 꾸물거렸다.

아오키 의원의 현관문을 들어서면 바로 왼편에 약국이 있었다. 지로는 약국 문을 열고 하루코 누나에게 다가가 엉엉 울고 싶었다. 그러면 누나가 자기의 등을 가만히 쓰다듬어 주겠지. 그러나 자기가 들어가기 전에 누나가 먼저 알고 나와서 다정하게 맞이해 주었으면.

지로가 의원 문 앞에서 한참이나 서성였는데도 안에서는 아무런 인기척이 없었다. 의원 문을 살며시 밀고 안을 들여다보았다. 그날따라 환자도 없었는지 아무도 눈에 띄지 않았다. 지로는 도저히 약국 문을 열어 볼 용기가 나지 않아 일부러 복도 안쪽을 향해 "류이치!" 하고 큰 소리로 외쳤다. 하루코 누나가 약국 안에 있다면 나와 보겠지. 그러나 약국도 비어 있는 모양, 아무 반응이 없었다. 그 순간 지로는 묘하게도 누나가 없다는 사실에 긴장이 풀리면서 안도의 한숨이 새어 나오는 것이었다. 지로는 내 마음 나도 몰라, 될 대로 되라는 심정으로 약국 문 앞에 털썩 주저앉았다. 반짝이는 햇살 때문에 눈이 부셨다. 그로부터 오륙 분은 족히 지나서야 복도 안 쪽에서 인기척이 들렸다.

"어머, 지로 아냐? 오늘이 약 타러 오는 날이었던가?"

가벼운 발소리와 함께 하루코의 목소리가 들려왔다. 지로는 황급히 자리에서 일어났다. 가슴이 마구 두근거렸다.

"약 타러 온 거 아냐. 류이치 보러 왔어. 류이치, 집에 없어?"

"아냐, 조금 전에 왔어. 지로도 지금 학교에서 오는 길이야? 근데 무슨 일 있었어? 표정이 안 좋은데?"

"아니."

지로는 우물거리며 고개를 저었다. 하루코는 잠시 지로의 얼굴을 바라보다가 고개를 갸웃거리며 말했다.

"이 층에 올라가 있어. 류이치에게 왔다고 말할게."

지로는 왠지 하루코의 태도가 평소보다 서먹하게 느껴졌다. 곧 괜히 왔다는 후회도 밀려왔다. 이대로 가 버릴까. 아냐, 그럴 순 없지, 류이치만 잠깐 보고 가야지……, 지로는 갈팡질팡하는 마음으로 이 층으로 올라가지도 못하고 우두커니 서 있기만 했다.

그때 마침 류이치가 뛰어나왔다. 둘은 함께 이 층으로 올라갔다.

"학교에서 뭐 했어? 나올 때 보니 없던데?"

"그냥……."

"지로, 오늘 왜 그래? 학교에서부터 좀 이상했어."

"내가 뭘?"

"말해 봐. 내가 다 해결해 줄게."

류이치가 빙글빙글 웃으며 지로를 툭툭 건드렸다. 지로는 이러지도 저러지도 못하고 류이치의 손길을 막아 내기만 할 뿐이었다. 지로의 신경은 온통 하루코가 언제 간식을 가져올 것인가에만 쏠려 있었다. 평소 같으면 오 분도 채 안 돼서 간식을 갖고 오곤 하던 하루코가 아무리 기다려도 나타나지 않았다. 지로는 조바심이 났다. 류이치는 지로의 무덤덤한 반응에 김이 샌 듯 혼자 뒹굴며 놀기 시작했다. 지로는 괜스레 부아가 치밀어서 류이치를 발로 차 버리고 싶었다.

삼십 분 정도가 지나서야 하루코가 과자봉지를 안고 이층으로 올라왔다.

"오늘은 조금 볼일이 있어서 늦었다. 지금은 다 끝났어."

하루코는 지로를 바라보며 말했다.

"지로, 오늘 정말 무슨 일 있는 거 아냐? 학교 끝나면 곧장 집으로 가야 하잖아? 설마 어디 아픈 건 아니지? 얼굴도 안 좋아 보이고……, 혹시 또 누구랑 싸웠니?"

"아냐, 요샌 싸움 같은 거 안 해."

지로는 기분 나쁘다는 듯이 대답했다.

"그럼 어디 아픈 거야?"

"아니."

"다행이다. 그런데 오늘은 아무래도 좀 이상하네. 어머니 오신 후론 학교 끝나면 곧바로 집에 가곤 했잖아."

지로는 고개를 숙인 채 아무 말도 못했다.

"엄마가 걱정하시겠다. 오늘은 그냥 가는 게 좋겠어."

지로는 하루코의 얼굴을 쳐다보았다. 하루코가 야속하기만 했다. 답답해서 가슴이 터질 것 같았다. 금방이라도 울음이 터질 것도 같았다.

"아님 지금 집에 못 가는 사정이라도 생긴 거야? 그런 거라면 나한테 말해 봐. 누나가 뭐든 도와줄게."

지로는 평소와 달리 바보 같은 말만 되풀이하는 하루코가 미워져서 고개를 숙이고 말았다.

"너 오늘 진짜 이상하다. 계속 아무 말도 안 하고."

하루코가 한숨을 폭 내쉬었다. 그러더니 갑자기 지로의 어깨를 붙잡고 마구 흔들며 말했다.

"지로, 정말 왜 그러는 거야? 무슨 일 있음 말을 해야지, 아무 말 안 하면 누나가 모르잖아."

하루코는 화가 난 것처럼 보였다. 지로는 묵묵히 하루코의 손길에 몸을 내맡기고 있다가 불쑥 고개를 들었다. 하루코를 똑바로 쳐다보는 지로의 눈에 열기가 잔뜩 올라 있었다.

"누나, 도쿄 간다면서?"

지로가 내뱉었다.

"어머!"

이번에는 하루코의 얼굴이 새빨개졌다.

"류이치, 너 벌써 다 얘기했구나! 좋아, 앞으론 간식 같은 거 절대로 안 줄 거야!"

하루코가 소리치더니 지로 앞에 놓여 있던 과자봉지를 빼앗듯이 움켜쥐곤 아래층으로 내려가 버렸다.

"뭐야, 왜 갑자기 바보 같이 구는 거야? 도쿄 가는 걸 제일 좋아한 사람이 자기였으면서."

류이치는 하루코의 뒷모습을 보며 혼잣말처럼 투덜거리더니 지로를 보고 말했다.

"누나가 간식 안 줘도 괜찮아. 내가 가져오면 돼."

류이치가 계단을 내려갔다. 혼자 남게 된 지로는 잠시 동안 멀거니 앉아 있었다. 갑자기 불안감이 밀려왔다. 하루코를 화나게 만든 사람이 자기인 것 같아 마음이 불안해졌다.

'누나는 이제 날 만나 주지 않을 거야. 내가 싫어서라도 아주 먼 곳으로 떠나 버릴 거야.'

그런 생각이 들자 지로는 류이치가 간식거리를 가져올 때까지 기다리는 것조차 견딜 수가 없어졌다. 가슴을 쥐어뜯고 싶은 심정으로 비틀거리며 아래층으로 내려간 지로는 그대로 밖으로 뛰쳐나갔다.

외갓집에 도착해 별채로 들어간 지로는 청소당번이라 늦었다고 거짓말을 했다. 오타미와 외할머니도 그랬구나, 한

마디 했을 뿐 의심하는 것 같진 않았다. 지로는 누가 자기 얼굴을 보고 무슨 생각을 하는지 알아차릴까 두려워 서둘러 책상 앞에 앉아 책을 펼쳤다. 그러나 책장은 아무리 시간이 흘러도 계속 같은 자리였다.

하필이면 이튿날이 약을 타러 가는 날이었다. 지로는 아오키 의원에 가는 게 겁이 나면서도, 또 한편으로는 한시라도 빨리 가고 싶다는 생각에 조바심이 났다. 의원에 도착한 지로는 살며시 약국 안을 들여다보았다. 하루코 누나는 약국 안에 없었다. 그때 진료실 쪽에서 나지막하게 사람 목소리가 들리더니 잠시 후 슬리퍼 끄는 소리가 점점 가까워졌다. 하루코였다.

하루코는 지로를 발견하자 활짝 웃었다. 그 모습을 본 지로는 모든 걱정이 눈 녹듯 사라져 버리는 것 같았다. 지로도 마주 웃으며 괜히 약국 창문을 톡톡 두드렸다.

"그래, 잘 왔어. 어머니 약을 타 가야지? 조금만 기다려."

하루코가 먼저 약국 안으로 들어갔다. 지로는 엉거주춤 밖에 남았다.

"지로, 왜 안 들어오고 거기 서 있어?"

하루코의 목소리가 높게 울렸다. 지로는 뛸 듯이 기뻤지만 행여 그 마음을 들킬세라 조금 미적거린 다음에야 슬그머니 약국 안으로 들어갔다.

하루코는 커다란 유리병에서 붕대를 두 묶음 덜어 내고

몇 가지 도구를 챙겨 다시 나갔다. 나가면서 말없이 지로의 어깨를 한번 누르는 것이었다. 지로는 하늘을 붕붕 나는 기분으로 하루코가 다시 돌아올 때까지 약국 안을 서성거렸다. 시간이 참으로 느리게 흘렀다.

이십 분쯤 지났을 때 다시 슬리퍼 소리가 내면서 하루코가 돌아왔다.

"지로, 어젠 말도 하지 않고 돌아갔다며? 내가 화를 내서 그런 거지? 하지만 지로에게 화냈던 건 아냐."

하루코는 지로의 어깨에 가만히 손을 얹으며 말했다. 지로는 그런 게 아니라고, 뭐든 말하고 싶었지만 수많은 말들은 머릿속에서만 맴돌 뿐 한 마디도 진짜 말이 되어 입 밖으로 나오지 않았다.

하루코는 지로가 들고 온 약병에 조제한 약을 담기 시작했다. 지로는 하루코 누나의 몸짓을 물끄러미 바라보았다. 긴 손가락이 그려내는 부드러운 동선을 따라가다 보면 모든 걱정이 사라지는 것 같았다. 지로의 눈길을 느낀 하루코가 미소를 머금고 돌아보았다. 그렇게 일이 끝날 때까지 여러 번 눈길이 마주쳤으나 둘 다 말은 하지 않았다.

지로는 누나의 입에서 혹시라도 도쿄에 간다는 이야기가 나오는 건 아닐까 조마조마했다. 다행히 하루코는 도쿄에 대해선 한 마디도 꺼내지 않았다. 지로 역시 그 얘기는 하고 싶지 않았다.

이윽고 하루코가 약병을 건넸다. 지로는 그것을 받아들고 눈을 내리깐 채 잠시 머뭇거렸다. 그리고 느릿느릿 몸을 돌리고 한 발 두 발, 속으로 걸음을 세면서 방을 나갔다. 하루코가 지로를 따라 나왔다.

"지로, 내가 어머니 약을 지어 주는 건 오늘이 마지막이야."

지로가 우뚝, 걸음을 멈추고 고개를 돌려 하루코를 보았다. 하루코도 지로를 보고 있었다. 둘은 그렇게 한참 동안 서로 얼굴을 바라보며 말없이 서 있었다.

"도쿄엔…… 언제 갈 건데?"

지로가 마침내 물어보고야 말았다. 하루코는 약간 얼굴을 붉힌 채 대답했다.

"오륙일 내로 떠날 거야. 약국엔 내일부터 다른 사람이 오기로 돼 있어. 좋은 사람이니까 틀림없이 지로에게 잘 대해 줄 거야. 누나도 미리 부탁해 놓을게."

지로는 잠자코 몸을 돌려 의원 밖으로 걸어 나갔다. 뒤에서 팔짱을 낀 채 그 모습을 지켜보던 하루코가 다급히 불렀다.

"지로, 잠깐만!"

하루코는 집 안으로 뛰어 들어갔다. 잠시 후 숨을 할딱이며 나타난 하루코의 손에는 종이봉투 하나가 들려 있었다.

"오늘은 류이치 없으니까 이거 가져가서 먹어."

지로는 눈물이 나오려는 걸 간신히 참아 내며 도망치듯 달리기 시작했다. 오후의 햇살은 여전히 뜨겁게 지로의 머리 위로 쏟아졌다. 정신없이 강둑까지 달려간 지로는 황로 가로수 그늘을 발견하곤 쓰러지듯 드러누웠다. 하루코가 건네준 봉투를 가슴에 올려놓고 멍하니 푸른 하늘을 올려다보았다. 지로는 천천히 봉투를 뜯었다.

비스킷, 캐러멜, 초콜릿 같은 과자들이 지로의 가슴 위에 우수수 쏟아졌다. 더러는 땅으로 굴러 떨어졌다. 지로는 과자를 한 개씩 입안에 넣고는 하루코의 얼굴을 그려보았다.

지로는 가로수 그늘이 자기 몸을 완전히 비켜날 때까지 하루코가 건네준 마지막 선물을 천천히 삼키며 그렇게 누워 있었다. '심부름시켜도 절대 딴짓하지 않는 아이'라는 마사키가 사람들의 칭찬은 생각하고 싶지도 않았다.

세 번째 상처

여름축제

그 후로부터 류이치네가 도쿄로 떠나기 전까지 지로는 두 번 정도 더 약을 타러 갔다. 그러나 두 번 모두 하루코의 얼굴은 보지 못한 채 쓸쓸히 되돌아왔다. 이미 약국 일을 그만둔 하루코를 굳이 만나고 싶다는 말을 류이치에게 건네는 것이 못내 쑥스러웠다. 그래서 이 층 공부방에서 류이치와 놀다 보면 틀림없이 하루코가 나타나지 않을까도 생각해 보았지만, 그렇게까지 해서 하루코를 만나야 한다는 게 왠지 내키지 않아 아예 류이치조차 보지 않고 집으로 돌아와 버렸다. 집으로 돌아오는 길에 지로는 이런 생각을 했다.

'삼 일에 한 번씩 내가 약국에 들른다는 건 누나도 잘 알고 있어. 그리고 시간도 거의 똑같아. 누나는 벌써 그런 건 다 잊어버린 걸까? 잊어버리지 않았다면 왜 날 보러 오지 않았을까? 이제 나 같은 건 아무래도 상관없다는 뜻인지도 몰라. 벌써부터 그렇게 쉽게 잊어버린다면 도쿄로 시집간 후로는 아마 내 생각 같은 건 손톱만큼도 나지 않을 거야.'

류이치와 하루코가 도쿄에 갔다는 사실은 세 번째로 약을 타러 간 날 알게 되었다. 뜻밖에도 하루코는 편지 한 통을 약국에 남겨 두었다. 편지봉투엔 류이치와 하루코의 이름이 나란히 적혀 있었는데, 글씨는 하루코의 것이 틀림없었다.

> 잠시 동안 도쿄에 머물러야 할 것 같아. 그동안 어머니를 잘 보살펴드려. 장난치지 말고 우리가 선물 가져갈 때까지 기다리고 있어.

고작 두어 줄이 전부였지만 하루코가 자신에게 편지를 썼다는 사실만으로도 지로의 가슴은 터질 듯이 부풀어 올랐다.

'누나는 역시 날 잊어버리지 않았어!'

지로는 마음속으로 외치면서 엄마의 약이 다 지어질 때까지 몇 번이고 하루코의 편지를 읽고 또 읽었다. 그럼에도 불구하고 이제 약 심부름이 조금도 즐겁지 않았다.

그 무렵 마을의 여름축제가 서서히 다가오고 있었다. 매년 여름축제 때가 되면 강변에서 불꽃놀이가 성대히 치러졌는데, 아이들은 벌써부터 불꽃놀이를 준비하느라 정신이 없었다. 물론 불꽃놀이는 어른들의 잔치였지만, 아이들은 어떻게든 자기만의 폭죽을 만들기 위해 온 힘을 다했다. 하지만 아이들이 화약을 만지는 건 대단히 위험한 일이어서 부모님이나 마을 어른들에게 들키면 단단히 혼날 각오를 해야 했다. 그래도 대부분의 아이들은 어디서 어떻게 구했는지 어른들의 눈을 피해 화약을 만드는 데 필요한 초석과 유황 등을 책상 서랍에 소중하게 숨겨 놓고 축제를 기다리는 것이었다. 마사키가의 사촌형제들도 마찬가지였다.

마을 아이들 중에 폭죽 만들 준비를 하지 않은 아이는 아마도 지로뿐이었을 것이다. 평소의 지로라면 누구보다 열심히 그 일에 매달렸겠지만 이제 지로는 그럴 수가 없었다. 초석이나 유황을 구하려고 바쁘게 돌아다닐 시간이 없었고 또 그걸 감춰 두느라 온갖 신경을 쓸 마음의 여유가 없었다. 엄마를 보살펴 드리기 위해서는 시간에 맞춰 학교에서 돌아와야 했고, 또 되도록 별채 근처를 벗어나서도 안 되었다. 약심부름을 가서도 한눈팔지 않고 최대한 빨리 다녀와야 하는 것은 기본이었다.

그렇다고 지로의 속마음이 폭죽을 만드는 데 전혀 관심이 없었느냐 하면 꼭 그런 것은 아니었다. 지로 역시 누구보다 불꽃놀이를 좋아했고, 만에 하나 자기가 직접 폭죽을 만든다면 누구보다 멋지게 만들 자신이 있었다. 그래서 책상 앞에 앉아 공부를 하다가도 간혹 사촌들이 몰래 화약을 만들러 가는 모습을 발견하기라도 하면 가만히 앉아서 공부나

하는 자신의 처지가 못 견디게 괴로웠다. 특히 하루코가 도쿄로 떠난 후로는 마음이 텅 빈 것처럼 공허해져서 예전처럼 차분하게 지내기가 더욱 힘들었다.

하루코가 도쿄로 떠난 지 일주일쯤 되는 어느 날이었다. 지로가 평소처럼 책상 앞에 앉아 있는데, 뜰에 있던 세이키치가 발소리를 죽이며 지로에게 다가왔다.

"지로 형, 잠깐 이리 와 봐."

세이키치는 지로에게 몰래 손짓을 했다. 지로는 별다른 의심 없이 세이키치 쪽으로 갔다.

"이것 좀 봐. 우리 둘이 만들까?"

세이키치의 손엔 작은 봉지가 두 개 들려 있었다. 지로는 그걸 열어 보지 않고도 안에 뭐가 들어 있는지 알 것 같았다. 초석과 유황이 틀림없었다.

지로는 잠깐 망설이면서 주위를 둘러보았다. 엄마는 조용히 눈을 감고 있었다. 새하얀 이불 홑청에 앉아 있던 파리 한 마리가 엄마 얼굴 주변을 날아다니는 게 보였다. 그러자 엄마의 눈썹이 약간 찌푸려졌다. 외할머니도 낮잠을 주무시는지 얼굴에 부채를 올려놓은 채 꼼짝하지 않았다. 지로는 엄마와 외할머니가 잠든 것을 확인한 후 세이키치에게 소곤거렸다.

"어디서 할 건데?"

"석가산 뒤에서 할 거야. 올 거지?"

"응, 알았어. 좀 이따 갈게."

지로는 그렇게 대답하곤 턱을 치켜들어 세이키치에게 먼저 가 있으라는 시늉을 했다. 세이키치가 석가산 쪽으로 사라지자 지로는 다시 한 번 엄마를 훔쳐보았다. 그러고는 책상 위에 펼쳐 놓은 책들을 대강 정리하고 일부러 소리를 내며 툇마루 위를 조금 서성거렸다. 뜰로 내려간 지로는 이번에도 곧바로 석가산 쪽으로 가지 않고 휘파람을 불면서 별채 주위를 어슬렁거리면서 인기척을 냈다. 그런 다음에야 지로는 발소리를 죽이며 잽싸게 석가산 쪽으로 달려갔다.

석가산의 그늘

석가산 뒤쪽에는 세이키치가 준비해 놓은 테두리 달린 절구와 임시로 만든 막자, 신문지에 싼 뜬 숯 등이 펼쳐져 있었다. 둘은 곧 화약을 만들기 시작했다.

우선 초석을 절구에 넣어 막자로 곱게 으깬 다음, 똑같은 방법으로 유황도 갈아 으깼다. 으깬 초석과 유황은 따로따로 종이에 싸서 곁에 두고 이번에는 뜬 숯을 으깨기 시작했다. 그러나 숯은 초석과 유황에 비해 부피가 커서 잘 되지 않았다. 잘게 으깨려면 꽤 많은 시간이 걸릴 것 같았다. 지로와 세이키치는 번갈아 가며 막자를 돌리기로 했다. 한 명이 막자를 돌리는 동안 다른 한 명은 절구가 움직이지 않도록 테두리를 단단히 움켜쥐어야만 했다. 이내 땀방울이 두 아이의 이마에서 턱을 지나 구슬처럼 절구 속으로 떨어져 숯가루와 뒤섞였다.

이윽고 숯도 완전히 으깨져서 고운 가루가 되었다. 이제 그것들을 모두 한데 잘 섞기만 하면 화약이 되는 거였다. 지로는 종이에 싸 둔 초석과 유황가루를 절구에 부었다. 손가락으로 비벼 보니 조금 거친 느낌이 들었다. 아무래도 한 번 더 으깨야 할 것 같았다. 처음에는 지로가 막자를 잡고 있는 힘껏 용을 썼다. 숨을 헐떡거리며 지로가 막자를 세이키치에게 넘겼다. 지로는 세이키치가 으깨는 동안 두 손으로 절구를 단단히 붙들었다. 얼마나 더 으깨야 하는지 확인하기 위해 지로가 얼굴을 절구에 가까이 들이밀었다.

"이젠 됐어. 그만해. 이제 됐다니까."

그때 세이키치가 지로의 말을 듣고 중지했더라면 아무 일도 일어나지 않았을 것이다. 하지만 세이키치는 더 곱게 갈수록 좋은 화약이 된다는 걸 알고 있었기 때문에 지로가 말려도 좀처럼 그치지 않았다. 세이키치가 조금만 더, 이번이 마지막이야, 중얼거리며 있는 힘을 다해 막자 젓는 속도를 최대한으로 높였다.

바로 그때, 화약이 그만 폭발해 버렸다!

소리는 생각보다 크지 않았다. 절구 안에서 '펵' 하는 소리가 들렸을 뿐이었다. 언뜻 들으면 바람 빠지는 소리 같았다. 하지만 절구에 얼굴을 바싹 들이대고 있던 지로는 폭발과 동시에 비명을 지르며 풀밭에 나뒹굴었다.

"지로 형, 지로 형!"

세이키치가 억눌린 소리로 다급하게 지로를 불렀다. 잠시 후 지로가 천천히 고개를 들었다. 지로는 정신을 잃을 정도는 아니었지만 흙탕물 속에 가라앉은 듯한 느낌에 정신을 추스르기가 힘들었다.

간신히 눈을 떠 보니 담갈색으로 변한 절구 바닥은 텅 비어 있었고, 주위도 별다른 문제가 있는 것처럼 보이진 않았다. 지로는 다행이라 여기며 안도의 한숨을 내쉬었다.

그러나 곧이어 자기 얼굴이 어쩐지 이상하다고 느꼈다. 얼굴이 전체적으로 약간 굳어지면서 화끈거렸고, 눈을 깜박일 때마다 속눈썹이 눈동자를 찌르는 느낌이었다.

"내 얼굴, 어떻게 됐어?"

지로는 겁먹은 음성으로 세이키치에게 물었다. 세이키치도 아까부터 지로의 얼굴을 유심히 보고 있었다.

"응, 얼굴이 하얘졌어. 그리고 얼굴에서 자꾸 연기가 나."

지로는 손바닥으로 살며시 얼굴을 더듬어 보았다. 그렇게 심하진 않았지만, 꽤 따끔거렸다. 손바닥에 닿는 피부의 감촉이 어쩐지 미끈거리는 것 같았다.

"빨리 세수해!"

세이키치가 재촉했다. 지로는 고개를 내밀어 별채와 손님방을 살펴본 후 연못으로 달려갔다. 그러나 지로는 채 오 초도 지나지 않아 세이키치가 그 자리에 놀라 주저앉을 만큼 이상한 비명을 지르며 다시 석가산 쪽으로 되돌아왔다. 지로의 얼굴은 다랑어 회처럼 빨갛게 짓물러 있었다. 세이키치는 겁에 질린 눈으로 지로를 바라보며 자리에서 벌떡 일어섰다.

지로는 풀밭에 드러누워 연방 후후, 거친 숨을 내뱉었다. 이제는 얼굴 전체가 말 그대로 불에 덴 듯 화끈거렸지만 다른 사람한테 들킬까 봐 소리를 낼 수도 없었다. 그저 손발을 파닥거리며 고통을 참아 내는 수밖에 없었다. 옆에 있던 세이키치가 주춤주춤 뒷걸음질을 쳤다. 그렇게 몇 발짝 떨어진 곳에서 파랗게 질린 얼굴로 한동안 지로를 바라보던 세이키치가 별안간 찢어지는 듯한 소리를 내며 울기 시작했다. 그러고는 어디론가 쏜살같이 달려갔다.

잠시 후 오노부 이모가 허겁지겁 쫓아왔다. 오노부 이모는 쓰러져 누운 지로를 보자마자 아아악, 비명을 질렀다. 드디어 본격적인 소동이 시작된 것이다.

맨 먼저 석가산 가까이 있던 공장에서 그 비명소리를 들었다. 일하는 아저씨들이 한꺼번에 우르르 달려왔다. 조금 뒤엔 겐조 이모부가 뛰어왔다. 안채의 일하는 아주머니도 앞치마를 거머쥐고 뒤뚱뒤뚱 합류했다. 외할아버지도 종종걸음으로 쫓아왔다. 마지막으로 별채 툇마루에서 외할머니가 외쳤다.

"왜들 그래? 거기 무슨 일 있는 거야?"

외할머니의 애타는 목소리는 지로의 귀에까지 들렸다. 우왕좌왕, 시끌벅적, 지로는 눈을 감은 채 연방 신음소리를 내뱉으면서도 사람들이 주고받는 말소리를 구별해 들으려고 귀를 쫑긋거렸다.

"불효자식 같으니라구!"

지로는 누군가의 입에서, 특히 외할아버지 입에서 그런 말이 나오는 건 아닌지 걱정되어 견딜 수가 없었다. 화끈거리는 고통쯤은 아무것도 아니었다. 오직 그 말만 듣지 않았으면!

"뭣들 하고 있나! 애가 저 지경인데 빨리들 서둘지 않고! 상처가 너무 심한데, 아이구, 이 녀석을 어쩌나, 그래."

외할아버지의 다급한 음성이 들렸다. 겐조 이모부가 사람들에게 급히 뭐라고 지시하는 소리도 들렸다.

지로는 입은 상처 덕분에 야단이나 비난을 듣지 않고 무사히 넘어가는 것이 다행인 것만 같았다. 상처가 심했던 게 오히려 재수가 좋았다는 생각까지 들었다. 그만큼 지로는 불효자식이라는 소리를 듣는 게 두려웠던 것이다. 겐지 이모부가 지로를 안아 안채로 옮겼다. 별채에 붙어 있는 지로의 공부방으로 데려갔다가 다랑어 살코기처럼 벌겋게 부어오른 얼굴을 오타미에게 들킨다면 환자에게 좋을 게 하나도 없었기 때문이었다.

급한 대로 오노부 이모가 응급처치를 했다. 우선 계란 흰자를 상처에 바르고 물에 적신 종이를 그 위에 덧붙였다. 지로의 엄지손가락과 손바닥에도 제법 큰 화상이 나 있었다. 거기에도 계란 흰자를 발랐다.

외할머니가 곁에서 안타까운 눈길을 보내며 계속해서 중얼거렸다.

"아니, 어쩌다가, 아이구……, 이 일을 어째. 저기, 누구 오타미한테 좀 가 봐. 별일 아니라고 이르고, 얼굴에 흉이나 남지 않아야 할 텐데. 지로 이 불쌍한 녀석아, 아파도 조금만 참아라. 빨리 나아서 엄마 간호해야지……. 아이구, 가슴이야."

외할머니의 말은 화상의 아픔보다 더욱 아프게 지로의 가슴을 파고들었다.

지로의 눈물

아오키 선생이 달려온 것은 그로부터 한 시간가량 지났을 때였다. 아오키 선생은 지로의 상태를 찬찬히 살펴본 후 말했다.

"살갗에 화상을 좀 입었지만, 심하진 않아서 다행입니다. 걱정하실 필요는 없겠어요."

그러고는 조심스런 손길로 계란 흰자를 떼어 내고 조금 이상한 냄새가 나는 노란 약을 상처 위에 두껍게 발랐다. 그 위에 유산지 같은 종이를 덮은 다음 눈과 입만 남겨 두고 얼굴 전체를 붕대로 칭칭 감아 버렸다.

치료를 마친 아오키 선생이 지로에게 말했다.

"넌 정말 자주 다치는구나. 내가 널 치료한 것만 해도 이게 벌써 세 번째다. 하지만 이번에도 크게 다친 건 아니니까 염려할 필요는 없어. 한동안은 얼굴에 흉터가 남아서 좀 보기 싫겠지만 그것도 곧 없어질 거야. 그래도 울거나 하면 큰일 난다. 울면 그대로 얼굴이 비뚤어져서 평생 우는 얼굴로 살아야 돼, 이 녀석아. 하하하."

아오키 선생의 농담을 듣자 지로는 그때야 겨우 안심이 되었다. 옆에 있던 사람들도 모두 가슴을 쓸어 내렸다. 아오키 선생은, 조심은 해야겠지만 굳이 누워 있을 필요는 없다, 밥도 잘 먹고, 공부도 잘하라는 당부를 마치고 의원으로 돌아갔다. 외할머니는 지로가 일어나는 걸 극구 말렸다. 그래서 그날은 계속 누워 있기로 했다. 날이 저물 무렵에는 통증도 거의 사라졌다. 지로는 좀이 쑤셨지만 모든 사람들이 자기를 걱정해 주는 게 달콤해서 털고 일어나기가 좀 아까운 생각도 들었다. 그러면서도 엄마가 오늘 일을 알고 걱정을 하면 어쩌나 그게 가장 마음에 걸렸다. 가뜩이나 아픈 엄마한테 또 이런 걱정을 끼쳐서 엄마의 병이 악화되면 그건 정말 무엇으로도 씻을 수 없는 잘못이 아닐 수 없었다. 지로는 절로 한숨이 나왔다.

오노부 이모와 함께 계속 지로의 머리맡을 지키고 있던 세이키치가 오노부가 잠깐 자리를 비운 사이에 지로에게 조용히 말했다.

"지로 형, 많이 안 아파? 근데 나도 조금 다쳤어."

"그래? 어디 다쳤는데?"

"여기."

세이키치가 오른손을 내밀었다. 새끼손가락부터 손목 언저리까지 살갗이 발갛게 부풀어 있었다.

"아파?"

"응, 조금 쓰라려."

"그럼 내 약 발라."

지로는 머리맡에 있는 노란 약을 가리키며 말했다.

"정말 발라도 돼?"

"뭐 어때. 빨리 발라."

세이키치는 나쁜 짓이라도 하는 것처럼 주위를 한 번 휘둘러본 후 허겁지겁 약을 발랐다. 그 모습을 보던 지로는 조금 수상한 생각이 들어 물었다.

"누가 또 야단쳤어?"

"아니, 하지만 좀 있으면 엄마가 야단칠 거야."

"야단치면 내가 다 잘못한 거라고 말해."

"정말 그렇게 말해도 돼?"

"응, 난 괜찮아."

지로는 대수롭지 않다는 듯 말했다. 어차피 일은 벌어졌고, 어른들은 입을 모아 그만하기 다행이라며 자기를 야단칠 생각을 않는 것 같았으니 세이키치의 잘못도 자기가 대신 뒤집어쓰기만 하면 모두들 봐 주지 않을까 싶었던 것이다. 하지만 퍼뜩 외할아버지를 떠올린 지로는 다시금 걱정이 되기 시작했다.

'맞아, 외할아버지는 아직 아무 말씀 없으셨어…….'

생각이 거기에 미치자 지로는 세이키치를 상대로 노닥거리고 싶은 마음이 사라졌다. 지로는 눈을 감은 채 외할아버지가 자기에게 무슨 말을 하게 될지 곰곰 생각해 보았다.

이튿날 지로는 외할아버지가 신경이 쓰여서 더 이상 누워 있을 수가 없었다. 자리에서 일어난 지로는 외할아버지 눈에 띌 만한 곳을 골라 돌아다녔다. 하지만 외할아버지는 지로를 보고도 부르거나, 아는 척하지 않았다. 흘낏 쳐다보고는 곧 시선을 다른 데로 돌려 버렸다. 아무래도 지로와는 이야기하지 않겠다는 뜻인 것 같았다. 지로는 외할아버지가 알은 체해 주기만 한다면 어떤 꾸지람을 듣더라도 상관없다는 생각까지 들었지만 희망사항일 뿐이었다.

지로는 크게 낙심하여 별채 쪽으로 걸음을 돌렸다. 별채에서 엄마를 보는 것도 단단한 각오와 용기가 필요했지만 더 미룰 수는 없는 일이었다. 그런데 오타미는 붕대를 칭칭 감은 지로를 안쓰러운 듯 바라보기만 할 뿐, 한 마디도 야단치거나 잔소리를 하지 않았다. 그저 안타까운 시선으로 지로를 바라보다가 조용히 한숨을 쉬며 눈길을 다른 곳으로 돌렸다.

"거기 앉아."

외할머니가 부드러운 목소리로 말했다. 지로는 다다미 위에 무릎을 꿇고 앉았다.

"그 정도로 끝났기에 망정이지 눈이라도 다쳤으면 어쩔 뻔했어. 앞으로 폭죽 같은 건 두 번 다시 만들면 안 돼."

지로는 순순히 고개를 끄덕였다.

"외할아버지껜 잘못했다고 빌었어?"

"아니."

지로는 외할머니의 얼굴을 슬쩍 보고는 다시 고개를 숙였다. 외할머니는 잠자코 오타미와 시선을 주고받았다. 오타미가 지로를 향해 고개를 돌리고 처연한 눈길로 한참 동안이나 지로를 바라보았다. 무슨 할 말이 있는게 분명해 보였다. 그러나 오타미는 여전히 말없이 한숨만 내쉬었다. 엄마의 말을 기다리고 있던 지로는 바로 그 순간에야 비로소 모든 상황을 확연히 알아차렸다.

'그래, 외할아버지는 내가 스스로 잘못했다고 말하기 전까지는 나한테 아무 말씀도 안 하시려는 거야!'

지로는 더 이상 우물쭈물할 수가 없었다. 하지만 자리에서 일어나기까지에는 약간의 시간이 더 필요했다. 지금까지 누가 먼저 잘못했다고 야단치기 전에는 한 번도 자기가 먼저 용서를 구한 적이 없었던 지로였던지라 먼저 용서를 비는 일이 엄청나게 쑥스러웠던 것이다.

마침내 결심한 듯 자리를 박차고 일어난 지로는 곧장 외할아버지를 찾아나섰다. 멀리 갈 것도 없이, 외할아버지는 손님방 툇마루에서 겐조 이모부와 이야기를 나누고 있었다. 지로는 조심스레 외할아버지 뒤로 다가가 무릎을 꿇고 앉았다. 속으로 미리 여러 번 연습을 했는데도 쉽게 말이 나오지 않았다. 외할아버지는 그래, 이 녀석이 어쩌나 보자, 하듯이 그저 기다리고만 있었다. 지로는 연습한 말을 하려고 끙끙, 용을 쓰다가 결국 말은 못하고 다다미에 손을 짚고는 꾸뻑 절을 하고 말았다. 그때서야 외할아버지는 빙그레 웃는 것이었다.

"흐음, 지로가 웬 일로 절을 다 하나?"

"……."

"허허, 말을 해야 알지, 그러고 있으면 누가 알겠어."

"으으…… 저…… 할아버지……."

할아버지는 여전히 미소를 띤 채 지로를 그윽이 바라보다가 천천히 말했다.

"그래, 잘못했다는 말을 하려고 온 게지? 그럼 된 거다.

먼저 용서를 구할 마음을 먹는다는 건 그만큼 어려운 거야. 하지만 그런 용기를 내지 못하면 훌륭한 사람이 될 수 없단다. 어떠냐, 네가 이렇게 먼저 용서를 비니까 너도 마음이 편하지?"

지로의 눈에선 그새 눈물이 터져 붕대를 적시고 있었다.

"울지 마라. 울면 얼굴 비뚤어진다고 의사 선생님이 그러지 않았어? 비뚤어진 얼굴로는 장가도 못 가, 이 녀석아. 허허허."

외할아버지를 따라 겐조 이모부도 큰 소리로 웃기 시작했다. 지로는 여전히 고개를 숙인 채 훌쩍거리기만 했다.

불청객

마음에 걸리는 일

여름방학도 거의 끝나갈 무렵에야 지로는 붕대를 완전히 풀 수 있었다. 코끝과 뺨 한쪽에만 며칠 더 약을 바르면 상처는 모두 아물 것 같았다. 그러나 붕대를 푼 지로의 얼굴은 자신이 보기에도 무척 흉해 보였다. 새살이 돋은 자리는 마치 얼룩이 진 것처럼 번들거렸고 눈썹 근처는 밋밋하게 털이 다 빠져 있었다.

얼굴에 그다지 신경을 쓰지 않는 지로도 흉터가 남은 얼굴이 마음에 걸렸는지 하루에도 몇 번씩 오노부 이모의 방에 몰래 들어가서는 경대 앞에 앉아 자기 얼굴을 바라보곤 했다. 얼마 안 남은 약도 열심히 발랐다. 하지만 그런 얼룩은 약이 문제가 아니라 시간이 가야 해결될 문제였다. 지로는 거울에 비치는 자기 얼굴을 보면서 날마다 한숨을 푹푹 내쉬었다.

'여름방학도 얼마 안 남았는데 그때까지 얼굴이 이 모양이면 어쩌지? 다 안 나으면 붕대를 감고 학교 다닐 거야. 아니야, 붕대를 감고 가면 더 우습게 보일 텐데…….'

지로가 화상의 상처 때문에 심란해 있는 동안 도쿄에 가 있는 류이치는 나날이 즐거운 듯 몇 번 편지를 보내왔다. 대부분 도쿄 명소가 그려진 엽서였는데, 그런 곳을 구경 다닌 걸 자랑이라도 하는 듯했다. 엽서에는 괴발개발 교이치의 서툰 글씨로 몇 줄 설명도 덧붙여져 있었다. 그러던 어느 날 또 한 통의 편지가 도착했는데 이번에는 하루코의 깨끗한 글씨가 선명한 엽서였다.

> 어젯밤에는 지로가 심하게 장난치는 꿈을 꿨어. 꿈속에선 무척 놀랐지만, 깨고 난 다음엔 꿈이어서 얼마나 다행인지 모르겠다고 안심했단다. 류이치와 함께 곧 돌아가게 될 것 같아. 요즘은 지로에게 어떤 선물을 사 갈까만 궁리하고 있어.

지로는 하루코의 엽서를 받고서 보기 흉하게 얼룩이 진 자신의 얼굴이 너무나 창피했다. 괜한 짓을 하다 다친 것을 그때처럼 후회해 본 적도 없었다. 하지만 어쨌든 하루코의 엽서가 지로에게 크나큰 위로가 되었음은 분명했다.

지로의 상처가 점점 더 나아지는 것과는 달리 오타미의

병세는 날이 갈수록 나빠져 갔다. 지로는 점점 기력을 잃어 가는 엄마를 볼 때마다 불안하고 초조해지는 마음을 견딜 수 없었다. 거기다 아빠 슌스케의 이해 못 할 행동도 지로의 마음을 안타깝게 했다.

오타미가 마사키가에 온 후로 슌스케는 일주일에 한 번씩은 반드시 오타미를 보기 위해 먼 길을 달려오곤 했다. 그러나 무슨 이유에선지 할머니나 교이치, 슌조와 함께 오는 일은 좀처럼 없었다. 할머니는 그렇다 치더라도 교이치와 슌조까지 데려오지 않는 건 도저히 이해가 안 되는 일이어서 지로는 은근히 아빠에게 불만을 느끼고 있었다. 아빠가 올 때마다 교이치와 슌조는 왜 안 데려왔느냐고 물으면 슌스케는 언제나 같은 대답만 되풀이했다.

"어……, 여름방학 시작하면 그때 데려올게."

그리고 농담처럼 또 이런 말도 덧붙였다.

"너희 셋이 모여서 싸울지도 모르는데, 그렇게 되면 엄마의 병만 더 나빠지는 거 아냐?"

지로는 그 말이 농담이라는 걸 알고는 있었지만, 그래도 화가 나는 건 어쩔 수 없었다. 슌스케가 그런 농담을 할 때마다 지로는 속으로 생각했다.

'아빠는 내가 요즘에 어떤 심정인지도 모르면서 농담이나 하고……. 하여튼 좋아. 교이치 형과 슌조만 만나면 그 이유를 알 수 있겠지.'

그러나 여름방학이 시작된 후에도 슌스케는 여전히 혼자만 왔다. 방학 시작되고 난 후 처음으로 슌스케가 왔을 때, 지로는 아빠가 또 혼자인 걸 알고는 정말 실망이 컸다. 그때도 슌스케는 어설프게 둘러댔다.

"오늘은 할머니 때문에 그래. 감기에 걸려서 누워 계시거든……."

하지만 그다음 번에도 아빠는 혼자였다. 지로는 따지듯이 물었다.

"할머니 아직도 감기 다 안 나았어요?"

슌스케는 당황한 듯 횡설수설했다.

"오늘은 아빠가 다른 데 들를 데가 있어서 어쩔 수 없었어. 다음엔 꼭 데려올게."

지로가 믿을 수 없다는 표정을 짓고 있자, 옆에 있던 외할머니가 말했다.

"다음엔 꼭 애들도 데려오게. 오타미가 저렇게 보고 싶어 하는데, 정 사정이 안 되면 당일치기라도 하면 될 것 아닌가. 애들 보고 싶어 하는 오타미를 생각하면 내 마음이 말이 아니라네."

"네, 알겠습니다. 다음엔 틀림없이 데려올게요. 그땐 며칠 있다 가도록 하지요."

그날 지로는 아빠가 굳이 혼자만 발걸음을 하는 데는 반드시 무슨 사연이 있을 거라는 생각을 지울 수 없었다.

공교롭게도 지로가 화상을 입은 것은 아빠가 다녀간 바로 그다음 날이었다. 그 때문에 며칠간은 지로도 정신이 없었고 또 그다음 며칠간은 화상을 입게 된 연유를 아빠가 알면 크게 실망하지 않을까, 흉하게 얼룩이 져 버린 얼굴을 보고는 다들 어떻게 생각할까 하는 걱정에 식구들을 만나는 게 오히려 부담스러웠던 게 사실이었다.

그날도 지로는 오노부 이모의 경대 앞에서 얼굴 구석구석을 뜯어보며 한숨을 내쉬고 있는데 밖에서 세이키치가 외치는 소리가 들렸다.

"지로 형, 왔어! 교이치 형하고 슌조 왔어!"

지로는 황급히 거울 앞에서 몸을 돌렸다. 하필이면 이럴 때, 싶은 것도 잠깐. 어차피 알게 될 거, 지로는 용기를 내어 손님방으로 건너갔다. 방 안에는 외할아버지와 오노부 이모가 아빠와 함께 이야기를 나누고 있었다. 그 옆에는 교이치와 슌조가 앉아 있었다.

지로의 얼굴을 본 세 사람이 깜짝 놀란 것은 두말할 필요도 없다. 오노부 이모가 화상을 입게 된 경위를 자세히 이야기했다. 얘기를 다 들은 슌스케가 머리를 긁적이며 말했다.

"이 녀석은 아직도 이렇게 말썽만 부리니……. 걱정만 끼쳐서 정말 죄송합니다."

외할아버지는 새삼 재미있다는 듯 지로를 보며 빙그레 웃었다.

"아냐, 혼난 건 지로뿐이고 다른 식구들은 아무 일도 없었어. 지로도 그걸 아니까 장난을 쳤을 거야. 그렇지, 지로? 하하하!"

슌스케도 따라 웃다가 이내 표정이 굳어졌다.

"집사람이 이만저만 걱정한 게 아닐 텐데……."

"사실 좀 난처했지. 그렇다고 숨길 수 있는 일도 아니고 해서……."

"집사람이 많이 놀랐겠군요. 환자한테는 좋을 리가 없을 텐데……."

"뭐 꼭 그 일 때문은 아니고, 의사 말로는 요새 날씨가 더워서 환자가 좀 힘들 거라네."

외할아버지는 갑자기 말을 얼버무리며 지로를 슬쩍 건너다보았다. 지로는 외할아버지와 눈이 마주치자 저도 모르게 고개를 떨구었다. 잠깐 동안 침묵이 흘렀다. 슌스케가 그 침묵을 흩어 버리듯 말했다.

"지로, 교이치랑 슌조 데리고 엄마한테 가 봐."

하기 싫은 일

슌스케도 곧 아이들을 뒤따라가서 잠시 오타미를 들여다보곤 다시 손님방으로 건너가 외할아버지와 단둘이 오랫동안 애기를 나눴다. 그리고 저녁이 되자 슌스케는 교이치와 슌조를 남겨둔 채 혼자 읍내로 돌아갔다.

교이치와 슌조는 외갓집을 지로만큼은 좋아하지 않았다. 게다가 아빠가 돌아가 버리자 어쩐지 의기소침해하는 것 같았다. 그래서였는지 계속 지로 뒤만 졸졸 따라다니는 것이었다. 평소 같았으면 교이치와 슌조가 자기 뒤만 따라다니는 것을 자랑이라도 하듯 우쭐거릴 지로였다. 마치 자기가 삼형제 중 맏이인 양 행동했을 게 뻔한 일인데도 그날은 어쩐 일인지 먼 곳을 바라보며 멍하니 서 있기 일쑤였다. 아무래도 낮에 외할아버지가 했던 이야기가 마음에 걸리는 모양이었다.

지로가 화상을 입은 후로 아오키 의원에 심부름을 가는 것은 당연히 사촌들의 몫이 되었다. 처음에는 지로도 그걸 당연하게 생각했다. 거기다가 어차피 더 이상 하루코를 만날 수도 없는 심부름, 흥도 나지 않아서 지로는 상처가 거의 아물고서도 그 심부름을 자기가 다시 하겠다는 말을 먼저 하지 않았다. 하지만 외할아버지의 말을 들은 후부터 사촌들이 자기를 대신해 엄마의 약을 타 오는 게 마음에 걸리기 시작했다.

'엄마를 간호하는 건 모두 외할머니가 맡고 있어. 기껏해야 약 타 오는 심부름이 엄마를 위해 내가 하는 일의 전부였어. 그런데 지금은 그런 심부름조차 안 하고 있다. 그런 주제에 교이치 형이나 슌조에게 여태껏 내가 엄마를 돌봐

왔다고 말할 수 있을까?'

그런 생각을 하면 교이치와 슌조에게 몹시 미안한 마음이 들었다. 하지만 교이치와 슌조를 보고 엄마가 기뻐하는 모습을 보며 그나마 다행이라고 위안을 삼기로 했다. 그도 그럴 것이 오타미는 형제 셋이 곁방에 나란히 앉아 책을 읽거나 마당에 물을 뿌리는 일을 도우며 재잘대는 것을 보면서 그 어느 때보다 행복한 표정을 지었으니까.

그런데 교이치와 슌조가 온 지 사흘째 되는 날 그런 평화는 깨지고 말았다. 그날 정오쯤에 기별도 없이 할머니가 찾아온 것이다. 지로는 물론이고 마사키가 사람들도 갑작스런 할머니의 방문에 깜짝 놀랐다. 할머니는 오노부 이모의 안내를 받아 별채로 들어섰는데, 외할머니를 보더니 자리에 앉기도 전에 주절주절 말을 늘어놓기 시작했다. 자리에 앉은 후에도 다른 사람이야 듣든 말든 혼자 떠들어 대는 것이었다. 할머니의 이야기는 주로 병든 오타미로도 모자라 지로까지 마사키가에 맡길 수밖에 없었던 자신의 처지에 대한 한탄과 사돈댁에 폐를 끼쳐 죄송하다는 내용이 대부분이었다. 그리고 끝에 가서는 자기가 지금까지 한 번도 오지 못한 데 대한 변명을 늘어놓았다. 할머니는 끝도 없이 반복되는 이야기 중간중간 오타미의 얼굴을 한 번씩 쳐다보고는, "어멈도 모든 걸 다 알고 있지만……."이라든가, "어멈의 마음은 나도 잘 알고 있지만……." 하는 식으로 자기와 오타미는 언제나 마음이 통한다는 것을 특히나 강조하고 싶어 했다.

"이 모든 게 슌스케가 못나서 생긴 일입니다. 아무리 가난해도 가족이라면 한 지붕 밑에 살아야 마음이 편한 텐데, 이렇게 멀리 떨어져 있다 보면 언제 무슨 일이 일어날까 마음이 조마조마해요. 요즘은 매일 밤 꿈에 어멈과 지로가 나타날 정도지요."

가뜩이나 말이 많은 할머니는 지로가 나타나자 마치 타는 불에 기름을 끼얹은 듯, 더욱 큰 소리로 떠들어 댔다.

일단 할머니는 지로의 얼굴을 보자마자 마치 도깨비라도 만난 듯이 비명부터 질렀다. 외할머니로부터 대충 이야기를 듣는 동안에도 잠시도 가만있지 못하고 눈을 휘둥그레 뜨거나, 미간을 찌푸렸다. 또 땅이 꺼져라 한숨을 쉬며 주먹으로 가슴을 콩콩 쳤다. 그뿐만 아니었다. 뒤로 몸을 한껏 젖히면서 "저런, 저런!", "에구머니나!" 따위의 추임새를 넣는 걸 빠뜨리지 않았다. 그러고는 싸늘한 곁눈질로 지로를 노려보는 것이었다. 외할머니의 이야기가 끝나기 무섭게 할머니가 지로에게 소리쳤다.

"너야말로 세상에 보기 드문 불효자구나! 엄마 병이 저렇게 심해진 것도 다 너 때문이야! 그 꼴로 엄마를 간호하겠다고?"

지로는 할머니가 왔다는 소리를 들었을 때부터 잔소리를

각오했기에 아무리 심한 말을 들어도 당황하지 않았다. 그러나 문제는 그다음에 벌어졌다. 할머니는 지로가 불효자라는 소리를 듣고도 태연히 앉아 있자 지로가 대여섯 살 때 저질렀던 일부터 시작해서 오늘날까지 있었던 일들을 하나하나 시시콜콜 들춰내는 것이었다. 할머니의 이야기 중에는 지로가 전혀 기억하지 못하는 일도 있었다. 또 기억하고 있는 일도 사실을 과장해서 어떻게든 지로를 못된 아이로 몰아세우려는 의도가 분명하게 느껴졌다. 무엇보다 지로가 견딜 수 없었던 건 말끝마다 오하마에 대한 악담을 서슴지 않는다는 점이었다. 지로는 화가 나서 견딜 수가 없었지만, 끝까지 참아 냈다.

한바탕 잔소리의 소낙비가 내리다가 잠깐 주춤할 때였다. 오노부 이모가 기회라도 노린 듯 식사 준비가 다 되었다고 알렸다. 외할머니도 마침 잘되었구나, 서둘러 자리에서 일어났다.

"그만 점심이나 드시러 가시지요. 먼 길 오시느라 시장하실 텐데……."

그리고 아이들에게도 재촉하듯 말했다.

"자, 너희들도 얼른 가서 밥 먹자. 오늘은 할머니하고 같이 먹게 돼서 좋겠구나."

그러자 지로가 퉁명스레 내뱉었다.

"난 나중에 먹을래요."

"왜?"

"엄마 옆에 아무도 없잖아요."

"아, 그렇구나. 그럼……."

외할머니는 할머니와 지로를 쳐다보며 잠시 생각하다가 가볍게 말했다.

"지로가 기특하구나. 그럼 오늘은 내가 지로보다 먼저 먹어야겠네."

그러자 교이치가 불쑥 말했다.

"저도 나중에 지로랑 같이 먹을게요."

슌조도 빠질세라 나중에 먹겠다고 나섰다.

"호호호, 잘 됐네. 그럼 셋이서 엄마 좀 잘 간호해 드리고 있거라."

외할머니는 웃으면서 할머니의 등을 떠밀며 별채를 나갔다. 지로는 보지 않고도 할머니의 표정이 어떻게 일그러졌는지 알 수 있을 것 같았다. 두 할머니의 발소리가 멀어지자 지로는 엄마 곁으로 다가앉았다. 교이치와 슌조도 나란히 오타미 곁에 앉았다. 오타미는 세 아이의 얼굴을 흐뭇하게 바라보았다.

"정말 고맙다. 너희 세 형제가 이렇게 사이좋게 앉아 있는 걸 보니까 엄만 금방이라도 병이 다 나을 것만 같아."

오타미는 힘들게 손을 들어 화상 자국이 남아 있는 지로의 얼굴을 가만히 쓰다듬었다. 지로가 엄마의 손을 마주 잡았다.

"방금 할머니한테 야단맞아서 기분 나빴지? 그래도 잘 참았어. 엄만 정말 지로한테 감탄했어. 앞으로도 할머니가 뭐라고 하시든 오늘처럼 참는 거야."

엄마의 말에 지로는 와락 눈시울이 뜨거워졌다.

엄마의 말씀

할머니는 식사를 마친 후 다시 오타미가 누워 있는 별채로 돌아와 외할머니를 상대로 신세 한탄을 늘어놓았다. 벽시계가 세 시를 알리자 그때서야 할머니는 겨우 말을 멈추었다.

"저런, 벌써 시간이 이렇게 됐구나!"

그러면서 무척 하기 어려운 말이기라도 한 듯이 느리게 말했다.

"저도 자주 찾아와 어멈을 돌봐야 하는데, 아시다시피 제가 집을 비우면 살림을 할 사람이 없어서……, 오늘은 이만 가 봐야겠습니다."

오타미와 외할머니는 한시름 덜었다는 표정으로 서로 눈길을 주고받았다. 그러나 할머니는 가 봐야겠다고 말은 하면서도 좀처럼 일어날 기색이 없더니 별안간 곁방에 있는 아이들을 불렀다.

"가뜩이나 환자도 있는데 아이들까지 여럿 신세를 지다 보면 오히려 어멈에게 좋지 않을 것 같아요. 여기까지 온 김에 그만 데려가야 할 것 같습니다. 지로도 어지간히 상처가 나았으니 함께 데려가지요."

할머니의 말을 들은 지로는 자기도 모르게 '흥' 하고 콧방귀를 뀌었다. 외할머니가 눈길은 오타미에게 준 채 대답했다.

"아이들이 몇 명 더 있다고 해서 귀찮을 게 뭐 있나요. 에미도 이렇게 아이들 얼굴을 보니까 한결 몸이 가볍다고 얼마나 좋아했는데요."

"예, 예, 그야 그럴 수도 있겠지만, 저로서는 염치없이 이렇게 몰려다니는 게 여간 괴로운 일이 아니에요. 아이들도 여기서 눌러 지내는 것보다 읍내에서 왔다 갔다 하는 편이 더 나을 것 같습니다."

"어쨌든 저희야 상관없습니다."

"저도 그렇고, 슌스케도 늘 감사하게 생각하고는 있지만, 아무래도 이웃 사람들 눈초리도 있고 해서……."

"이웃이 어떻게 보든 그런 게 무슨 상관이겠어요? 이웃들 눈치가 그렇게 신경 쓰인다면 오타미를 저희 집에 맡기는 것부터 다시 생각해 봐야죠."

그 말을 들은 할머니의 얼굴에 당황하는 기색이 확연히 드러났다. 할머니는 더 이상 대답을 하지 못하고 입을 다물어 버렸다. 외할머니는 공연히 그런 말을 했다고 후회했지만 이미 주워 담을 수 없는 노릇이었다.

방 안 분위기가 썰렁해지면서 누구 한 사람 먼저 입을 떼려고 하지 않았다. 뜰에서 매미만 시끄럽게 혼자 울고 있었다. 그때 오타미가 옆방으로 고개를 돌리더니 힘없는 목소리로 아이들을 불렀다.

“교이치……, 잠깐만 이쪽으로……, 슌조도 같이…….”

두 아이가 곁으로 다가오는 것을 기다렸다가 오타미가 말했다.

“할머니가 읍내로 가신다니까 오늘은 둘이 할머니를 모시고 가. 다음에 다시 오면 되니까.”

말을 마친 오타미는 힘겨운 듯 눈을 감았는데, 눈꺼풀이 약간 떨리고 있었다. 교이치와 슌조는 대답 대신 서로 얼굴만 마주보았다. 엄마 곁에서 더 머물고 싶은 마음이 얼굴에 고스란히 드러나 있었다. 그러나 할머니는 손자들의 마음은 아랑곳없었다.

“어멈도 저렇게 말하니까 오늘은 이만 가 보도록 하겠습니다. 자, 교이치, 슌조, 빨리 서둘러라. 일찍 가지 않으면 아빠가 걱정하실 거야. 이번엔 이틀 밤만 자고 오라고 했단다.”

할머니는 오타미에게 몸조리 잘하라는 당부를 장황하게 한 다음, 지나치다 싶을 만큼 공손한 말투로 외할머니에게 인사를 하고는 드디어 자리에서 일어섰다. 교이치와 슌조도 어쩔 수 없이 할머니를 따라 나섰다.

지로는 그때까지도 혼자 곁방 책상에 기댄 채 앉아 있었는데 할머니의 발소리가 곁방 앞 복도를 지나가는 줄 뻔히 알면서도 꼼짝하지 않았다. 할머니도 언짢은 눈길로 지로를 한번 흘겨보곤 그대로 지나쳤다.

"지로, 잘 있어. 또 올게."

"지로 형, 다음엔 아빠한테 미리 말하고 여러 밤 자고 갈게."

교이치와 슌조가 차례로 작별인사를 건넸다. 그러나 지로는 응, 응 건성으로 대답할 뿐, 대문까지 배웅하러 나갈 생각도 없어 보였다.

발소리가 멀어지자 지로의 눈길은 자연히 별채로 옮겨졌다. 오타미도 쑥 꺼진 눈길로 지로를 보고 있었다. 지로는 엄마의 눈 속으로 빨려 들어가듯 별채로 건너가 머리맡에 앉았다.

"엄마, 뭐 시킬 거라도 있어?"

"아니, 아무것도 없어."

오타미는 그렇게 대답하곤 눈을 감았다. 곧이어 눈가에 작은 진주처럼 빛나는 눈물이 맺히더니 야윈 뺨을 타고 주르르 흘러내렸다.

"엄마, 왜 울어?"

"아무것도 아냐."

오타미는 눈을 꼭 감은 채 대답했다. 그러다가 다시 눈을 뜨고 지로를 바라보며 희미하게 미소 지었다.

"우리 지로만 언제든지 엄마 곁에 있어 주네."

오타미의 목소리는 낮고도 쓸쓸했다. 하지만 지로의 귀에는 엄마의 그 작은 목소리가 고함처럼 크게 울렸다. 오하마나 하루코한테서도 느껴 본 적이 없는, 애틋하고 감미롭고 엄숙하고 거역할 수 없는, 이상한 울림으로 가슴을 뒤흔드는 그런 목소리였다.

지로는 눈조차 깜빡이지 않고 엄마의 얼굴을 뚫어져라 바라보다가 갑자기 두 손으로 얼굴을 가리고 띄엄띄엄 중얼거렸다.

"하지만 난 교이치 형이나 슌조보다 나쁜 아이잖아."

"왜 그런 말을 하니……?"

지로는 숨이 막혀 목소리가 잘 나오지 않았다.

"난…… 난……, 다 알아. 괜히 쓸데없이 장난치다 화상이나 입고, 엄마한테 걱정만 끼쳤어……. 엄만…… 나 때문에…… 더 나빠진 거야."

"지로!"

오타미도 목이 메었다.

"지로야, 엄마도 네가 다쳤을 땐 정말 놀랐어. 하지만 네가 상처 입은 데는 얼굴뿐이잖니. 얼굴은 좀 흉해졌지만 그

대신, 마음은 더 깨끗해졌잖아. 그래서 엄만 지로가 다쳐도 걱정하지 않았어. 엄만 깨끗해진 지로의 마음이 세상에서 제일 좋아. 엄마 병엔 착해진 지로의 마음이 제일 좋은 약이란다. 그러니까 조금도 걱정하지 마."

지로는 더 이상 할 말이 없어졌다. 아무 말도 못하고 계속 흐느끼기만 했다. 그렇게 울고 있는 동안 가슴속 깊은 곳에서 엄마를 사랑하는 마음이 샘물처럼 솟아올랐다. 이제 다른 사람의 칭찬 따위는 필요 없을 것 같았다. 설령 두 번 다시 다른 사람들로부터 칭찬을 받지 못하더라도 서운할 것 같지 않았다. 엄마만 곁에 있어 준다면 모든 게 잘될 것 같았다. 엄마를 통해 그런 기분을 느끼게 된 것은 지로에게 난생 처음 있는 일이었다.

잊을 수 없는 날

지로의 편지

이윽고 다시 새 학기가 시작되었다. 하지만 지로는 당분간 학교를 쉬기로 했다. 화상 흉터 때문이 아니었다. 주위의 간절한 염원에도 불구하고 오타미의 생명이 조금씩 꺼져가고 있었기 때문이었다.

지로는 학교를 쉬는 동안 친구들보다 성적이 떨어질 거라는 생각은 하지 않았다. 나중에 조금 더 열심히 공부하면 언제든 따라갈 수 있다는 자신감이 있었다. 여름방학이 끝나기 이틀 전쯤 왕진을 온 아오키 선생이 도쿄에서 가져온 선물이라며 유리로 만든 사자 조각상을 지로에게 전해 주었다. 지로는 그제야 하루코와 류이치가 도쿄에서 돌아왔다는 사실을 알게 되었다. 그리고 그때만큼은 학교에 가고 싶다는 충동을 느꼈다. 지로는 엄마의 머리맡을 지키면서도 가끔씩 류이치와 하루코를 생각했다.

'학교까지 뛰어가면 이십 분도 안 걸릴 거야. 얼른 가서 류이치를 만나고 올까? 도쿄 이야기를 듣는 정도라면 한 시간만 해도 충분할 텐데. 그냥 잠깐이라도 갔다 올까? 하루코 누나는 지금쯤 도쿄로 다시 갔겠지?'

그런 생각을 하다가도 엄마의 얼굴을 보는 순간, 지로의 마음은 순식간에 가면 안 된다는 쪽으로 굳어졌다. 오타미는 얼마 전부터 지로가 잠깐이라도 보이지 않으면 몹시 불안해했고, 마시기 싫은 약이나 죽도 지로가 먹여 주면 기쁘게 받아먹곤 하는 것이었다. 지로에겐 엄마의 그런 변화가 북받쳐 오르는 기쁨의 씨앗이 되기도 했고, 또 나빠지기만 하는 엄마의 병세는 하늘이 무너지는 듯한 불안의 씨앗이 되기도 했다. 엄마를 바라보면서 느끼는 기쁨과 걱정에 비하면 류이치와 하루코를 만나는 것 정도는 아무래도 상관없다고 생각했다. 그래서 지로는 유리로 만든 사자 조각을 책상에 올려놓고 한 번씩 생각날 때마다 바라보는 것으로 만족하기로 했다.

새 학기가 시작된 지 얼마 안 된 어느 날이었다. 오타미는 머리맡에 앉아 있는 지로의 얼굴을 멍하니 바라보다가 갑자기 생각난 듯 외할머니에게 물었다.

"참, 엄마, 오하마가 어디 사는지는 아직 모르세요?"

"아이구, 내 정신 하고는! 너한테 말한다고 해 놓고선 깜빡했구나. 엊저녁에야 알게 되었다. 역시 경찰에 부탁했더니 금방 찾더구나. 아직도 탄광에서 일한다는 게야."

"그럼 곧 연락할 수 있겠네요?"

"네가 정 만나고 싶다면 그렇게 해야지. 부르는 건 언제든 할 수 있어. 하지만 네 상태가 이런데 굳이 그래야겠니? 오랜만에 만나서 혹시 흥분이라도 한다면 몸에 안 좋을 텐데, 괜찮을까?"

"괜찮아요."

오타미는 애써 목소리에 힘을 주며 대답했다.

지로는 엄마의 입에서 오하마에 대한 이야기가 나오자 좀 놀랐다. 지로 자신도 요즘 들어서는 오하마를 생각한 적이 별로 없었는데, 엄마가 애타게 오하마를 찾는다는 사실이 의외였던 것이다. 하지만 오하마라는 이름을 듣자 옛날 생각이 오롯이 살아나면서 그때가 새삼스레 그리워졌다. 어쨌거나 예전엔 별로 사이가 좋지 않던 엄마가 병상에서 굳이 오하마를 찾는다는 게 지로로서는 잘 이해가 되지 않았다.

'엄마가 말하는 오하마가 설마 그 오하마 엄마라고? 만일 그렇다면 엄만 갑자기 왜 만나고 싶어 하는 걸까? 옛날에 엄마는 오하마 엄마를 싫어했잖아? 날 어떻게든 떼어 놓으려고 하던 게 기억에 생생해.'

지로는 이런 생각을 하며 두 사람의 얘기가 이어지기를 기다렸다.

"그래, 네가 정 그렇다면 바로 편지하마. 돈도 좀 부쳐 줘야겠지? 혹시 여비가 여의치 않아서 어려움을 겪을지도 모르니까."

"네, 그게 좋겠네요. 그렇게 해 주세요."

"이런 일은 말이 나왔을 때 해치워야지."

외할머니가 별채에서 나가자 오타미는 지로의 얼굴을 보며 싱긋 웃었다.

"지로도 오하마 아주머니한테 편지를 써 봐. 짧아도 괜찮아. 외할머니한테 함께 보내 달라고 부탁하면 될 거야. 네 편질 받으면 오하마 아주머니가 얼마나 기뻐할까? 그 모습이 눈에 선하다. 아마도 네 편지를 보면 금방 달려올 거야."

지로는 그 말을 듣고 흥분을 감추지 못했다. 지로는 잔뜩 상기된 표정으로 당장 책상 앞에 앉아 종이와 연필을 꺼냈다. 가슴속에서 수많은 얘기가 들끓는 것 같은데 막상 쓰려니 쓸 말이 없었다. 연필을 핥고, 머리를 긁적거리고, 자세를 바로잡으며 눈을 부라리기도 했지만 난생 처음 써 보는 편지라 그런지 시작조차 어려웠다. 지로가 한창 끙끙거리고 있는데 외할머니가 돌아왔다. 외할머니는 오타미의 머리맡에 앉으며 말했다.

"편지는 아버지가 직접 쓰겠다고 하셨으니까 안심해라. 오늘 부치면 내일 모레 저녁쯤엔 도착할 거란다."

"편지를 받으면 곧장 오라고 하세요."

"아버지가 어련히 알아서 하시겠니. 하지만 오하마도 집에서 놀고 있지는 않을 테니 바로 오기는 어려울 거야. 한 대엿새는 기다려야지."

"전보를 보내면 안 될까요?"

"별안간 전보를 치면 오하마가 놀랄 거야."

지로는 두 사람의 이야기에 귀를 기울이다가 문득 써야 할 말이 딱 떠올랐다. 스스로 생각하기에도 너무나 적당한 내용이었다. 지로는 연필을 쥐고 쓱싹쓱싹 써 내려가기 시작했다.

> 저는 지금 마사키 외할아버지 댁에서 지내고 있어요. 엄마는 병이 나서 외할아버지 댁 별채에 누워 있고요. 엄마가 오하마 엄마를 무척 만나고 싶어 해요. 이 편지가 도착하는 대로 빨리 와 주세요. 저도 만나고 싶어요. 만나면 할 얘기가 너무 많아요. 최대한 빨리 오셔야 해요. 안녕히 계셔요.
>
> 9월 6일, 혼다 지로

편지를 다 쓴 지로는 수신인을 뭐라고 적어야 할지 몰라 한참을 쩔쩔맸다. '엄마'라고 쓰려니 어떤 엄마를 가리키는지 헷갈릴 것 같았고 '엄마님'이라고 쓰려고 했지만, 역시 아닌 것 같아 이번에는 '오하마 님'이라고 쓸까도 생각했지만 그것 또한 너무 어색했다. 고민 끝에 결국 수신인을 아예 쓰지 않기로 했다. 지로는 편지를 잘 접어서 외할아버지께 가져갔다.

삼 년 만의 재회

편지를 보낸 지 나흘째가 되는 날 저녁에 오하마는 도착했다. 그 며칠 동안 지로는 긴장한 나머지 안절부절못했다. 지로는 자기가 그렇게 하루 종일 초조하게 구는 것을 남들이 눈치채면 어쩌나 걱정이 되어 마음이 여간 불편한 게 아니었다. 하지만 그런 데에 신경을 쓰면 쓸수록 오히려 남들 눈에 띄는 엉뚱한 짓을 저지르는 것이었다. 오타미는 지로의 그런 모습을 언제나 웃음 띤 얼굴로 바라보았다. 지로는 가끔씩 훔쳐보듯 엄마의 얼굴을 살피곤 했는데, 그때마다 엄마의 웃음 띤 눈길과 부딪치는 바람에 더욱 당황했다.

마사키가의 사람들은 오하마가 도착한 후에도 곧장 별채로 들여보내지 않았다. 우선 오타미에게 너무 많은 이야기를 시키지 말아 달라고 부탁하기 위해서였고, 두 번째는 화상을 입은 지로의 얼굴을 보고도 놀라지 않게 하기 위해 미리 귀띔해 주어야 했기 때문이었다.

“지로, 오하마 아주머니 오셨다!”

이런저런 이야기가 대충 끝났는지 드디어 오노부 이모가 지로를 부르러 별채로 왔다. 그때 지로는 책상 앞에 앉아 기억 속에서 희미해진 오하마의 얼굴을 떠올리려 애쓰면서 앞마당을 내다보고 있었다. 지로는 이모의 부르는 소리에 펄쩍 뛸 만큼 반가웠지만 억지로 참으면서 별채 쪽을 힐끔 쳐다보았다. 그러자 외할머니가 다그치듯 말했다.

"빨리 가 봐."

오타미도 생긋 웃으며 지로의 얼굴을 바라보았는데 별다른 말은 없었다. 지로는 상기된 얼굴로 머리를 긁적이다가 천천히 일어났다. 그것은 마치 억지로 일어서는 것 같은 모습이었다. 하지만 일단 복도로 나가자 지로의 발걸음은 나는 듯 빨라졌다.

안채는 미닫이문이 열린 채였다. 오하마는 문턱 근처에 조심스레 앉아 외할아버지의 이야기를 듣고 있었다. 지로가 들어서는 낌새를 알았는지 오하마가 뒤를 돌아보았다. 그러고는 낮은 비명 같은 소리를 냈다.

"지로!"

지로는 천천히 오하마에게 다가갔다. 오하마는 몸을 반쯤 일으켜 지로의 손을 잡고 곁에 앉혔다. 그러고는 화상자국이 군데군데 남은 지로의 얼굴을 살며시 쓰다듬었다. 지로는 오하마에게 몸을 내맡긴 채 가만히 있었다. 그 모습이 마치 순한 양처럼 얌전했다. 외할아버지는 두 사람의 모습을 눈부신 듯 바라보았다.

"어렸을 때부터 장난이 심하더니 여전하군요. 그러면 안 돼요. 오하마 엄마가 그렇게 장난치지 말라고 부탁했는데."

지로는 여전히 별다른 말은 하지 않았다. 오하마가 묻는 말에 그저 응, 아니, 짤막하게만 대답할 뿐이었다. 마치 오하마를 처음 보는 것처럼 부끄러움을 타는 모습이었다.

"오타미가 기다리고 있을 테니 잠깐 인사하고 오게나. 지로, 네가 모시고 가거라."

지로의 마음을 알아차린 외할아버지가 말했다. 지로와 오하마가 거의 동시에 일어섰다.

"어머나, 키가 이렇게나 컸네!"

복도로 나온 오하마는 지로를 힘껏 끌어안았다. 지로는 그때서야 삼 년 전의 마음이 한꺼번에 되살아나는 것을 느꼈다. 그리고 자기도 뭔가 말을 해야겠다고 생각했지만, 무슨 말을 해야 좋을지 도무지 알 수가 없었다.

오하마는 병석에 누워 있는 오타미의 얼굴을 보고는 무너지듯 그 자리에 주저앉았다. 인사말 한마디 건네지 못한 채 두 손으로 얼굴을 가리고 앞으로 고꾸라졌다. 오하마의 어깨가 물결치듯 떨렸다.

"정말 오랜만이군. 잘 왔네."

외할머니가 오하마의 등을 쓰다듬으며 천천히 말했다. 오하마는 한동안 몸을 웅크리고 감정을 다스리는 눈치였다. 이윽고 몸을 일으킨 오하마는 서둘러 눈물을 닦고 머리도 한 번 쓸어 넘겼다. 마음을 다잡은 오하마가 입을 열었다.

"오랫동안 인사도 못 드리고, 죄가 많습니다. 뭐라 말씀드려야 할지 모르겠어요. 정말 죄송합니다. 작은 마님이 이렇게 편찮으신지도 전혀 몰랐어요."

한번 말문이 터지자 외할머니와 오하마 사이에는 이야기가 그치지 않았다. 오타미도 곁에서 한마디씩 참견하곤 했다. 지로는 오하마의 이야기를 들으면서 야사쿠 할아버지가 일 년 전에 돌아가신 것, 오카네가 이젠 혼자서 집안일을 도맡아 하기 때문에 칸사쿠 아저씨와 함께 일하러 나간다는 것, 또 오쓰루가 학교에서 우등상을 받았다는 것 등을 알게 되었다. 지로는 낡은 소사실 한쪽 구석에서 지냈던 추억을 생각하면서 세 사람의 이야기에 귀를 기울였다.

오하마는 혼다가의 사정에 대해 여러 가지를 알고 싶어 했다. 오하마가 묻고 주로 외할머니가 대답했는데, 외할머니는 혼다가가 처한 현실을 있는 그대로 털어놓지는 않았다. "아이들이 커서 상급학교에 들어가면 아무래도 읍내에서 지내는 편이 더 나으니까."라거나 "자네도 알다시피 지로는 어렸을 때부터 이 집에 자주 들락거려서 외할아버지가 다른 손자보다 더 귀여워하셨잖아. 그래서 소학교를 졸업할 때까지는 여기서 맡기로 했네.", "오타미의 병엔 시골 공기가 좋다고 해서 내가 슌스케에게 부탁했지."라면서 얼버무렸다.

잠자코 외할머니의 말을 듣고 있던 오하마의 표정이 점점 비통해졌다. 오하마는 쓸쓸한 눈으로 지로를 쳐다보며 간간이 한숨을 내쉬었다. 하지만 지로는 오하마가 그런 반응을 보여도 전혀 기분이 나쁘지 않았다. 오히려 오하마가 모든 사실을 알게 된다는 게 어쩐지 마음 든든하게 느껴졌다.

엄마의 후회

급한 이야기가 웬만큼 끝이 나자 오하마는 생각났다는 듯 자리에서 일어나 문 앞에 놓아두었던 보따리를 풀었다.

"이건 제가 사는 곳에서 파는 건데 몸에 좋다고 해서 사 왔어요. 참, 그리고 여비까지 보내 주셔서 너무 고맙고 죄송했어요."

오하마는 종이에 싼 병 두 개를 외할머니에게 건넸다.

"그리고 이건 도련님 거예요."

이번에는 책 한 권을 지로에게 주면서 쑥스러운 듯 말했다.

"전 책에 대해선 아무것도 모르지만 오쓰루가 이 책이 좋다고 해서……. 오쓰루가 학교에서 상으로 받은 책과 똑같은 거라고 하더라구요. 호호호."

오타미는 눈앞에서 펼쳐지는 모든 정경을 더없이 소중한 듯 바라보았다. 입가에는 희미한 미소가 떠올라 있었다.

"오하마, 고마워요……, 너무 고마워요."

오타미는 마음 깊은 곳에서 우러난 진심으로 말했다.

"선물도 고맙지만, 오하마가 이렇게 와 줘서…… 정말 고마워요."

"고맙다니요, 별말씀을 다 하세요."

"정말이에요. 혹시나 편지를 받고도 오지 않는 건 아닌지 걱정했어요."

"아이구……, 그럴 리가요."

"지로도 이젠 많이 컸죠?"

"예, 정말 많이 컸네요. 아까 처음 봤을 땐 얼마나 놀랐던지……."

"그래요, 이젠 다 컸으니까…… 마음이 놓이지만…… 난 지금까지 내가 한 짓이 너무 후회가 돼요. 지로에게도 그렇고, 오하마에게도……."

"작은 마님, 그게 무슨 말씀이세요."

"아이한테는 마음으로 사랑해 주는 것이 제일 중요한 건데……."

오하마는 눈물이 그렁그렁해진 눈으로 오타미를 바라보며 다음 말을 기다렸다.

"난 요즘에야 알게 되었어요. 하지만……."

오타미는 잠시 말을 끊었다가 힘겹게 이어갔다.

"그걸 알게 되자마자 헤어지게 되었으니……."

"작은 마님!"

"난 이제 죽는 건 두렵지 않아요. 하지만 이 아이에게 싫은 소리만 해 온 걸 생각하면……."

"작은 마님, 제발 그런 말씀 하시지 마세요."

"난 요새 마음속으로 늘 이 아이에게 사과하고 있어요."

"아이구, 왜 자꾸 그런 말씀을……."

지로는 아까부터 눈물을 뚝뚝 흘리며 엄마의 말을 듣고 있었다. 외할머니도 흐르는 눈물을 주체하지 못하고 하아, 한숨만 내쉬었다.

"하지만 지로가 내 마음을 알고 있는 것 같아서 참 다행이에요. 어쩐지 그런 생각이 들어요. 그래서 난 안심하고 죽을 수 있을 것 같아……. 그리고 오하마에게도 사과하고 싶었어요. 사과하지 않으면 안 된다는 생각이 들었어요."

"작은 마님……."

오하마의 얼굴도 눈물에 흠뻑 젖어 있었다.

"도련님, 도련님은 얼마나 행복한지 모르실 거예요. 어머님이 저토록 도련님을 생각하고 계시는데……. 누가 뭐래도 도련님만큼 행복한 사람은 없을 거예요. 혼자 외톨이가 되더라도 늘 어머님을 생각하면서……, 그러면 돼요. 도련님은 누구보다 정직하고 훌륭한 사람이 될 거예요."

드디어 지로는 오하마의 무릎에 얼굴을 파묻고 어깨를 들썩이며 울었다. 소리를 내지 않으려고 앙다문 이 사이로 흐느끼는 소리가 가늘게 새어 나왔다.

말을 마친 오타미의 눈동자가 전에 없이 맑게 빛났다. 그 말을 하려고 온몸의 기운을 다 써 버린 듯했지만, 마지막 힘든 일을 무사히 끝낸 사람의, 평화가 환한 미소를 만들어 내고 있었다. 그리고 그 조용한 눈가에서 눈물 한 줄기가 흘러서 베개로 떨어졌다.

지로의 울음은 좀처럼 그칠 것 같지 않았다. 오하마는 지로의 등을 가만히 토닥거렸다. 토닥거리면서, 나지막이, 읊조리듯이 말했다.

"하지만 도련님은 절대 외톨이가 아니에요. 어머니랑 아버지가 계시고, 또 외할아버지 외할머니도 계시잖아요. 나도 멀리서나마 도련님이 잘 지내기를 언제나 빌 거예요."

"지로."

오타미가 젖은 눈을 깜빡이며 아주 먼 곳을 바라보는 사람처럼 지로를 불렀다.

"엄마는 오하마 아주머니보다 더 먼 곳에서 언제든 지로를 지켜보고 있을 거야. 그러니……, 그러니……. 화가 나거나…… 슬퍼도……."

숨이 차는지 오타미는 더 이상 말을 잇지 못했다. 외할머니가 오타미의 안색을 살폈다.

"그래, 오늘은 그만 얘기하자. 이렇게 한꺼번에 너무 많이 얘길 하면 힘들어져. 물 좀 주랴?"

"네, 그만할게요. 그리고 더 할 말도 없어요……. 오늘은 정말 기분이 좋아요. 잠도 잘 올 것 같아요."

오타미는 그렇게 말하곤 눈을 감더니 곧 잠이 들었다. 지로와 오하마와 외할머니의 코 훌쩍이는 소리만이 별채의 침묵을 깨뜨리고 있었다.

그날 밤 지로와 오하마는 별채 곁방의 같은 모기장 안에서 삼 년 만에 베개를 나란히 하고 잠이 들었다. 날씨가 후텁지근했지만 오하마는 연신 지로의 어깨를 끌어안았다. 그때마다 오하마의 품으로 끌려가던 지로는 자기도 모르게 손이 오하마의 늘어진 가슴에 닿을 때마다 깜짝깜짝 놀랐다.

그날 밤 샘물처럼 맑은 엄마의 사랑과 따뜻한 조수처럼 밀려드는 오하마의 사랑이 외롭고 쓸쓸했던 여린 가슴을 촉촉이 적시는 것을 느끼면서 지로는 늦게까지 잠들지 못했다. 지로는 뭐라 형언할 수 없는 충만감에 가슴이 터질 것 같았다. 그리고 엄마와 오하마의 사랑이 언제까지나 자신의 꿈을 지켜 줄 것이라 믿으며 잠 속으로 빠져들었다.

마지막 인사

엄마, 떠나다

오타미는 그날도, 그 이튿날도 여느 때와는 달리 잠을 푹 잤다. 몇 시간씩 잠들어 있다가 깨어나도 조용히 웃음 띤 얼굴을 보일 뿐, 다른 말은 하지 않았다. 아무래도 마음속에 남아 있던 마지막 앙금을 털어 내는 일로 긴장한 탓에 피로가 쌓인 것 같았다. 하지만 그 피로는 분명 오타미를 행복하게 만들어 준 피로였다. 반드시 해야 한다고 생각했던 일을 모두 끝낸 후의 편안한 안식 같은 것은 아니었을까.

하지만 또 한 가지 분명한 일은 그 피로가 영원한 잠으로 이어지고 있다는 점이었다. 오하마가 마사키가에 도착한 지 삼 일째 되던 날 아침, 아오키 의원이 찾아왔다. 아오키 의원은 오타미의 맥을 꼼꼼히 짚어 보더니 외할아버지를 조용히 불러내 다른 방으로 데려갔다.

"알릴 만한 곳엔 모두 연락해 두시는 게 좋겠습니다."

외할아버지가 친척들에게 전보를 치라 이르고, 또 심부름꾼을 여기저기 보내는 등 마사키가가 부산스러워졌다. 그리고 낮에는 슌스케가 교이치와 슌조를 데리고 읍내에서 달려왔다. 그때 오타미는 여전히 잠들어 있었는데, 한참 후에야 잠에서 깨어 주위를 둘러보다가 아이들 셋이 자기 머리맡에 나란히 앉아 있는 것을 보곤 몹시 기뻐하며 고개를 끄덕였다. 그러고는 슌스케에게 속삭이듯 말했다.

"오랫동안 걱정만 끼쳤어요……. 당신에게 정말 미안해요……. 지로랑…… 아이들이…… 행복하게 잘 지내는 것만…… 그것만 부탁할게요……."

슌스케는 가만히 고개를 끄덕이며 말했다.

"그 말은 내가 할 소리야. 어서 기운을 차려야지. 그러는 게 아이들을 위해서도 좋은 일 아니겠소, 하하하."

슌스케는 착 가라앉은 분위기에 걸맞지 않게 소리 내어 웃었다. 그러자 오타미도 슌스케를 따라 쓸쓸히 미소 지었다.

그 후로 삼 일 동안 비슷한 상황이 이어졌다. 그사이에 먼 곳에 사는 친척 등 찾아올 만한 사람들 대부분이 도착했다. 넓은 마사키가가 사람들로 가득 찼다. 하지만 식사 시간이나 취침 시간에도 전혀 혼잡스럽지 않았다. 겐조 이모부가 순서에 맞게 모든 일을 알아서 척척 해결했기 때문이었다.

지로는 겐조 이모부의 그런 모습을 곁에서 지켜보면서 지금까지와는 완전히 다른 사람을 보는 것 같은 착각이 들었다. 지로에게 이젠 겐조 이모부는 더 이상 무서운 사람도 아니었고, 싫은 사람도 아니었다. 물론 가까이하기엔 아직도 어려운 점이 많았지만, 어쩐지 보면 볼수록 의지하고픈 사람처럼 느껴졌다.

마을 사람들에 대한 지로의 마음도 겐조 이모부에 대한 마음이 변해 감에 따라 조금씩 달라졌다. 아니 마을 사람들뿐만 아니라 모든 사람에 대해 지로의 마음은 스스로 생각하기에도 믿어지지 않을 만큼 변해 있었다. 지로는 지금껏 사람들에게 먼저 마음을 열거나, 친절하게 다가선 적이 별로 없었다. 가장 친밀했던 아빠나 외할아버지에게마저도 공연히 조심스러웠던 적이 없지 않았고, 당연히 마음으로부터 우러나오는 진심을 기탄없이 털어놓은 적이 드물었다. 아무런 꾸밈없이 자기가 하고 싶은 말을 하고, 또 하고 싶은 행동을 할 수 있는 사람은 이 세상에 오하마 한 사람뿐이라고 믿어 왔다.

그랬던 지로가 요즘 들어서는 전과 달리 마사키가 사람들은 물론이고 마을 사람들에게도 진심으로 감사하는 마음을 갖게 되었다. 아마도 그 이유는, 주위 사람들 모두가 자기 일처럼 엄마의 병을 걱정해 주고 앞장서서 도와주는 것을 지켜보는 동안, 스스로는 의식하지 못했지만 사람들에게 거리감을 두고 한 가닥 의심을 늘 마음속에 품고 있었던 자기의 행동을 부끄럽게 생각했기 때문은 아니었을까.

무엇보다 지로의 그와 같은 변화에 가장 큰 영향을 끼친 사람은 단연 오타미였다. 만일 그때까지도 지로와 오타미 사이에 허물어 내지 못한 마음의 장벽이 남아 있었다면, 가령 마을 사람들이 아무리 오타미의 간호를 위해 헌신했다고 하더라도 의심으로 가득 찬 지로의 마음은 그리 쉽게 녹아 없어지지는 않았을 것이다. 그런 걸 생각하면 진심에서 우러나온 오타미의 눈물과 말 한마디가 지로의 인생에 끼친 영향은 실로 이루 말로 다 표현할 수 없을 정도로 컸던 게 분명했다.

마침내 오타미가 지로와 영원히 작별하는 때가 다가왔다. 오하마가 마사키가에 도착한 지 일주일 되던 날의 아침이었다. 밝은 햇살이 온 누리에 퍼져 반짝이던 오전 아홉 시 무렵, 언제 숨을 거둔지도 모를 만큼 오타미는 조용히 세상을 떠났다. 별채엔 앉을 자리가 없을 만큼 사람들로 꽉 차 있었는데, 모두들 오래전부터 예상했기 때문인지 마지막 숨을 거두었다는 것을 확인한 후에도 놀라거나 크게 당혹해하는 모습은 없었다. 그저 조용히 한숨을 내쉬는 소리와 흐느끼는 소리, 그리고 염불 소리만이 초가을을 알리는 바람에 실려 집 안 구석구석으로 흩어져 갔다.

오타미의 죽음이 임박한 순간, 형제 셋은 나이순으로 오타미의 입술을 마지막으로 축여 주었다. 지로는 자기 차례가 되자 물에 축인 새털을 조심스레 엄마의 입술에 갖다 대었다. 기분 탓인지, 엄마가 조용히 고개를 끄덕이는 것 같았다. 지로는 어쩐지 눈물이 나오지 않았다. 양옆에서 교이치와 슌조가 훌쩍이는 소리를 들으면서 지로는 엄마 얼굴을 찬찬히 들여다보았다. 마치 엄마의 모습을 하나도 빼놓지 않고 마음속 깊은 곳에 새겨 두려는 것 같았다. 깃털을 슌조에게 건넨 후 지로는 양팔을 곧게 펴고 두 주먹을 무릎 위에 올려놓은 채 가만히 앉아 있었다.

아오키 의원이 마침내 사망을 선언하면서 방을 나가자 주위가 술렁거리기 시작했다. 지로는 여전히 그 자리에서 돌처럼 움직이지 않았다.

"너희들은 옆방에 가 있거라."

슌스케가 조용한 목소리로 말하자 교이치와 슌조는 곧 일어섰지만, 지로는 아빠의 말을 못 들었는지 꼼짝도 하지 않았다.

"지로."

뒤에 앉아 있던 외할아버지가 살며시 지로의 어깨를 두드렸다. 지로는 그제야 비로소 엄마에게서 눈을 떼고 주위를 둘러보았다. 지로의 얼굴이 조금씩 일그러지기 시작했다. 그리고 마침내 눈앞에서 방금 무슨 일이 일어났었는지를 알아챈 사람처럼 울음을 터뜨리며 다다미 위로 엎어졌다.

"지…… 지로야."

외할아버지의 떨리는 목소리가 지로의 귓가에 윙윙거렸다. 외할아버지는 손을 뻗어 지로의 어깨를 감싸 주었다.

"도련님……."

오하마가 울음 섞인 목소리로 지로를 불렀다. 그러자 지로는 엉금엉금 오하마에게 다가가 그 무릎 위에 쓰러져 흐느꼈다. 오하마도 지로의 등에 얼굴을 묻고 큰 소리로 울었다. 주위에서도 흐느끼는 소리가 새어 나왔다. 지로는 오하마 품에 안겨 간신히 방을 빠져나갔다.

불쌍한 할머니

오타미의 시신은 곧 손님방으로 옮겨졌다. 지로는 술렁거리는 사람들과 함께 안채로 건너갔다. 오하마가 안채까지 따라와 지로를 위로해 주었다. 한참 만에야 눈물이 그친 지로는 다시 손님방으로 갔다. 손님방은 향불 냄새로 가득했다. 지로는 슬픔을 억누르며 엄마의 머리맡에 앉았다.

엄마의 얼굴에는 하얀 천이 씌워져 있었고, 어깨 밑으로는 무늬가 새겨진 녹색 천이 덮여 있었다. 지로는 그 모습을 보곤 또 한 번 눈물이 울컥 쏟아질 뻔했다. 그러나 지로는 더 이상 울어선 안 된다고 생각하며, 이를 악물고 엄마의 가슴 언저리에 시선을 고정했다.

가물거리는 시선 끝에서 문득 엄마의 가슴이 희미하게 오르내리며 숨을 쉬고 있는 것 같았다. 지로는 자기가 잘못 본 것을 뻔히 알면서도 하얀 천을 들추고 엄마를 살펴보지 않을 수 없었다. 하지만 그때마다 더욱 분명해지는 건 엄마가 이미 죽었다는 사실이었다.

잠시 후에 명복을 비는 독경이 시작되었고, 독경이 끝나자 문상객들의 발길이 계속 이어졌다. 문상객들 중에는 절만 하고 돌아가는 사람도 있었지만, 대부분은 죽은 사람의 얼굴을 바라보며 눈물을 흘렸다. 지로는 문상객들이 찾아올 때마다 엄마의 얼굴에서 흰 천을 젖혔다가 다시 씌워 주는 역할을 맡았다.

해가 질 무렵, 할머니가 도착했다. 할머니는 오타미 앞에 털썩 주저앉아 흰 천을 자기 손으로 직접 젖힌 후 숨넘어갈 듯 큰 소리로 울기 시작했다. 울면서도 가만히 있지 못하고 임종을 하지 못한 이유를 장황하게 늘어놓았다. 그러다간 또 어조를 바꾸어, "얼마나 자비로운 부처님인지. 이젠 편할 게야."라고 말하면서 오타미의 눈꺼풀을 매만졌다. 할머니의 사설은 계속 되었다.

"아무리 그래도 이 세상엔 왜 이렇게 순서 없이 저질러지는 일이 많은지 모르겠구나. 이 늙은이에게 아이 셋을 남겨두고 먼저 떠나다니……. 정말 한이 맺혀서……."

할머니는 남들의 눈을 의식해 일부러 그런 말을 하는 것 같았다. 슌스케는 할머니가 통곡할 때부터 미간을 잔뜩 찌푸린 채 뜰만 내려다보고 있었는데, 더 이상 참지 못하겠다는 듯 할머니의 어깨를 붙잡고 성난 목소리로 말했다.

"어머니, 어머니! 그렇게 한탄만 하면 부처님이 괴롭다구요. 그냥 조용히 염불이나 외우세요."

"그래, 그래. 정말 나잇값도 못하고 내가 왜 이렇게 정신없이 구는지, 아이구, 늙은 내가 먼저 가야 하는데……. 나무아미타불, 나무아미타불."

할머니는 천연덕스러운 얼굴로 언제 울었냐는 듯 염불을 외며 오타미의 곁을 떠났다. 지로의 기분은 할머니의 그런 행동 때문에 엉망이 되어 버렸다. 아까 할머니가 엄마의 눈꺼풀을 만지는 순간, 지로는 몸서리가 쳐질 만큼 소름이 돋았었다. 하지만 어떻게 된 일인지 화는 나지 않았었다.

지로 자신은 잘 모르고 있었지만, 그때 지로가 할머니를 보면서 여느 때처럼 화가 나지 않은 진짜 이유는 할머니가 평소와는 달리 너무 불쌍해 보였기 때문이었다. 지로의 눈에 할머니는 이제 심술궂고 못된 할멈이 아니라 아무도 상대해 주지 않는 '외톨이'였을 뿐이었다. 엄마가 자신을 얼마나 사랑했는지 알게 된 지금, 지로의 눈은 예전에 보지 못했던 사실들을 하나씩 새롭게 알게 되었는데, 그중 하나가 바로 할머니는 외롭고 불쌍한 노파라는 점이었다.

밤하늘을 바라보며

할머니가 잠잠해지자 장례식 문제에 대한 의논이 시작되었다. 의논은 지루하게 이어졌다. 제일 논란이 되었던 문제는 혼다가에서 장례식을 치르는 게 마땅하겠지만, 상황이 이렇게 된 바에야 마사키가에서 치르는 게 낫지 않겠느냐는 의견이었다. 절과 묘지도 이 마을에 있고, 장례식에 모일 친척들도 대부분 이 근처 사람들인데, 연고가 없는 읍내에서 장례를 치르는 게 오히려 더 이상하다는 의견이 만만치 않았던 것이다. 설왕설래가 오래 이어진 끝에 마사키 외할아버지가 단안을 내리듯이 말했다.

"이 마을에선 아직 한 번도 그렇게 해 본 적이 없지만, 절에서 고별식만 간소하게 치르는 것으로 장례 절차를 대신하는 게 어떨까요? 어쨌든 마사키가에서 장례식을 치르는 건 아니니까요."

슌스케도 찬성했다. 다행히 일이 순조롭게 매듭지어지는 것 같았다. 하지만 그때까지 잠자코 듣기만 하던 할머니가 참견하면서 상황은 다시 복잡해졌다. 할머니는 슌스케를 타이르듯 말했다.

"그렇게 해도 괜찮겠니? 세상 사람들이 다 우릴 욕할 텐데."

"우릴 욕하다뇨?"

"장례행렬은 하지 않는다고 해도, 결국은 이 댁에서 관이 나가는 게 아니냐?"

"어쩔 수 없죠. 여기서 죽었잖아요."

"그렇긴 하지만……."

할머니는 다시 외할아버지를 보며 말했다.

"저희야 뭐 어찌 됐든 상관없지만, 사돈께서 별 염려 없겠는지요."

외할아버지는 언짢은 마음을 감추려는 듯 턱수염을 쭉쭉 훑어 내렸다.

"우리 집을 지금까지 병원이나 여관쯤으로 생각하셨다면 사돈께서 충분히 그런 생각을 하실 수도 있겠지요. 하지만 이건 경우가 다르지 않습니까."

"네……, 아닌 게 아니라 그렇게 생각하면 별것도 아니네요."

할머니는 애써 외할아버지의 성난 얼굴을 피해 문상객들을 둘러보았다. 그러나 누구 한 사람 할머니와 눈을 마주치려 하지 않았다. 모두들 못마땅하다는 얼굴로 뜰을 내다보거나, 멀거니 천장을 올려다보거나, 혹은 고개를 숙인 채 할머니의 시선을 외면했다.

가을이라고는 하지만, 늦더위가 남아 있었기 때문에 입관은 그날 밤으로 끝내야 했다. 입관식은 특별히 슬프진 않았다. 하지만 지로는 엄마의 머리카락을 자르는 순간만큼은 견디기 어려웠다. 머리카락이 잘려진 엄마의 얼굴을 보는 것만으로도 숨이 막힐 지경이었다. 지로는 오하마의 도움으로 간신히 엄마의 머리에 물을 부었다. 마지막으로 형제 셋이 차례차례 돌멩이로 관 뚜껑에 못을 박아야 할 차례가 되었는데, 교이치에게서 돌을 받아든 지로는 넋이 나간 사람처럼 멍하니 서 있기만 했다. 못에 돌을 갖다 대는 것만으로도 온몸의 신경이 쥐어뜯기는 것 같았다.

입관이 끝나자 지로는 힘이 빠져 걸을 기운도 없었다. 관 앞에는 양초가 잔뜩 켜져 있었고, 꽃과 여러 가지 물건들로 발 디딜 틈이 없었다. 지로의 눈엔 문득 이 모든 것이 쓸데없는 짓같이 여겨졌다. 지로는 더 이상 아무것도 보고 싶지 않았다. 캄캄한 어둠 속에 혼자 숨어 버리고 싶었다.

지로는 천천히 자리에서 일어났다. 관 앞을 물러나 뜰로 내려섰다. 그리고 곧장 연못으로 달려갔다. 연못 징검다리에 앉아 물끄러미 수면을 바라보았다. 연못엔 별들이 조용히 떠 있었다.

연못에 떠 있는 별들을 바라보고 있는데 지로의 머릿속에 문득 언젠가 외할아버지가 말씀하신 북극성이 떠올랐다. 지로는 고개를 들고 북극성을 찾기 시작했다. 북극성은 이번에도 쉽게 찾을 수 있었다.

'절대로 움직이지 않는 별.'

지로는 마음속으로 되뇌면서 북극성을 바라보았다. 마치

그 북극성이 엄마의 넋이라도 되는 것처럼…….

지로는 "오하마 엄마보다 더 먼 곳에서 언제나 지로를 지켜보고 있을 거야."라고 말했던 엄마의 영혼이 북극성에 담겨 있다고 생각했다. 그러자 가물가물 흔들리는 그 별빛이 눈물 가득 고여 글썽이는 엄마의 눈처럼 보이기 시작했다. 그리고 북극성을 중심으로 별들이 한데 모여 어느새 엄마의 모습으로 변하는 것 같기도 했다.

엄마의 얼굴이 나타나자 이번에는 그 옆에 나란히 오하마 엄마의 얼굴도 나타났다. 두 사람의 얼굴은 겹쳐지거나 떨어지면서 때론 우는 것 같기도 하고, 때론 웃는 것 같기도 했다.

어느덧 지로는 먼 기억 속의 갖가지 일들을 더듬고 있었다. 수많은 사건들이 주마등처럼 눈앞을 스쳐 지나갔다. 그런 일들을 떠올리는 지로의 기분은 이상하리만큼 평온했다. 즐거웠던 추억과 슬픈 추억, 괴로웠던 추억과 기뻤던 추억, 그리고 화가 났던 추억이 모두 연못에 떠 있는 별처럼 조용히 그의 마음에 하나씩 새겨지고 있었다.

지로는 '운명'이라는 단어가 무슨 뜻인지 여전히 알지는 못했지만, 자기 힘으로는 어떻게 해 볼 도리가 없는 거대한 힘에 이끌려 여기까지 왔다는 것을 깨달을 수 있었다. 또한 지로는 '사랑'이라는 단어를 입 밖에 내 본 적이 한 번도 없었지만 자신만큼 사랑에 목말라하고, 사랑을 그리워하고,

누군가를 사랑하고, 사랑의 참된 기쁨을 겪어 본 사람은 세상에 많지 않다는 것도 어렴풋이 느낄 수 있었다.

지로는 가만히 입술을 움직여 '영혼'이라고 발음해 보았다. 그 어렴풋했던 의미가 비로소 조금 만져질 것 같았다. 순간 '절대로 움직이지 않는 별'이 매일 밤하늘에서 빛나는 한은 하늘나라로 올라간 엄마의 '영혼'이 언제까지나 자기를 지켜보고 있으리라는 믿음이 가슴 벅차게 밀려왔다.

지로는 그렇게 엄마의 죽음이라는 커다란 슬픔 속에서도 별이 총총한 하늘을 올려다보면서 '운명'의 폭풍 속을 '사랑'의 등불에 기대어 '영혼'의 세계로 떠나는 인생의 비밀을 희미하게나마 마음속에 그려 볼 수 있었다.

이렇게…… 지로의 유년 시절이 막을 내렸다. 그날 밤 지로가 마음속으로 그려 보았던 인생의 비밀이 지로가 앞으로 겪게 될 무수한 시련들을 이겨 내는 커다란 힘이 되어 줄 것이라 믿으며, 이제 지로를 더 큰 인생의 바다로 떠나보내야 하리라.

자, 지로, 이제 안녕.